두근두근 첫사랑

(주)푸른책들은 도서 판매 수익금의 일부를 초록우산 어린이재단에 기부하여
어린이들을 위한 사랑 나눔에 동참합니다.

청소년문학 보물창고 22

두근두근 첫사랑

초판 1쇄 2012년 3월 10일 | 초판 4쇄 2014년 1월 30일
지은이 웬들린 밴 드라닌 | **옮긴이** 김율희 | **펴낸이** 신형건
펴낸곳 (주)푸른책들 | **등록** 제321-2008-00155호
주소 서울특별시 서초구 양재천로7길 16 푸르니빌딩 (우)137-891
전화 02-581-0334~5 | **팩스** 02-582-0648
이메일 prooni@prooni.com | **홈페이지** www.prooni.com
카페 cafe.naver.com/prbm | **블로그** blog.naver.com/proonibook
ISBN 978-89-6170-267-6 04840
* 잘못된 책은 구입한 곳에서 바꾸어 드립니다.

이 도서의 국립중앙도서관 출판시도서목록(CIP)은 서지정보유통지원시스템 홈페이지(http://seoji.nl.go.kr)와
국가자료공동목록시스템(http://www.nl.go.kr/kolisnet)에서 이용하실 수 있습니다.
(CIP제어번호: CIP2012000378)

보물창고는 (주)푸른책들의 유아, 어린이, 청소년 도서 전문 임프린트입니다.

두근두근
첫사랑

웬들린 밴 드라닌 지음 | **김율희** 옮김

보물창고

차례

잠수

내 간절한 소원은 줄리 베이커가 나를 가만히 내버려 두는 것이다. 나한테서 떨어졌으면, 숨 돌릴 틈이라도 좀 줬으면 바랄 게 없겠다!

모든 사건은 내가 초등학교 2학년으로 올라가기 직전 여름 방학 때 시작되었다. 우리의 이삿짐 트럭이 줄리네 앞집으로 들어서면서부터 말이다. 그리고 이제 중학교 2학년이 되었으니…… 휴, 줄리를 피하기 위해 궁리궁리하며 온갖 불편을 겪은 세월이 자그마치 6년이다.(*미국에서는 6세부터 초등학교 1학년 교육 과정을 시작하며 새로운 학기는 9월부터 시작된다. 이하 *표시—옮긴이 주)

줄리는 내 인생에 끼어든 정도가 아니었다. 비집고 들어와 자기 방식대로 밀어붙였다. 줄리에게 이삿짐 트럭에 올라타 상자 위로 기어오르라고 부탁한 적이 있었던가? 천만에! 하지만 줄리는 그렇게 했다. 우쭐거리며 무턱대고 들이미는 그런 행동은 줄리 베이커가 아니면 못 할 것이다.

아빠는 줄리를 말리려고 했다.

"얘야!"

줄리가 쏜살같이 트럭에 올라타자 아빠가 말했다.

"뭐 하는 짓이냐? 사방에 진흙이 묻잖아!"

정말 그랬다. 줄리의 신발은 진흙 케이크나 다름없었다. 그러나 줄리는 뛰어내리지 않았다. 오히려 엉덩이를 바닥에 찰싹 붙이고 발로 커다란 상자를 밀기 시작했다.

"도움이 필요하지 않으세요?"

줄리는 내 쪽을 흘끗 보았다.

"도움이 꼭 필요하실 것 같은데요."

왠지 꺼림칙한 말이었다. 일주일 내내 힘 좀 보태라는 눈빛을 쏘아 대던 아빠도 지금은 나와 마찬가지로 이 여자 아이가 못마땅한 눈치였다.

"얘야! 그러지 마라."

아빠가 경고했다.

"그 상자 속엔 무지 값비싼 물건이 들었어."

"아하. 그럼 이 상자는요?"

줄리는 '레녹스'라는 표가 붙은 상자를 향해 냅다 돌진하며 또다시 나를 힐끔 보았다.

"이거 같이 밀자!"

"아, 아, 안 돼!"

아빠는 이렇게 말하고는 줄리의 팔을 잡아당겼다.

"그만 네 집에 돌아가지 그러냐? 네가 어디로 사라졌는지 엄마가 궁금해하실 거다."

바로 이때부터 나는 직감적으로 줄리가 눈치코치 없는 아이라는 사실을 깨달았다. 그 직감은 머지않아 아주 예리해진다. 그만 돌아가라는 얘기를 들은 여느 아이들처럼 줄리도 집으로 핑 사라졌을까? 아니, 대신 이렇게 말했다.

"아, 제가 어디 있는지 엄마도 알아요. 괜찮댔어요."

그리고 길 건너편을 가리키며 덧붙이는 것이었다.

"저기가 우리 집이에요."

아빠는 줄리가 가리킨 곳을 보고 중얼거렸다.

"맙소사."

그리고 나에게 눈을 끔뻑거리며 말했다.

"브라이스, 안에 들어가서 엄마 좀 도와드려야지?"

나는 이게 왕따 작전임을 재깍 알아챘다. 나중에야 든 생각인데, 사실 아빠와 왕따 작전 따위 수행해 본 적이 없었다. 까놓고 말해서 왕따 작전은 아빠와 함께 할 만한 일은 아니었다. 아빠 입장에서는 부모의 도리를 저버리면서까지 자녀에게 다른 사람을 따돌려도 좋다고 말하는 것과 다름없었으니까. 상대가 제아무리 성가시고 진흙투성이여도 말이다.

하지만 아빠 그렇게 작전을 개시했고 눈을 두 번 끔뻑일 필요도 없었다. 나는 웃음을 지으며 말했다.

"물론이죠!"

그러고는 트럭 뒷문에서 뛰어내려 새 집 현관으로 향했다.

그 여자 아이가 따라오는 소리가 들렸지만 설마 싶었다. 그냥 소리만 그렇게 들리는 것인지도 몰랐다. 아니면 실은 날 따라오는 게 아니라 다른 길을 향해 가는 중일 수도 있었다. 하지만 내가 용기를 내어 뒤를 돌아보기도 전에 그 아이가 옆에 불쑥 나타나 내 팔을 홱 잡아당겼다.

　이건 아니잖아! 두 다리로 버티며 떨어지라고 말하려는 순간 기묘하기 짝이 없는 일이 일어났다. 그 아이의 손을 뿌리치려고 팔을 크게 휘둘렀는데 아래로 내려오던 내 손이 그 애의 손과 얽혀 버렸다. 이럴 수가! 어느새 내가 이 진흙 원숭이와 손을 잡고 있는 게 아닌가!

　나는 손을 흔들어 빼내려고 했지만 줄리는 손에 힘을 주고 나를 잡아당기며 "가자!"라고 말했다. 집에서 나온 엄마는 이내 세상에서 가장 바보 같은 표정을 지었다. 엄마가 줄리에게 말했다.

　"어머, 안녕."

　"안녕하세요!"

　나는 계속 손을 빼내려고 했지만 줄리는 꽉 쥐고 놓아주지 않았다. 엄마는 우리의 손과 붉게 타오른 내 얼굴을 보며 싱글거렸다.

　"이름이 뭐니, 꼬마 아가씨?"

　"줄리아나 베이커예요. 건너편에 살아요."

　줄리는 남은 한 손으로 집을 가리켰다.

　"그래, 벌써 내 아들과 인사한 모양이구나."

　엄마는 여전히 싱글거리고 있었다.

　"네에!"

　나는 기어이 손을 빼내고 일곱 살짜리가 할 수 있는 가장 남자다운 행동에 돌입했다. 엄마 뒤로 숨은 것이다.

　엄마는 나를 팔로 감싸며 말했다.

"브라이스, 줄리아나에게 집 구경 좀 시켜 주지 않을래?"

엄마에게 온몸으로 구조 신호와 경고 신호를 보냈지만 엄마는 받지 못했다. 엄마는 어린 아들을 떼어 내고 말했다.

"어서."

엄마가 줄리의 신발 꼴이 어떤지 눈치채고 벗으라고 하지 않았다면 줄리는 거침없이 쿵쾅거리며 집 안으로 들어갔을 것이다. 줄리가 신을 벗자 엄마는 더러운 양말도 벗어야 한다고 말했다. 줄리는 부끄러워하는 기색이 없었다. 손톱만큼도 없었다. 아무렇지 않게 양말을 벗어 현관에 있는 딱딱한 상자더미 위에 놓아두었다.

내가 줄리에게 집 구경을 시켜 주었다고 말할 수는 없다. 집 구경을 시켜 주기는커녕 욕실로 들어가 문을 잠갔다. 줄리에게 싫다고, 당분간 밖으로 나갈 일은 없을 거라고 소리친 뒤 10분쯤 지났을까? 복도가 잠잠해졌다. 또 10분이 지나자 문밖을 내다볼 용기가 생겼다.

줄리는 없었다.

슬금슬금 나와서 주변을 살펴보았다. 정말이었다! 줄리는 사라지고 없었다. 뭐, 그다지 정교한 왕따 작전은 아니었다. 하지만 난 고작 일곱 살이었다.

그러나 시련은 그것으로 끝나지 않았다. 줄리는 매일같이 찾아왔다.

"브라이스랑 놀아도 돼요?"

소파 뒤에 몸을 숨기고 있으면 줄리의 목소리가 들렸다. 한 번은 뜰을 곧장 가로질러 다가와 내 방 창문을 들여다보기까지 했

11

다. 나는 아슬아슬하게 줄리를 발견하고 침대 밑으로 기어들어 갔다. 휴, 이건 줄리 베이커가 어떤 아이인지 말해 주는 사건이었다. 줄리에게는 개인 공간이라는 개념이 없었다. 사생활을 존중해 주지 않았다. 온 세상이 줄리의 놀이터였다. 거기 아래 조심해! 줄리 님이 미끄럼틀을 타고 내려가신다!

다행히 아빠는 선뜻 방어막이 되어 주었다. 몇 번이고 그랬다. 줄리에게 내가 바쁘다거나 자고 있다거나 그냥 간단히 없다고 둘러댔다. 생명의 은인이었다.

반대로 리네타 누나는 틈만 나면 일부러 훼방을 놓았다. 원래가 그랬다. 나보다 네 살 위였는데 정말이지 나는 누나를 보며 막무가내 인생이 뭔지 알게 됐다. 누나의 몸에는 머리부터 발끝까지 '한 판 할래?'라고 쓰여 있었다. 누나를 쳐다보기만 해도, 그러니까 노려보거나 혀를 내밀지 않더라도 눈만 마주쳤다 하면 싸움이 벌어졌다.

누나와 인정사정 볼 것 없이 싸울 때도 있었지만 사실 소용없는 짓이었다. 여자들은 정정당당하게 싸우지 않는다. 머리카락을 잡아당기고 몸을 찌르고 꼬집는다. 내가 주먹이라도 쥐고 몸을 보호할라치면 누나는 헐떡거리며 엄마한테 쪼르르 달려가 버린다. 그럼 잠시 휴전해야 한다. 왜냐고? 미끼를 덥석 물어서는 안 되기 때문이다. 그게 생존 비결이다. 미끼가 대롱거리게 내버려 둬야 한다. 주변을 헤엄쳐 다니며 웃어넘겨야 한다. 잠시 기다리면 포기하고 다른 물고기를 유혹하러 가 버릴 테니까 말이다.

적어도 그게 리네타 누나를 다루는 방법이었다. 그리고 입안의 가시 같은 누나 덕분에 이 방법이 다른 사람에게도, 선생님과

학교의 멍청이들과 엄마와 아빠에게도 먹힌다는 걸 알게 됐다. 정말 그랬다. 부모님과 입씨름해 봤자 이길 수도 없는데 괜히 기운을 뺄 필요가 있을까? 부모님이라는 해일에 사정없이 휩쓸리느니 잠수해서 피하는 편이 낫다.

우습게도 리네타 누나는 부모님을 대하는 법을 아직도 몰랐다. 해일을 정면으로 돌파하려다가 입씨름의 파도에 빠져 한참 허우적거리고는 결국 숨을 크게 들이마시고 좀 더 조용한 물속으로 깊이 들어가 버리는 것이었다. 그런데도 나를 바보라고 생각하다니.

어쨌든 누나는 예상대로 처음 며칠간 나에게 줄리라는 미끼를 던지려고 했다. 심지어 아빠 몰래 줄리를 집에 들여서는 그 아이를 끌고 나를 붙잡겠다며 집 안을 샅샅이 뒤졌다. 나는 내 방의 벽장 맨 위에 있는 선반에 몸을 숨겼고 다행히 둘 다 고개를 들진 않았다. 몇 분 후 아빠가 줄리에게 골동품에서 손을 떼라며 고함치는 소리가 들렸고 줄리는 이번에도 역시 쫓겨났다.

이사 후 첫 주 동안은 집 밖에 나가지 않은 것 같다. 내가 남은 짐을 풀고 텔레비전을 보며 어정거리는 동안, 엄마와 아빠는 가구를 이렇게 놨다 저렇게 놨다 하면서 영국 왕실 스타일 소파와 프랑스 로코코 양식 탁자가 과연 한 방에 있어도 되는지를 두고 옥신각신했다.

그러니 믿어도 좋다. 난 밖에 나가고 싶어 죽을 지경이었다. 하지만 창밖을 살펴보면 줄리가 보란 듯이 자기 집 앞뜰에 나와 있었다. 축구공을 머리로 튕기거나 높이 차올리거나 진입로를 따라 드리블하고 있었다. 그렇게 축구 실력을 뽐내지 않을 때는 발 사이에 공을 끼고 길턱에 가만히 앉아 우리 집을 쳐다 보았다.

엄마는 '그 귀여운 여자 아이'가 내 손을 잡은 게 얼마나 끔찍한 일인지 이해하지 못했다. 내가 줄리와 '친구'가 되어야 한다고 생각했다.

"너도 축구 좋아하잖니? 왜 나가서 공이라도 차지 않는 거니?"

자칫하면 공 대신 내가 발길질을 당할 것 같았으니까. 그게 이유였다. 그때는 그렇게 말할 수 없었지만 그래도 일곱 살이라는 나이가 부끄럽지 않게 나름의 직감이 있었고 덕분에 줄리 베이커가 위험한 존재라는 사실 정도는 알 수 있었다.

알고 보니 줄리는 피할 수 없는 위험이었다. 옐슨 선생님이 담임이었던 2학년 교실로 들어선 순간, 나는 죽은 목숨이었다.

"브라이스!"

줄리가 비명을 질렀다.

"우리 반이구나!"

그러더니 쏜살같이 뛰어와서 나에게 와락 달려들었다.

옐슨 선생님은 이 습격이 '환영의 포옹'이라고 설명했지만 맙소사, 그건 포옹이 아니었다. 기필코 막고야 말겠다며 뛰어오른 골키퍼나 다름없었다. 난 얼른 몸을 빼냈지만 이미 늦고 말았다. 영영 낙인이 찍혀 버렸다. 모두가 "여자 친구는 어디 있니, 브라이스?"라든지 "벌써 결혼한 거야, 브라이스?"라며 비웃었다. 게다가 줄리가 쉬는 시간 내내 나를 따라다니며 키스하려고 하자 전교생이 노래를 불러 댔다.

"브라이스와 줄리가 나무에 앉아 키이이스으으한대요……."

새로운 동네에서의 첫해는 끔찍하기 짝이 없었다.

3학년이 되어도 그다지 나아지지 않았다. 주변을 둘러보면 어김없이 줄리가 졸졸 따라오고 있었다. 4학년 때도 마찬가지였다. 그러나 5학년이 되면서 나는 조치를 취했다.

실행에 옮기기까지는 시간이 좀 걸렸다. 머릿속에 떠오르긴 했지만 '아, 그건 옳지 않아.'라고 떨쳐 버리던 생각 중 하나였다. 하지만 생각하면 할수록, 꼼꼼히 따져 볼수록, 줄리를 피할 수 있는 더 좋은 방법은 없는 것 같았다. "줄리, 넌 내 타입이 아니야."라고 알려 줄 더 좋은 방법이 과연 있을까?

그래서 나는 작전을 짰다.

셸리 스톨스에게 데이트를 신청한 것이다.

이 계획의 탁월함을 제대로 알기 위해서는 줄리가 셸리 스톨스를 얼마나 미워했는지 먼저 알아 둬야 한다. 왜 그런지 모르겠지만 줄리는 늘 셸리를 싫어했다. 셸리는 착하고 상냥했으며 머리카락이 풍성했다. 대체 왜 싫다는 거지? 하지만 줄리는 셸리를 싫어했고, 나는 작지만 주옥같은 이 정보를 내 문제의 해결책으로 삼을 작정이었다.

원래 생각했던 것은 셸리와 같은 탁자에서 점심을 먹고 잠깐 산책하는 정도였다. 줄리가 근처에 나타나면 셸리에게 좀 더 친한 척을 하고 그럼 일이 자연스럽게 풀릴 것이라고 예상했다. 그런데 뜻밖에도 셸리가 상황을 너무 진지하게 받아들이고 말았다. 셸리는 돌아다니며 아이들에게 우리가 사랑에 빠졌다고 떠벌렸다. 물론 줄리도 빠뜨리지 않았다.

곧 줄리와 셸리는 심하게 다퉜고, 셸리가 기운을 차리는 동안 내 친구인 줄 알았던 개럿이(모든 계획은 녀석의 머리에서 나온 것이었다.) 셸리에게 내 의도가 뭔지 나불거리고 말았다. 개럿은 끝끝내 부인했지만 그 후로 난 개럿이 여자의 눈물 앞에서는 의리고 뭐고 금세 팽개쳐 버리는 녀석이란 걸 알게 되었다.

그날 오후 교장 선생님은 나를 추궁했지만 나는 사실을 털어 놓을 생각이 없었다. 그저 선생님에게 죄송하지만 왜 이렇게 됐는지 정말 모르겠단 말만 되풀이했다. 마침내 선생님은 날 풀어 주었다.

셸리는 며칠 동안이나 징징거렸고 학교에서 나를 보면 코를 홀쩍이며 따라다녔다. 정말 머저리가 된 기분이었다. 줄리가 그림자처럼 바싹 따라올 때보다 훨씬 끔찍했다.

그러나 셸리가 공식적으로 나를 차 버리고 카일 라슨과 데이트를 시작하면서 소동은 일주일 만에 가라앉았다. 그러자 줄리가 다시 추파를 던지기 시작했고 상황은 원점으로 되돌아가고 말았다.

그러다 6학년이 되었고 나아졌다고 말하긴 어렵지만 어쨌든 변화가 찾아왔다. 6학년 때는 정확히 말해서 줄리가 나를 따라다닌 기억은 없다. 그러나 쿵쿵대며 내 냄새를 맡았던 건 또렷이 기억난다.

그렇다. 줄리는 내 '냄새'를 맡았다.

담임인 머틴스 선생님 때문이기도 했다. 접착제처럼 줄리를 나에게 붙여 두었으니까. 머틴스 선생님은 자리 배치인가 뭔가에 일종의 박사 학위가 있는 모양이었다. 학생들이 앉아야 하는 자리를 분석하고 정밀 조사한 다음 세례를 주다시피 자리를 정했다. 그리고 물론 선생님은 줄리를 내 옆자리에 앉혔다.

줄리 베이커는 똑똑한 머리를 과시하려고 안달하는 짜증 나는 타입이었다. 질문을 받으면 가장 먼저 손을 들었다. 대답은 대개 완벽한 박사 논문감이었다. 줄리는 과제를 늘 일찌감치 제출했고 그 탓에 그 과제는 다른 아이들을 겨냥하는 무기로 쓰였다. 선생님들은 늘 줄리의 과제를 들어서 보여 주며 "이게 바로 내가 찾는 거다, 얘들아. 에이 플러스짜리 과제란 바로 이런 거야."라고 말했다. 이미 만점에다 이런저런 추가점까지 더해져서, 맹세컨대 줄리는 어떤 과목이든 120점 밑으로 점수를 받아 본 적이 없을 것이다.

그러나 머틴스 선생님이 내 옆에 줄리를 붙여 놓은 후 모든 과목을 섭렵한 줄리의 짜증 나는 지식은 꽤 쓸모가 있었다. 그러니까 줄리가 또렷한 필기체로 쓴 완벽한 답안이 통로 바로 건너편, 눈만 굴리면 보이는 거리에 있었던 것이다. 나는 믿기지 않을 정도로 많은 답을 훔쳐보았다. 덕분에 전 과목에서 A와 B를 받기 시작했다. 이런 날이 올 줄이야!

그런데 머틴스 선생님이 자리 배치를 새로 했다. '자리의 위도와 경도를 최적화할' 새로운 아이디어가 떠올랐기 때문인데, 먼지가 모두 가라앉고 나니 나는 줄리 베이커의 바로 앞에 앉아 있었다.

이렇게 킁킁 냄새 맡기가 시작되었다. 그 미치광이는 몸을 앞으로 내밀고 내 머리카락에 코를 대고 '킁킁' 냄새를 맡았다. 머리에 닿을 듯이 코를 바싹 대고는 킁킁, 킁킁, 킁킁.

나는 팔꿈치로 떠밀고 발로 뒤를 차 보았다. 의자를 앞으로 당기고 의자 등받이 부분에 배낭을 끼워 두었다. 모두 소용이 없었다. 줄리는 나를 따라 의자를 앞으로 당기거나 몸을 좀 더 내밀며 킁킁, 킁킁, 킁킁 하고 냄새를 맡았다.

참다못해 머틴스 선생님에게 자리를 옮겨 달라고 했지만 선생님은 들어주려 하지 않았다. 교육적 활기의 섬세한 균형을 깨뜨리고 싶지 않다나?

그러거나 말거나 나는 킁킁대는 줄리에게서 벗어날 수 없었다. 그리고 완벽한 필기체로 쓴 줄리의 답을 더는 볼 수 없어서 내 점수도 곤두박질쳤다. 특히 철자법이 심각했다.

그러던 어느 날 시험을 보던 중에 줄리는 내 머리카락 냄새를 맡다가 내가 단어의 철자를 빠뜨렸음을 알게 되었다. 그런 단어가 아주 많았다. 갑자기 킁킁거림이 뚝 그치고 귓속말이 시작되었다. 처음에는 믿을 수가 없었다. 줄리 베이커가 부정행위를 해? 하지만 줄리는 당연히 나를 위해 철자를 알려 주고 있었다. 내 귀에 대고 속삭였다.

줄리가 얼마나 교묘하게 내 머리 냄새를 맡았던지 눈치챈 사람이 없어서 정말 괴로웠는데 문제의 답을 알려 줄 때도 마찬가지로 교묘했다. 하지만 이번에는 좋았다. 좋지 않은 점은 줄리가 귓가에 속삭여 주는 철자에 의존하게 된 것이다. 그러니까 공부할 필요가 없는데 왜 공부를 한단 말인가? 하지만 답을 날름날름 받아먹자니 곧 빚진 기분이 들었다. 빚진 사람에게 어떻게 저리 꺼지라거나 그만 좀 킁킁대라고 말할 수 있겠는가? 알다시피 옳지 못한 행동이다.

이렇게 나는 거북함과 짜증 사이를 오가며 6학년을 보냈지만 내년은, 내년만큼은 달라질 거라고 줄곧 생각했다. 중학교에 갈 테고 반도 달라질 테니까. 사람이 너무 많아져 줄리 베이커를 다시 마주칠 걱정 따윈 할 필요도 없는 세계일 테니까.

　마침내 끝이 보이기 시작했다.

심장이 두근두근

브라이스 로스키를 처음 만난 날, 나는 사랑에 푹 빠지고 말았다. 솔직히 말해 그 아이를 본 순간 정신이 나가 버렸다. 그 아이의 눈동자 때문이었다. 남다른 느낌을 주는 그 두 눈 때문이었다. 브라이스의 눈은 파란색이었고 검은 속눈썹이 주변을 둘러싸고 있었는데 눈부시고 찬란했다. 숨이 멎을 정도였다.

이제는 6년이 지났고 감정을 숨기는 법도 오래전에 깨우쳤지만, 오! 처음 만난 어린 시절에는, 그 시절에는! 그 아이와 함께 있고 싶어 속을 태웠던 것 같다.

시작은 2학년이 되기 이틀 전이었다. 물론 몇 주 전부터 기대감에 부풀어 있었다. 엄마가 내 또래 남자 아이가 있는 가족이 길 맞은편 새 집에 이사 올 거라고 말해 준 순간부터 말이다.

축구 캠프도 끝나 버렸고 주변에는 함께 놀 친구가 없었다. 눈을 씻고 찾아봐도 없었다. 아, 물론 아이들은 있었지만 다들 나보다 나이가 많았다. 오빠들에겐 더할 나위 없이 좋았지만 내가 할 수 있는 일이라곤 혼자 집을 지키는 것뿐이었다.

엄마도 집에 있었지만 엄마는 축구공이나 차며 돌아다니는 것보다 더 중요한 일이 많았다. 그러니까 엄마 말로는 그랬다. 그 당시의 내 생각엔 축구공을 차고 노는 것보다 더 중요한 일은 없을 것 같았다. 특히 빨래나 설거지나 청소 따위는 더더욱 아니었는데 엄마 생각은 달랐다. 게다가 엄마와 단둘이 집에 있으면 엄마가 설거지나 먼지 털기나 청소를 도와 달라며 호출할 위험이 있었고 내가 축구공을 튕기며 집안일을 하는 꼴을 엄마가 용납할리 없었다.

그래서 나는 비교적 안전한 대책으로 새 이웃들이 일찍 이사 올 경우를 대비해 몇 주 동안 집 밖에서 기다렸다. 말 그대로 '몇 주'나 기다렸다. 우리 집 개 챔프와 축구를 하며 시간을 때웠다. 개가 제대로 공을 차고 득점을 올릴 수는 없는 노릇이어서 챔프는 대개 수비만 했지만 이따금씩 코로 드리블을 하기도 했다. 하지만 공 냄새가 녀석을 사로잡은 모양이었다. 결국 공을 물어뜯으려고 달려들다가 나에게 공을 뺏기고 말았다.

마침내 로스키 가족의 이삿짐 트럭이 도착하자 우리 가족은 모두 기뻐했다. '어린 줄리아나'에게 드디어 어울려 놀 친구가 생길 테니까.

엄마는 분별력이 뛰어난 어른답게 그 아이를 만나러 가려는 나를 한 시간이 넘도록 붙잡아 두었다. 엄마가 말했다.

"저 사람들에게 한숨 돌릴 시간은 줘야지, 줄리아나. 적응할 시간이 필요할 거야."

엄마는 뜰에 나가 내다보지도 못하게 했다.

"내가 우리 딸을 모를까 봐? 축구공이 저 집 마당으로 날아갔으니 공을 가지러 다녀와야겠다고 할 거면서."

그래서 나는 창문에서 지켜보며 몇 분에 한 번씩 "지금은요?"
하고 물었고 엄마는 "시간을 좀 더 줘야 하지 않겠니?"라고 대답
했다.

그러다 전화벨이 울렸다. 엄마의 기분이 좋아지고 신경이 딴
데로 쏠렸음이 확실해지자마자 나는 엄마의 옷소매를 잡아당기
며 물었다.

"지금은요?"

엄마는 고개를 끄덕이며 낮은 목소리로 말했다.

"좋아, 하지만 서두르면 안 된다! 엄마도 금방 갈게."

나는 너무 흥분해서 총알처럼 길을 건넜지만 일단 이삿짐 트
럭에 다다르자 예의 바르게 굴려고 무지 애를 썼다. 기록적인 시
간동안 트럭을 들여다보며 밖에 서 있었는데 정말 힘든 일이었다.
그 아이가 거기 있었으니까! 트럭과 나 사이 중간쯤에, 새로운 단
짝이 될 게 분명한 브라이스 로스키가 말이다!

브라이스는 특별히 하는 일이 없었다. 그냥 뒤로 물러나 자기
아빠가 상자를 트럭 내리닫이문으로 옮기는 모습을 구경하고 있
었다. 상자를 옮기는 로스키 아저씨가 무척 기진맥진해 보여서
딱하다고 생각했던 기억이 난다. 또 로스키 아저씨와 브라이스가
똑같이 청록색 폴로셔츠를 입고 있었던 기억도 난다. 정말 귀여
워 보였다. 정말로 근사했다.

더 이상 참을 수 없게 된 나는 트럭에 대고 "안녕하세요!" 하고
외쳤다. 브라이스는 펄쩍 뛰더니 귀뚜라미처럼 빠르게 상자를 밀
기 시작했다. 종일 일한 사람처럼 말이다. 잘못을 들킨 사람처럼

구는 브라이스를 보니 지금 한창 상자를 옮기고 있어야 하는데 지겨워졌다는 걸 알 수 있었다. 어쩌면 며칠 연속 짐을 옮겼는지도 몰랐다! 휴식이 필요한 게 분명했다. 주스나 다른 뭐라도 마시면서 쉬면 좋을 텐데!

로스키 아저씨가 브라이스에게 휴식을 줄 생각이 없다는 것도 분명해 보였다. 브라이스는 쉬지 않고 상자를 옮기다가 쓰러질지도 모르고 그러다 죽어 버릴 수도 있었다. 새 집에 들어가기도 전에 죽어 버릴 수도 있는 것이다!

끔찍한 생각이 든 나는 이삿짐 트럭으로 급히 뛰어들었다. 도와야 해! 저 아일 구해야 해! 상자를 앞으로 미는 걸 도와주려고 다가가자 그 불쌍한 아이는 너무 지친 나머지 옆으로 비켜서며 내게 자리를 내주었다. 로스키 아저씨는 내 도움을 바라지 않았지만 적어도 브라이스를 구할 수는 있었다. 이삿짐 트럭 속에 들어간 지 3분이나 지났을까, 브라이스의 아빠가 엄마를 도와 짐을 풀라며 브라이스를 들여보냈다.

나는 브라이스를 뒤쫓아 갔고 바로 그때 모든 것이 변했다. 브라이스를 따라가 팔을 잡은 이유는 브라이스가 집 안에 갇히기 전에 잠깐이라도 함께 놀기 위해서였다. 그런데 정신을 차리고 보니 어느새 브라이스가 내 손을 잡고 내 눈을 똑바로 들여다보고 있는 것이 아닌가!

심장이 쿵 멈추고 말았다. 그대로 멈춰 버렸다. 그리고 난생 처음 느낌이 왔다. 그러니까 세상이 내 주변에서, 내 밑에서, 내 마음속에서 빙빙 돌고 몸이 둥둥 떠오르는 느낌, 공중에 붕 뜬 느낌이었다. 내 몸이 멀리 날아가 버리지 못하게 붙잡고 있는 것은 그의 눈동자뿐이다. 보이지 않는 물리적 힘이 우리의 눈을 이어 주었고, 내가 상대방의 눈에 꼼짝없이 붙들린 동안 주변 세상은 빙글빙글 소용돌이치다 흔적도 없이 사라져 버렸다.

그날 나는 첫 키스를 할 뻔했다. 그건 분명하다. 하지만 그때 브라이스의 엄마가 현관문 밖으로 나왔고 브라이스는 너무 당황한 나머지 볼이 새빨개져서 결국 화장실에 숨어 버렸다.

브라이스가 나오기를 기다리고 있는데 브라이스의 누나인 리네타 언니가 복도에 있던 나를 발견했다. 내 눈에는 성숙해 보이는 언니인 데다 무슨 일인지 알고 싶어 하는 눈치였기에 사정을 약간 설명해 주었다. 하지만 실수였다. 리네타 언니가 화장실 문 손잡이를 달각달각 돌리면서 브라이스를 잔인하게 놀려 댔기 때문이었다.

"야, 꼬맹아!"

언니는 문틈에 대고 외쳤다.

"여기 끝내주는 영계가 널 기다리고 있잖아! 왜 그래? 얘한테 이라도 있을까 봐?"

얼굴이 화끈거렸다! 언니의 팔을 잡아당기며 그만두라고 했지만 그럴 기세가 아니어서 결국 난 자리를 뜨고 말았다.

밖으로 나오니 엄마가 로스키 아주머니와 대화를 나누고 있었다. 엄마는 그날 밤 우리의 후식이 될 예정이었던 아름다운 레몬 번트 케이크를 로스키 아주머니에게 선물했다. 흩뿌린 새하얀 설탕은 부드러워 보였고 케이크는 아직 따뜻했으며 공중으로 달콤한 레몬 향기가 흩날리고 있었다.

보기만 해도 군침이 도는 케이크였다! 하지만 그건 로스키 아

주머니의 손에 들어갔고 돌려받을 길은 없었다. 두 여인이 식료품
점이나 일기 예보에 관해 나누는 대화를 들으며 케이크의 냄새라
도 꿀꺽꿀꺽 삼키는 수밖에 없었다.

그 후에 엄마와 나는 집으로 돌아왔다. 정말 묘한 경험이었다.
나는 브라이스와 조금도 놀지 못했다. 다만 그 아이의 눈동자가
아찔할 정도로 푸르다는 것, 믿으면 안 되는 누나가 있다는 것,
그 아이가 나에게 키스할 뻔했다는 사실만 알게 되었을 뿐이었
다.

그날 밤 나는 이루어졌을지도 모르는 그 키스를 생각하며 잠
이 들었다. 키스는 어떤 느낌일까? 잠잘 시간에 엄마나 아빠가
해 주는 입맞춤과 다르다는 정도는 알 수 있었다. 아마 같은 갯
과지만 실제로는 아예 다른 짐승인 늑대와 휘핏의 경우처럼 말이
다. 그 둘을 같은 범주에 넣는 것은 오직 과학뿐이다.

2학년 때를 돌아보면 부분적으로는 과학적 호기심 때문에 그
키스를 따라다녔다고 생각하고 싶지만 솔직히 말해 브라이스의
푸른 눈동자가 더 큰 이유였을 것이다. 2학년과 3학년 내내 나도
모르게 브라이스를 따라다녔고 자꾸만 그 애 옆에 앉았으며 브
라이스 가까이에 있고 싶은 마음을 참을 수가 없었다.

4학년이 되자 마음을 다스리는 법을 터득하게 되었다. 그 애
를 보기만 해도 아니, 생각만 해도 여전히 심장이 콩닥거렸지만
더 이상 내 몸은 그 애를 따라가지 않았다. 그냥 지켜보고 생각
하고 꿈꾸기만 했다.

그러다 5학년이 되었을 때 셸리 스톨스가 무대에 등장했다.
셸리 스톨스는 속 빈 강정이었다. 콧소리나 내고 험담이나 즐기

는 수다쟁이였다. 한 사람에게는 이 말을, 다른 사람에게는 정반대의 이야기를 하는 바보 멍청이였다. 중학생이 된 지금, 셸리는 명백히 드라마의 여왕이 되었지만 초등학교 시절에도 이미 그 역할을 연기하는 법을 알고 있었다. 체육 시간에는 특히 열연했다. 셸리가 운동장을 돌거나 체조를 하는 모습을 본 적이 없다. 대신 셸리는 '연약한' 소녀로 돌변하여 달리거나 폴짝이거나 스트레칭을 하면 과로 때문에 쓰러지고 만다고 주장했다.

그 연기는 잘 먹혔다. 매년 그랬다. 셸리는 새 학년이 시작되면 무슨무슨 진단서를 가져왔고 처음 며칠 동안 선생님 앞에서 잠깐씩 기절을 하고야 말았다. 그러고 나면 그 후에는 근육을 써야 하는 일은 뭐든 면제받았다. 심지어 방과 후에 자기 의자도 책상 위에 올리지 않았다. 규칙적으로 쓰는 근육이라고는 입 주변 근육뿐이었고 그 근육은 쉴 틈이 없었다. 올림픽에 수다 종목이 있다면 셸리 스톨스야말로 모든 상을 휩쓸어 버릴 게 분명했다. 뭐, 적어도 금메달과 은메달은 딸 것이다. 입꼬리 한쪽당 메달 하나씩 걸 수 있을 것이다.

셸리가 체육 수업에서 빠졌다는 사실 자체가 짜증 난 건 아니었다. 셸리랑 같은 팀이 되고 싶어 할 사람이 어디 있을까? 내가 괴로웠던 이유는, 셸리가 특별 대우를 받은 이유가 천식이나 약한 발목이나 허약 체질 때문이 아니었기 때문이다. 그건 바로 셸리의 머리카락 때문이었다.

셸리의 머리칼은 산더미처럼 풍성했고 머리를 이런저런 모양으로 꼬고 핀을 꽂거나 구슬로 장식하고 돌돌 말거나 땋았다. 하나로 묶으면 회전목마의 꼬리에 도전장을 내밀 수도 있었다. 그리고 머리를 모두 늘어뜨리고 온 날엔 담요처럼 출렁이는 머리카락에 얼굴이 파묻혀 제대로 보이는 거라고는 코뿐이었다. 머리에 담요를 뒤집어쓰고 피구를 하겠다니 행운을 빌어 줄 수밖에 없지 않은가?

셸리 스톨스에 대한 내 방침은 무시하는 것이었는데 꽤 잘 먹혔다. 5학년이 절반쯤 지났을 무렵 셸리가 브라이스의 손을 잡고 있는 모습을 볼 때까지는 말이다.

나의 브라이스! 2학년이 되기 이틀 전에 내 손을 잡은 일로 아직까지 민망해 하는 아이. 아직까지도 부끄러워 나에게 인사말 정도밖에 못하는 아이.

내 첫 키스의 가능성을 품고 다니는 아이.

얍삽하게 브라이스의 손을 잡고 다니는 꼴이라니! 공주병 환자 주제에 왜 브라이스에게 달라붙어 있는 거지?

브라이스는 셸리와 걸어가며 이따금 등 뒤로 고개를 돌렸다. 바로 '나'를 바라보고 있었다. 처음에는 미안하다는 뜻을 전하고 싶은 줄 알았다. 그러다가 퍼뜩 깨달았다. 브라이스는 도움이 필요했던 것이다. 당연히 그렇겠지, 왜 안 그러겠어! 셸리 스톨스는 너무 연약해서 밀어낼 수도 없었고 너무 찰싹 달라붙어서 떨쳐낼 수도 없었다. 귀가 따갑도록 수다를 늘어놓으며 훌쩍거리기까지 하니 브라이스가 얼마나 당황스러울까! 그래, 여자를 밀어내는 건 남자가 기품 있게 할 수 있는 일이 아니었다. 같은 여자가 할 일이었다.

나는 굳이 다른 지원자들이 있는지 찾아보지도 않았다. 단 2

초 만에 브라이스에게서 셸리를 떼어냈다. 브라이스는 자유의 몸이 된 순간 쌩 달아났지만 셸리는 아니었다. 오, 안 돼, 안 돼! 셸리는 나에게 달려들어 손에 잡히는 대로 할퀴고 잡아당기고 비틀면서 브라이스는 '자기의 것'이고 절대 놓아주지 않겠다고 했다.

참 연약하기도 하시지.

선생님들이 우르르 달려와 셸리 스톨스의 진짜 모습을 보기를 바랐지만 다른 사람이 나타났을 때는 이미 늦어 버렸다.

나는 풍성하게 부푼 셸리의 머리에 헤드록을 걸고 셸리의 팔을 뒤로 꺾어 해머록을 걸었다. 그리고 선생님이 도착하기 전까지 셸리가 꽥꽥대고 할퀴고 난리 법석을 떨어도 절대 풀어 주지 않았다.

결국 셸리는 그날 머리가 엉망진창으로 헝클어져 조퇴했고 나는 교장 선생님에게 내 입장에서 상황을 설명했다. 슐츠 교장 선생님은 적소를 공격하는 날렵한 발길질의 진가를 남몰래 음미하고 있을 것만 같은 건장한 여자였다. 나에게 다른 아이들이 곤란한 지경에 처해도 상관하지 말라고 말하긴 했지만, 셸리 스톨스가 어떤 아이이고 그 애의 풍성한 머리가 어떤 작용을 하는지 정확히 파악하고 있었다. 그뿐 아니라 선생님은 내가 자제력을 발휘해 셸리를 견제하기만 하고 더 심한 행동을 하지 않아서 기쁘다고 했다.

다음날 셸리는 갈래갈래 땋은 머리를 하고 나타났다. 그리고 당연히 모두에게 귓속말로 내 흉을 보았지만 나는 무시해 버렸다. 진실은 명백했으니까. 브라이스는 학년이 끝날 때까지 셸리 근처에도 가지 않았다.

그 후로 브라이스가 내 손을 잡았다고는 말할 수 없지만 그래도 좀 더 다정하게 대해 주었다. 6학년이 되어 머틴스 선생님이 우리를 세 번째 줄에 나란히 앉힌 후에는 더욱 그랬다.

브라이스의 옆자리를 지키고 앉는 일은 참 멋졌다. 아니, 브라이스가 멋졌다. 브라이스는 아침마다 "안녕, 줄리."라고 인사해 주었고 이따금씩 나를 힐끔 쳐다보았다. 그러고는 늘 얼굴을 붉히며 다시 자기 공부에 열중하곤 했는데 나는 웃음을 참을 수가 없었다. 브라이스는 정말 부끄럼을 많이 탔다. 그리고 정말 귀여웠다!

우리는 대화도 더 많이 나누게 되었다. 머틴스 선생님이 나를 브라이스의 뒷자리로 옮긴 후에는 더더욱 가까워졌다. 머틴스 선생님은 철자법을 가르칠 때 '나머지 공부' 방침을 고수했는데, 단어 스물다섯 개 중에 일곱 개 이상을 틀리면 점심시간에 선생님과 함께 교실에 남아 틀린 단어를 쓰고 쓰고 또 써야 했다.

나머지 공부라는 압박감 때문에 브라이스는 극심한 공포에 시달렸다. 나는 양심에 찔리긴 했지만 몸을 앞으로 숙이고 브라이스에게 정답을 속삭여 주었다. 선생님 대신 내가 브라이스랑 점심시간을 보낼 수 있기를 바라면서 말이다. 브라이스의 머리카락에서는 수박 향기가 났고 귓불엔 솜털이 보송보송했다. 보드라운 금빛 솜털이었다. 신기했다. 머리카락이 저렇게 새카만데 귓불은 금빛 솜털로 뒤덮이다니! 어쨌든 솜털의 역할은 뭘까? 나는 거울로 내 귓불을 살펴보았지만 특별한 점을 찾을 수 없었고 다른 사람들의 귀를 봐도 마찬가지였다.

과학 시간에 진화와 관련된 내용을 배울 때 머틴스 선생님에게 귓불에 난 솜털에 관해 물어볼까 생각했지만 그러진 않았다. 대신 브라이스에게 단어의 철자를 속삭여 주고 수박 향기를 맡고 언제쯤 첫 키스를 하게 될지 궁금해하며 그해를 보냈다.

정신 차려, 정신!

중학생이 되니 변화가 생기긴 했지만 가장 큰 변화가 생긴 곳은 학교가 아니라 집이었다. 던컨 외할아버지가 우리와 함께 살게 된 것이었다.

식구들 모두 할아버지를 잘 몰랐기 때문에 처음에는 기분이 묘했다. 물론 엄마를 빼고 하는 말이다. 엄마는 지난 1년 반 동안 우리에게 할아버지가 멋진 분이라고 납득시키려 애를 썼다. 하지만 내가 살펴본 바로 할아버지가 가장 즐겨 하는 일은 거실 창밖을 멍하니 바라보는 것이었다. 줄리네 앞뜰 말고는 달리 볼 것도 없었는데 할아버지는 우리 집에 올 때 가져온 큰 안락의자에 앉아 밤낮 그러고만 있었다.

물론 톰 클랜시(*미국의 대표적인 군사 소설 작가.)의 소설이나 신문을 읽기도 했고 십자말풀이를 하거나 주식 시장의 변동을 살펴보기도 했지만 그건 그냥 기분 전환이었다. 잘한다고 인정해 주는 사람이 없는데도 할아버지는 잠들 때까지 창밖을 바라보곤 했다. 잘못된 행동이라는 말은 아니다. 그냥 무척…… 지루해 보였다.

엄마는 할아버지가 그렇게 밖을 내다보는 이유가 할머니를 그리워하기 때문이라고 했지만 할아버지는 나에게 그런 얘기를 꺼낸 적이 없었다. 사실 할아버지는 몇 달 전 신문에서 줄리의 기사를 읽을 때까지 나에게 굳이 말을 건 적이 없었다.

혹시 기대했을지 모르겠지만 줄리 베이커는 중학교 2학년짜리 아인슈타인으로서 〈메이필드 타임스〉의 1면을 장식하진 않았다. 줄리가 신문 1면에 등장한 까닭은 플라타너스 나무에서 내려오지 않고 버틴 탓이었다.

물론 내가 단풍나무나 자작나무, 플라타너스 나무를 구별할 수 있단 뜻은 아니다. 그러나 줄리는 당연히 그게 무슨 나무인지 알았고 그 정보를 나무 근처를 지나치는 모든 생물에게 알려 주었다.

이 플라타너스 나무는 콜리어 가 공터의 언덕에 자리 잡고 있었는데 엄청 컸다. 클 뿐만 아니라 꼴사나웠다. 배배 꼬이고 구불구불하고 울퉁불퉁해서 나는 나무가 바람에 쓰러지기만을 기다리고 있었다.

작년 어느 날 나는 결국 줄리가 그 바보 같은 나무에 대해 떠들어 대는 말에 질려 버렸다. 나는 곧장 본론으로 들어가 줄리에게 그건 장엄한 플라타너스 나무가 아니라 세상에서 발견된 가장 꼴사나운 나무라고 말했다. 줄리가 뭐라고 했을까? 내 눈에 무슨 문제가 있느냐고 했다. 눈에 문제가 있다니! 동네의 골칫거리나 다름없는 집에 사는 여자 아이가 한 말이었다. 덤불은 창문까지 웃자랐고 사방에 잡초가 삐져나왔으며 헛간 안뜰은 짐승들이 헤집고 다니기 딱 좋은 환경이었다. 그곳엔 개와 고양이, 닭은 물론이고 뱀까지 살았다. 하늘에 맹세코 줄리의 오빠들은 방에서 보아 뱀을 기르고 있었다. 내가 열 살 때쯤 방에 끌고 들어가 보아 뱀이 쥐를 삼키는 장면을 억지로 보여 주었다. 눈이 반짝거리는 살아 있는 쥐였다. 형들은 설치류의 꼬리를 붙잡았고 보아 뱀은 쥐를 통째로 꿀꺽 삼켰다. 덕분에 나는 한 달 동안 악몽에 시달렸다.

어쨌든 평소라면 다른 사람의 뜰에 신경도 쓰지 않겠지만 어수선한 줄리네 앞뜰은 우리 아빠를 몹시 괴롭혔고 아빠는 그 짜증을 우리 집 앞뜰에 쏟아 부었다. 아빠는 베이커 가족에게 앞뜰이란 어떤 모습이어야 하는지 보여 주는 것이 이웃인 우리의 도리라고 말했다. 그래서 마이크 형과 매트 형이 보아 뱀을 토실토실 살찌우는 동안 나는 잔디를 깎고 뜰의 경계를 다듬은 다음 보도를 싹싹 쓸고 도랑까지 파야 했다. 물론 내 의견을 묻는다면 도랑은 쓸데없는 과시용이었다.

어쨌든 우람하고 다부진 벽돌공인 줄리의 아빠가 앞뜰을 손봤을 거라고 생각한다면 틀렸다. 엄마 말로 그 아저씨는 여가 시간에 그림만 그렸다. 내가 보기엔 그 풍경화에 특별한 점이 없는 것 같았지만 그림에 붙인 가격표를 보면 아저씨는 무척 특별한 그림으로 여기는 모양이었다. 매년 메이필드 가축 품평회에서 아저씨의 그림들을 볼 수 있었는데 우리 부모님은 매년 똑같은 말을 했다.

"대신 앞뜰이나 손질했으면 세상이 더 아름다워졌을 텐데."

엄마와 줄리의 엄마는 가끔 대화를 나누었다. 엄마는 줄리의 엄마가 안됐다고 생각하는 것 같았다. 그 아주머니가 몽상가와 결혼했으며 그 탓에 베이커 부부 중 한 명은 늘 불행할 거라고 말했다.

그러거나 말거나 줄리의 어그러진 미적 감각은 아빠 때문일지도 모르니 줄리를 탓할 수는 없다. 하지만 줄리는 그 플라타너스 나무가 신이 우주의 이 작은 모퉁이에 내려 준 선물이라고 생각했다.

3학년 때와 4학년 때 줄리는 자기 오빠들과 플라타너스의 나뭇가지에 앉아 익살을 떨거나 나무껍질을 잔뜩 벗겨 낸 뒤 구부러진 줄기를 미끄럼틀 삼아 타고 놀았다. 엄마가 우리를 차에 태우고 어디론가 갈 때면 항상 그 모습을 볼 수 있었고 베이커 남매는 늘 그 나무에서 노는 것 같았다. 우리 차가 정지 신호에 걸려 대기하는 동안 줄리는 나뭇가지에 대롱대롱 매달려 있었다. 떨어지면 뼈 마디마디가 으스러질 것만 같았다. 엄마는 고개를 저으며 말했다.

"저 나무에 저렇게 올라가면 절대 안 돼. 똑똑히 들었지, 브라이스? 네가 저러고 있는 꼴은 절대 못 본다, 리네타. 위험해도 보통 위험한 게 아니야."

누나가 눈을 굴리며 대답했다.

"설마!"

그동안 나는 창문 밑으로 바짝 웅크리며 줄리가 온 세상에 들리도록 내 이름을 외쳐 부르기 전에 신호가 바뀌기만을 빌었다.

5학년 때 한 번, 그 나무에 올라가 보려고 했었다. 장난감을 먹어 치우는 돌연변이 나뭇잎들 사이에서 줄리가 내 연을 꺼내

준 다음날이었다. 줄리는 내 연이 있는 곳까지 끝없이 올라갔고 내려온 후에도 정말 의연했다. 내 염려처럼 연을 볼모로 삼고 입술을 쭉 내밀진 않았다. 시원스레 연을 건네준 다음 가 버렸다.

마음이 놓이면서도 왠지 못난이가 된 기분이 들었다. 내 연이 걸린 곳을 보았을 때 절대 가망이 없다는 생각이 들었다. 줄리는 아니었다. 나무를 타고 올라가 연을 가지고 순식간에 내려왔다. 으, 정말 얼굴이 화끈거렸다.

그래서 나는 줄리가 얼마나 높이 올라갔는지 머릿속으로 가늠해 보았고, 다음날 줄리보다 나뭇가지 두 개는 더 올라가기로 마음먹고 출발했다. 굽은 부분을 지나 큰 나뭇가지 네 개를 오른 다음 얼마나 올라왔는지 확인하려고 잠깐 아래를 내려다보았다.

맙소사! 밧줄도 매지 않고 엠파이어 스테이트 빌딩 꼭대기에 올라온 기분이었다. 고개를 들어 내 연이 있던 곳을 보려고 했지만 까마득했다. 나는 그야말로 나무도 못 타는 못난이였다.

그러다 중학생이 되었고 줄리에게서 벗어날 수 있을 거라는 내 꿈은 산산조각 났다. 스쿨버스를 타고 등교해야 했는데 그 버스에 누가 탔을지는 말하지 않아도 알 것이다. 버스 정류장에는 여덟 명가량의 아이들이 모여 완충 지대가 형성되었지만 안전지대는 아니었다. 줄리는 늘 내 옆에 서거나 나에게 말을 걸면서 어떤 식으로든 나를 당황하게 만들었다.

그러다 줄리는 나무를 타기 시작했다. 중학교 1학년짜리 여자 아이가 나무를 타다니…… 그것도 높이높이, 저 높이! 왜 그랬을까? 우리에게 버스가 다섯 블록, 네 블록, 세 블록 앞에 도착했다고 알려 주기 위해서였다. 나무 위에서 버스의 이동 경로를 하나

하나 보고했다. 버스를 타러 온 중학생들은 아침마다 제일 먼저 줄리의 목소리를 들어야 했다.

줄리는 나에게도 나무 위로 올라오라고 했다.

"브라이스, 어서! 빛깔이 얼마나 아름다운지 몰라! 정말 장엄하다니까! 브라이스, 너도 여기로 올라와!"

그때마다 귓가에 맴도는 노래가 있었다.

"브라이스랑 줄리랑 나무 위에 앉아……."

과연 초등학교 2학년 때의 악몽에서 벗어날 수 있을까?

어느 날 아침엔 일부러 나무 위를 올려다보지 않았는데 줄리가 난데없이 나뭇가지에서 휙 뛰어내려 말 그대로 나를 덮쳤다. 깜짝이야! 그 바람에 가방을 떨어뜨렸고 목을 삐끗했다. 그 후로 나는 이 미친 원숭이가 날뛰는 나무 밑에서 꾸물거리지 않기로 했다. 제시간에 딱 맞춰 집을 나섰다. 나만의 장소에서 대기하다가 버스가 도착하는 모습이 보이면 언덕을 성큼성큼 올라가 버스에 탔다.

줄리가 없으니 말썽도 일어나지 않았다.

그런 식으로 중학교 1학년의 나머지 시간과 중학교 2학년 대부분을 버틸 수 있었다. 몇 달 전 어느 날까지는 말이다. 그날 언덕 위에서 시끄러운 소리가 들렸는데 대형 트럭들이 버스 정류장이 있는 콜리어 가에 서 있었다. 남자들이 줄리에게 뭐라고 고함을 질러 댔고 줄리는 어김없이 건물 5층 높이의 나뭇가지에 앉아 있었다.

다른 아이들도 나무 아래로 모여들었고 그 아이들이 줄리에게 내려오라고 말하는 소리가 들렸다. 줄리는 괜찮다고 했다. 귀가 있는 사람이라면 똑똑히 들을 수 있었다. 하지만 대체 무엇 때문에 실랑이를 벌이는지 알 수가 없었다.

나는 성큼성큼 걸음을 옮겼다. 거리가 가까워지며 남자들이 들고 있는 기계가 보이자 줄리가 왜 나무에서 내려오기를 거부하는지 금세 알 수 있었다.

그것은 전기톱이었다.

잠깐, 이 대목에서 부디 오해는 하지 말아 주길 바란다. 나무는 분명 구불구불한 가지들이 뒤엉킨 꼴사나운 변종이었다. 그리고 남자들과 입씨름하는 여자 아이는 줄리였다. 세상에서 가장 성가시고 가장 거만하게 우쭐대는 아이 말이다. 그런데 뜻밖에도 가슴이 저며 왔다. 줄리는 그 나무를 사랑했다. 정말 어리석은 짓이었지만 줄리는 그 나무를 사랑했고 나무를 베어 내는 건 줄리의 심장을 베어 내는 것이나 마찬가지였다.

모두들 줄리에게 내려오라고 설득했다. 나까지도. 하지만 줄리는 절대 내려가지 않겠다고 하면서 오히려 우리더러 올라오라고 말했다.

"브라이스, 제발! 내가 있는 곳으로 올라와 줘. 우리 모두 올라오면 나무를 베지 못할 거야!"

순간적으로 마음이 흔들렸다. 하지만 스쿨버스가 도착했고 나는 단념하기로 했다. 내 나무가 아니었다. 그리고 줄리는 자기 나무인 것처럼 굴었지만 사실 줄리의 나무도 아니었다.

우리는 줄리를 남겨 두고 버스를 탔지만 수업은 시간 낭비에 불과했다. 머릿속에서 줄리 생각이 떠나질 않았다. 아직도 그 나무 위에 있을까? 혹시 체포되었을까?

그날 오후 우리가 버스에서 내렸을 때 줄리는 보이지 않았고 나무의 절반도 사라지고 없었다. 높은 곳에 있던 나뭇가지들, 내 연이 걸렸던 곳, 줄리가 즐겨 앉던 자리…… 모두 사라지고 없었다.

우리는 잠시 작업 현장을 지켜보았다. 전기톱이 전속력으로 돌며 나무를 갉아먹자 톱밥이 연기처럼 휘날렸다. 나무는 비스듬히 기울어지고 벌거벗은 것처럼 보였다. 잠시 후 나는 자리를 떠날 수밖에 없었다. 누군가의 팔다리를 절단하는 장면처럼 느껴졌고 정말 오랜만에 울고 싶었다. 그토록 싫어했던 바보 같은 나무 때문에 금방이라도 울음이 나올 것만 같았다.

집으로 돌아와 그 생각을 떨쳐 버리려 했지만 의문이 가시질 않았다. 줄리와 함께 나무에 올라가야 했던 걸까? 그럼 조금이라도 도움이 되었을까? 줄리에게 전화를 걸어 나무가 잘려서 나도 안타깝다고 말해 줄까 생각했지만 그렇게 하지는 않았다. 그냥 어색할 것 같았다.

줄리는 다음날 아침 버스 정류장에 나타나지 않았고 오후에도 하교 버스를 타지 않았다.

그런데 그날 밤 저녁 식사를 하기 직전에 할아버지가 나를 거실로 불러들였다. 지나가는 나를 불러 세운 것은 아니었다. 그렇게 했다면 다정함을 느꼈을지도 몰랐다. 어쨌든 할아버지는 엄마에게 이야기했고 엄마가 나에게 전해 주었다.

"왜 부르시는지 엄마도 모른단다. 이젠 너를 좀 더 알고 싶으신 걸지도 몰라."

끝내주는군. 얼굴을 익히는 데만 꼬박 일 년 반이 걸렸는데 드디어 나에 대해 알기로 결심하셨단 말이지. 그래도 할아버지를 바람맞힐 순 없었다.

할아버지는 몸이 건장하고 코가 두툼했으며 희끗희끗한 머리에 기름을 발라 뒤로 넘겼다. 집에서는 늘 슬리퍼와 캐주얼 재킷 차림이었고 구레나룻이 없었다. 수염이 자라기는 했지만 할아버지는 하루에 세 번 깨끗이 면도를 했다. 할아버지에게는 여가 활동이라고 할 만한 것이었다.

할아버지는 코도 두툼했지만 손도 크고 두툼했다. 언뜻 평범해 보였지만 손에 낀 결혼반지 때문에 손이 얼마나 우람한지 알 수 있었다. 할아버지는 반지를 절대 빼지 않을 것 같았고 엄마는 그게 당연하다고 말했지만 내 생각에는 반지를 빼려면 그걸 절단해야 할 것 같았다. 살이 조금만 더 찌면 할아버지의 손가락이 잘릴 것만 같았다.

할아버지를 만나러 거실에 가니 할아버지는 그 커다란 손을 포개 무릎 위 신문에 올려 두고 있었다. 내가 말했다.

"할아버지, 부르셨어요?"

"앉아라, 아가."

아가라니? 그동안 지낸 시간의 절반은 내가 누군지도 모르시는 것 같더니 이젠 갑자기 '아가'라고? 나는 할아버지의 맞은편 의자에 앉아 잠자코 기다렸다.

"네 친구 줄리 베이커에 대해 얘기해 주려무나."

"줄리요? 반드시 친구라고 할 수는 없⋯⋯!"

"왜 아니라는 거냐?"

할아버지가 차분하게 이미 다 알고 있다는 듯이 물었다. 나는 타당한 근거를 제시하려고 하다가 그냥 이렇게 물었다.

"왜 궁금해하시는 거예요?"

할아버지는 신문을 펼쳐 접힌 부분을 꾹꾹 눌렀다. 그때서야 나는 줄리 베이커가 〈메이필드 타임스〉 1면을 장식했다는 걸 깨달았다. 소방대와 경찰에게 포위된 채 나무에 앉은 줄리의 커다란 사진이 실렸는데 잘 알아볼 수 없는 작은 사진도 몇 장 있었다.

"좀 봐도 돼요?"

할아버지가 신문을 접었지만 건네지는 않았다.

"왜 친구가 아니라는 거냐, 브라이스?"

"왜냐하면 그 앤……."

나는 고개를 저으며 말했다.

"할아버지도 줄리에 대해 좀 아셔야 돼요."

"그러고 싶구나."

"네? 왜요?"

"심지가 굳은 아이거든. 언제 한번 놀러 오라고 하지 그러냐?"

"심지가 굳다고요? 할아버지, 모르시는 말씀 마세요! 엄청 골치 아픈 애예요! 얼마나 으스대고 잘난 척하는지! 게다가 얼마나 막무가내로 밀어붙이는지 몰라요!"

"그렇구나."

"그렇다니까요! 말릴 수가 없어요! 2학년 때부터 저를 스토킹했다고요!"

할아버지는 눈살을 찌푸리더니 창밖을 보며 물었다.

"저기 오래 살았다더냐?"

"다들 저 집에서 태어났을걸요!"

할아버지는 다시 한참 눈살을 찌푸리다가 고개를 돌려 나를 보고 말했다.

"저런 아이를 이웃으로 둔 사람들은 많지 않단다."

"그게 낫죠!"

할아버지는 한참 동안이나 내 얼굴을 유심히 바라보았다. 내가 "왜 그러세요?"라고 물었지만 할아버지는 움찔하지도 않았다. 빤히 바라보기만 해서 견딜 수가 없었다. 나는 눈을 다른 곳으로 돌리고 말았다.

이것이 내가 할아버지와 나눈 최초의 진정한 대화라는 걸 알아 두길 바란다. 소금을 건네 달라는 따위의 말을 빼고 할아버지가 나와 뭔가 대화를 하려고 한 건 처음이었다. 그런데 나를 좀 더 알고 싶어 하신다고? 천만에! 할아버지는 줄리에 대해 알고 싶어 하셨다.

벌떡 일어나 나가고 싶었지만 그럴 수가 없었다. 그렇게 가 버리면 할아버지가 나에게 다시는 말을 걸지 않을 것만 같았다. 소금을 달라는 말조차도 말이다. 그래서 나는 고문받는 심정으로 버텼다. 나에게 화나셨나? 어떻게 나한테 화를 내실 수가 있지? 잘못한 것도 없는데!

고개를 드니 할아버지는 자리에 앉은 채 신문을 내밀고 있었다.

"읽어 봐라. 편견 없이."

나는 신문을 받았고 할아버지는 다시 창밖을 내다보았다. 이제 그만 가도 된다는 신호임을 알 수 있었다.

내 방에 도착했을 때엔 화가 치밀었다. 나는 문을 쾅 닫고 침대에 벌렁 드러누웠다. 잠시 할아버지에게 늘어놓은 한심한 핑계를 생각하며 씨근덕거리다가 신문을 책상 맨 아래 서랍에 쑤셔 넣었다. 줄리 베이커에 대해서는 더 알 필요가 없다고 느꼈다.

저녁 식사 때 엄마는 왜 그리 부루퉁해 있느냐고 물으며 나와 할아버지를 번갈아 바라보았다. 할아버지는 소금이 필요 없는 모양이어서 다행이었다. 내가 소금 통을 할아버지에게 던져 버렸을지도 모르니까.

그러나 리네타 누나와 아빠는 여느 때처럼 무관심했다. 누나는 당근 샐러드에서 건포도를 두 알쯤 골라 먹고 닭 날개에서 껍질과 살을 뜯어낸 다음 연골을 갉작거렸다. 그동안 사내 정치와 고위 경영진의 부패 척결에 대해 떠드는 아빠의 목소리가 허공을 채웠다.

아빠의 이야기를 듣는 사람은 없었다. '나한테 맡겼으면 그러지 않았어.'라는 식으로 나오자 아무도 들어주지 않았다. 그리고 엄마는 처음으로 듣는 척조차 하지 않았다. 또한 처음으로 누나에게 음식이 맛있으니 먹어 보라고 권하지도 않았다. 나와 할아버지를 번갈아 보며 우리가 왜 서로에게 발끈대는지 캐내는 데만 신경 썼다.

물론 할아버지가 나에게 화낼 이유가 있었다는 얘기는 아니다. 내가 할아버지에게 무슨 잘못을 했다고? 잘못한 건 조금도 없었다. 그러나 나는 할아버지가 성이 났다는 것을 알 수 있었다. 할아버지 쪽으로는 고개도 돌리지 않고 저녁 식사가 중간쯤 진행

될 때까지 버티다가 할아버지의 얼굴을 슬쩍 훔쳐보았다.

할아버지는 나를 빤히 바라보고 있었다. 심술궂은 눈빛도, 엄한 눈빛도 아니었지만 단호했다. 흔들림이 없었다. 나는 거북하고 꺼림칙했다. 대체 무슨 생각을 하시는 걸까?

나는 또다시 할아버지를 쳐다보지는 않았다. 엄마의 얼굴도 보지 않았다. 음식을 먹으며 아빠의 말을 듣는 척했다. 틈이 생기자마자 핑계를 대고 내 방으로 숨어 버렸다. 기분이 좋지 않을 때 늘 그러듯이 친구 개럿에게 전화를 걸 생각이었다. 번호까지 눌렀지만 왜 그런지 수화기를 내려놓고 말았다.

나중에 엄마가 방에 들어오자 나는 잠든 척했다. 몇 년 동안 하지 않았던 행동이었다. 그날 밤 내내 그렇게 기분이 이상했다. 혼자 있고만 싶었다.

다음날 아침에도 줄리는 버스 정류장에 나타나지 않았다. 금요일에도 마찬가지였다. 학교에는 나왔지만 실제로 마주치지 않으면 왔는지 모를 정도였다. 줄리는 질문에 답할 기회를 얻으려고 공중에 손을 휘저어 대지도 않았고, 복도에 있는 아이들 사이를 활기차게 누비며 수업에 들어가지도 않았다. 선생님의 훈화에 불쑥 토를 달지도 않았고, 우유를 타러 새치기하는 아이들을 불러 세우지도 않았다. 그냥 조용히 앉아만 있었다.

나는 마음속으로 반가운 일이 아니냐고 중얼거렸다. 줄리는 투명 인간이 된 것 같았는데 내가 늘 고대하던 일이 아닌가? 하지만 그래도 기분이 좋지 않았다. 줄리의 나무 때문에, 도서관에서 혼자 점심을 먹으려고 점심시간에 서둘러 자취를 감추던 모습 때문에, 줄리의 붉어진 눈시울 때문에 기분이 나아지질 않았다. 줄리에게 플라타너스 나무가 그렇게 되어서 안타깝다고 이야기하고 싶었지만 말이 도무지 입 밖으로 나오질 않았다.

그 다음 주가 절반쯤 지났을 때 나무 베는 작업도 끝이 났다. 인부들은 나무가 있던 자리를 깨끗이 정리했고 그루터기마저 뽑으려고 했다. 그러나 뿌리 부분이 꼼짝도 하지 않아서 나무를 갈아 땅과 평평해질 정도로만 만들었다.

줄리는 여전히 버스 정류장에 모습을 드러내지 않았고 주말이 되자 개럿을 통해 줄리가 자전거를 타고 다닌다는 사실을 알게 되었다. 개럿은 그 주에 길가에서 줄리를 두 번 봤는데 녹슬고 오래된 10단 변속 자전거에 체인을 감고 있었다고 말했다.

나는 줄리가 포기할 거라고 생각했다. 자전거로 메이필드 중학교까지 통학하기엔 먼 거리였고 플라타너스 나무 때문에 받은 충격을 극복하면 다시 버스를 탈 줄 알았다. 어느새 나는 줄리의 모습을 찾고 있었다. 여차하면 피하기 위해서가 아니라 그냥 학교에 잘 왔는지 살펴보고 있었다.

그러던 어느 날 비가 내렸다. 줄리가 틀림없이 버스 정류장에 나타날 거라고 생각했지만 아니었다. 개럿은 줄리가 샛노란 비옷을 입고 자전거 페달을 열심히 밟는 모습을 보았다고 말했다. 수학 시간에 살펴보니 줄리의 바지는 무릎 아래가 여전히 축축했다.

수학 수업이 끝나자 나는 다시 버스를 타 보라고 말해 주고 싶어서 줄리를 뒤쫓았다. 하지만 아슬아슬한 순간에 걸음을 멈추고 말았다. 대체 뭘 하려는 거야? 내가 보여 준 사소한 호의를 완전히 오해해 버릴지도 모르잖아! 워워, 정신 차려, 정신! 줄리를 그냥 혼자 내버려 두는 편이 나을 것 같았다.

어쨌든 결단코 내가 줄리를 그리워한다고 착각하게 만들 수는 없으니까.

플라타너스 나무

아빠가 그림을 그릴 때 옆에서 구경하는 게 참 좋았다. 아니면 아빠가 그림을 그리며 해 주는 이야기가 좋았는지도 모른다. 아빠는 풍경화에 겹겹이 붓질을 하면서 부드럽고 굵직한 음성으로 이야기를 들려주었다. 슬프지는 않았다. 지루할지는 몰라도 평화로웠다.

아빠에겐 작업실이 없었다. 다들 필요하다고 생각은 하지만 막상 사용은 하지 않는 물건들로 차고가 꽉 차서 아빠는 야외에서 그림을 그렸다.

'야외'란 멋진 풍경이 있는 곳이었고 우리 집 부근엔 그런 곳이 없었다. 그래서 아빠는 트럭에 카메라를 싣고 다녔다. 벽돌공인 아빠는 많은 곳을 돌아다녔는데 늘 장엄한 일출이나 일몰 아니면 그냥 양 떼나 소 떼가 풀을 뜯는 멋진 들판을 찾아 사방을 주시했다. 그리고 그렇게 찍은 사진 하나를 골라 클립으로 이젤에 붙이고 그림을 그렸다.

그림은 훌륭했지만, 결코 아름답다고 할 수 없는 뒤뜰에서 아름다운 풍경을 그려야 하는 아빠가 늘 안쓰러웠다. 원래도 공간이 많지 않았지만 내가 닭을 키우게 된 후로는 더욱 비좁아지고 말았다.

하지만 아빠는 그림을 그릴 때면 뒤뜰이나 닭을 보는 것 같지 않았다. 사진이나 캔버스를 보는 것 같지도 않았다. 아빠는 훨씬 큰 것을 보고 있었다. 아빠의 눈에는 뒤뜰과 이 동네와 온 세상을 초월한 듯한 빛이 어렸다. 크고 거친 손이 자그마한 붓을 쥐고 캔버스 위를 지나갈 때면 우아한 영적 존재가 아빠의 육체를 사로잡은 것만 같았다.

내가 어렸을 때 아빠는 그림을 그리는 동안 현관에 앉아 아빠 곁을 지켜도 좋다고 허락해 주었다. 단 조용히 있겠다는 조건이었다. 물론 쉬운 일은 아니었지만 내가 5분이나 10분간 칭얼대지 않고 참으면 결국 아빠가 먼저 이야기를 시작했다.

나는 그런 식으로 아빠에 대해 많이 알게 되었다. 아빠는 내 나이였을 때 무엇을 했는지 갖가지 이야기를 들려주었다. 그 외에도 첫 직업이었던 건초 운반을 어떻게 시작하게 됐는지, 대학을 얼마나 졸업하고 싶었는지 등 다른 이야기도 많이 들을 수 있었다.

내가 좀 더 나이를 먹자 아빠는 아빠의 지난날과 어린 시절의 이야기를 들려주면서 나에 대해서도 질문을 던지기 시작했다. 학교에서 무엇을 배우는지, 지금 무슨 책을 읽고 있는지, 이런저런 문제에 관해 어떻게 생각하는지 말이다.

그러다 한 번은 정말 놀랍게도 브라이스에 대해 물었다. 왜 브라이스에게 그렇게도 빠져들었냐고 묻는 것이다.

나는 아빠에게 브라이스의 눈동자와 머리카락과 붉어지는 뺨에 대해 말해 주었지만 제대로 설명하진 못한 것 같았다. 이야기를 끝마치자 아빠가 고개를 저으며 부드럽지만 굵직한 목소리로 전체 풍경을 봐야 한다고 말했기 때문이었다.

그 말이 무슨 뜻인지 잘 모르면서도 왠지 아빠에게 그게 아니라고 말하고 싶었다. 브라이스에 대해 뭘 안다고? 아빤 브라이스를 잘 몰라!

하지만 그곳은 입씨름할 만한 장소가 아니었다. 집 안 다른 곳에서는 그럴 수 있었지만 여기, 야외에서는 그럴 수 없었다. 우리 둘 다 기록적인 시간 동안 침묵을 지켰다. 마침내 아빠가 내 이마에 입을 맞추며 말했다.

"적절한 조명이 가장 중요하단다, 줄리아나."

적절한 조명이라고? 무슨 뜻이지? 정말 궁금했지만 무슨 뜻이냐고 물으면 그런 것을 알 정도로 성숙하지 않았음을 인정하는 것 같아 두려웠다. 그리고 왠지 확신이 들었다. 언젠가는 이해하게 될 것 같았다.

그 후로 아빠는 일어난 일보다는 개념에 관한 이야기를 많이 했다. 내가 자랄수록 아빠는 더욱 철학적인 모습을 보였다. 아빠가 정말 더 철학적인 사람이 되었는지 아니면 이제 내 나이가 두 자릿수가 되었으니 감당할 수 있다고 생각해서였는지는 모르겠다. 아빠가 한 말은 대개 아리송했지만 가끔은 어떤 사건이 일어나서 아빠의 말뜻을 정확히 이해하게 된 때도 있었다.

"그림은 부분을 합친 것 이상이란다."

아빠는 곧잘 이렇게 말했다. 소는 혼자 있으면 그냥 소일 뿐이고 풀밭은 그냥 풀과 꽃일 뿐이고 나무 사이로 엿보는 햇살은 그냥 빛줄기일 뿐이지만 그 모두를 합치면 마법이 일어난다고 했다. 아빠의 말을 이해할 수는 있었지만 가슴으로 느낀 건 플라타너스 나무 위에 올라간 어느 날이었다.

플라타너스 나무는 아주 오래전부터 언덕 위에 서 있었다. 널찍한 공터에 자리 잡고 여름에는 그늘을 드리우고 봄에는 새들이 둥지를 틀 장소가 되어 주었다. 우리를 위한 맞춤형 미끄럼틀도 갖추고 있었다. 줄기가 거의 완벽한 나선형으로 크게 휘어져서 미끄럼을 타고 내려오면 정말 재미있었다. 엄마는 그 나무가 어린 나무일 때 해를 입었지만 그래도 살아남은 것 같다면서 무려 백 년쯤 지난 지금까지도 엄마가 본 가장 큰 나무로 제자리를 지키고 있다고 말했다. 엄마는 그 나무를 '인내의 증거'라고 불렀다.

나는 언제나 그 나무에서 놀았지만 진지하게 나무를 타게 된건 5학년 어느 날 나뭇가지에 걸린 연을 구하려고 올라갔을 때부터였다. 처음에는 연이 자유롭게 공중을 떠다니는 모습을 보았는데 곧 그 연은 플라타너스 나무 옆의 언덕 어딘가로 곤두박질쳤다.

나도 연을 날려 본 적이 있어서 알고 있는데 연은 영영 사라져 버릴 때도 있고 길 한가운데에서 주인이 구해 주기를 기다리고 있을 때도 있다. 연은 행운일 수도 있고 골칫덩이일 수도 있는 것이다. 나는 두 종류의 연을 모두 날려 보았는데 행운의 연은 분명 뒤쫓을 만한 가치가 있었다.

이 연은 행운의 연처럼 보였다. 화려한 장식은 조금도 없고 파란 줄과 노란 줄이 그어진 구식 마름모꼴이었다. 하지만 정겨운 모습으로 흔들흔들 날아왔고 땅으로 곤두박질쳤을 때는 심술을 부리고 싶어서가 아니라 지쳐서 그런 것 같았다. 골칫덩이 연은 심술을 부리며 처박힌다. 숨이 찰 정도로 하늘에 오래 떠 있지 않으려 하기 때문에 지칠 일도 없다. 10미터도 채 올라가지 않아 능글거리며 연 날리는 흥을 깨 버린다.

그래서 나는 챔프와 콜리어 가로 뛰어가서 길을 샅샅이 살폈다. 챔프가 플라타너스 나무를 향해 짖기 시작했다. 고개를 드니 내 눈에도 보였다. 나뭇가지 사이로 파란색과 노란색 줄무늬가 번득이고 있었다.

연이 있는 곳까지는 한참 올라가야 했지만 한번 해 보기로 했다. 나는 줄기를 타고 미끄럼틀을 건너 지름길을 택해 나무를 오르기 시작했다. 챔프는 컹컹 짖어 대며 나에게서 눈을 떼지 않았고 나는 곧 그 어느 때보다도 높이 올라갔다. 그래도 연이 있는 곳에는 영영 닿을 수 없을 것만 같았다.

그런데 아래쪽에서 브라이스가 모퉁이를 돌고 공터를 가로질러 다가오는 모습이 보였다. 쳐다보는 눈빛으로 봐서 이것은 '브라이스'의 연이었다.

아, 역시 이건 행운을 가득가득 실은 연이었다!

"그렇게 높이 올라갈 수 있어?"

브라이스가 나에게 외쳤다.

"물론이지!"

나는 이렇게 대답한 다음 계속 올라갔다. 높이높이, 더 높이!

나뭇가지는 단단했고 적당히 엇갈려서 오르기가 쉬웠다. 높이 올라갈수록 눈앞에 펼쳐진 경치가 놀랍고 놀라울 뿐이었다. 그런 광경은 처음이었다! 비행기를 타고 지붕을 넘어 하늘까지 올라온 것 같았다. 다른 나무들 위로, 세상 위로 말이다!

그러다가 나는 아래를 내려다보았다. 저 아래에 있는 브라이스를 보았다. 갑자기 현기증이 나고 무릎에서 힘이 빠졌다. 내가 있는 곳은 땅에서 한참 떨어진 곳이었다! 브라이스가 외쳤다.

"손이 닿아?"

나는 숨을 고르고 가까스로 "문제없어!"라고 외쳤다. 저 파란색과 노란색 줄무늬에 집중하라고, 그것에만 집중하라고 스스로를 다그치며 높이높이 더 높이 올라갔다. 마침내 연을 만질 수 있게 되었다. 나는 연을 붙잡았다. 연이 내 손안에 들어왔다!

하지만 줄이 위쪽 나뭇가지에 얽혀 풀 수가 없었다. 브라이스가 "줄을 끊어!"라고 외쳤고 그럭저럭 끊을 수 있었다.

나뭇가지에서 연을 풀고 나니 숨 돌릴 시간이 필요했다. 다시 내려가기 전에 기운을 되찾아야 했다. 그래서 땅을 내려다보는 대신 손에 힘을 주고 앞을, 지붕들 너머를 바라보았다.

바로 그때 이렇게 높이 올라왔다는 두려움이 샘솟더니 곧 하늘을 날고 있다는 놀랍기 그지없는 느낌이 그 자리를 대신했다. 땅 위로 날아올라 구름 사이를 누비는 기분이었다.

그제야 산들바람이 풍기는 경이로운 향기가 느껴졌다. 마치…… 햇빛의 향기 같았다. 햇빛과 잡초와 석류 열매와 비의 향기! 나는 쉬지 않고 숨을 들이마시며 그동안 알지 못했던 달콤한 향기로 가슴을 채우고 또 채웠다.

브라이스가 외쳤다.

"꼼짝 못하겠어?"

그 말에 내 정신이 지상으로 되돌아왔다. 나는 전리품인 줄무늬 연을 손에 들고 조심조심 내려왔다. 내가 괜찮은지 확인하려고 나무를 빙빙 돌며 살피는 브라이스가 보였다. 미끄럼틀을 탈 때쯤엔 나무 위에서 느꼈던 들뜬 기분이 브라이스와 단둘이 있다는 현실적인 설렘으로 바뀌고 있었다.

단둘이 말이다!

브라이스에게 연을 내미는데 심장이 몹시도 쿵쾅거렸다. 하지만 브라이스가 연을 받기도 전에 챔프가 뒤에서 내 엉덩이를 쿡 찔렀고 챔프의 차갑고 축축한 코가 맨살에 닿는 느낌이 들었다.

맨살에 닿는다고?

나는 청바지 뒷부분을 움켜쥐었다. 그리고 곧바로 바지 엉덩이 부분이 찢어졌다는 걸 깨달았다.

약간 초조하게 웃는 브라이스를 보니 눈치챈 모양이었다. 이번에 홍당무처럼 붉어진 건 내 뺨이었다. 브라이스는 내가 찢어진 바지를 혼자 살펴볼 수 있도록 연을 들고 뛰어가 버렸다.

청바지 때문에 당황했던 순간은 결국 잊어버릴 수 있었지만 그 경치는 잊을 수가 없었다. 그 나무 위로 그렇게 높이 올라갔을 때 느꼈던 기분이 계속 생각났다. 또다시 보고 싶고 느끼고 싶었다.

얼마 지나지 않아 나는 겁내지 않고 높이 올라갈 수 있게 되었고 '내 자리'로 삼기에 딱 좋은 자리를 찾아냈다. 거기에 앉아 몇 시간이고 세상을 가만히 바라보았다. 해가 지는 풍경은 놀라웠다. 어떤 날 하늘은 자주색과 분홍색이었고 어떤 날은 지평선에 흩어진 구름을 이글이글 불태우는 오렌지색이었다.

그러던 어느 날, 전체는 부분을 합친 것 이상이라는 아빠의 이야기가 머리에서 가슴으로 내려왔다. 플라타너스 나무에서 보이는 풍경은 지붕과 구름과 바람과 색색이 합쳐진 것 이상이었다.

그것은 마법이었다.

그리고 놀랍게도 겸허함과 장엄함이 동시에 내 마음을 채웠다. 어떻게 이럴 수 있을까? 어떻게 평온함과 놀라움이 동시에 마음속을 가득 채울 수 있는 걸까? 이 평범한 나무가 이토록 복잡한 감정을 불러일으키다니, 이토록 생생히 살아 있다는 기분을 느끼게 해 주다니 놀라울 따름이었다.

나는 기회가 생길 때마다 나무에 올라갔다. 중학생이 되자 거의 매일 올라갔다. 스쿨버스가 플라타너스 나무 바로 앞에 있는 콜리어 가에서 학생들을 태웠기 때문이다.

처음에는 그저 버스가 도착할 때까지 얼마나 높이 올라갈 수 있는지 알고 싶었다. 그러나 곧 집에서 일찌감치 나와 내 자리까지 얼른 올라가서 일출이나 파드닥거리는 새들 아니면 아이들이 길턱에 모여드는 모습을 바라보게 되었다.

버스 정류장에 모인 아이들에게 조금이라도 나처럼 나무에 올라와 보라고 했지만 다들 옷을 더럽히기 싫다고 했다. 옷 좀 더러워질까 봐 마법을 경험할 기회를 거절하다니! 믿을 수가 없었다.

엄마에게는 나무에 올라간다는 말을 하지 않았다. 엄마는 분별력이 뛰어난 어른답게 너무 위험하다며 말렸을 테니까. 오빠들은 역시 오빠들답게 상관하지 않았을 테다.

남은 사람은 아빠뿐이었다. 나를 이해해 줄 단 한 사람. 그래도 아빠에게 선뜻 말할 수가 없었다. 아빠 엄마에게 알릴 테고 그

53

럼 곧 두 분이서 그만두라고 나를 타이를 것 같았다. 그래서 나는 아무에게도 이야기하지 않고 계속 나무를 탔다. 그리고 그만큼 세상을 굽어보는 기쁨에 고독이 더해졌다.

그러다 몇 달 전부터 나는 나무에게 말을 걸었다. 나와 나무 둘만의 온전한 대화였다. 나무에서 내려올 때면 울고 싶은 기분이었다. 왜 나에겐 진정한 대화 상대가 없을까? 왜 다른 아이들처럼 단짝 친구가 없는 걸까? 알고 지내는 학교 친구들은 있었지만 친하다고 할 수는 없었다. 그 애들은 나무 타기나 햇빛 냄새를 맡는 것에 조금도 관심이 없었다.

그날 밤 저녁 식사 후에 아빠는 그림을 그리러 밖에 나갔다. 쌀쌀한 밤공기를 마시고 번쩍이는 현관 불빛에 의지해, 낮에 작업한 일출 풍경에 마지막 손질을 하러 나간 것이었다.

나는 외투를 걸치고 나가서 쥐 죽은 듯 조용히 아빠 옆에 앉았다. 몇 분 후 아빠가 말했다.

"우리 아가씨가 무슨 생각을 골똘히 하고 있을까?"

그동안 아빠 옆에 앉아 있을 때 이런 질문을 받은 적은 없었다. 나는 아빠를 쳐다보았지만 이야기가 나오질 않았다.

아빠는 오렌지색 계열의 물감 두 종류를 섞으며 매우 부드럽게 말했다.

"아빠한테 말해 보렴."

나조차도 놀랄 정도로 깊은 한숨이 나왔다.

"아빠가 왜 여기에 나왔는지 알아요."

아빠는 장난스럽게 말했다.

"엄마한테도 좀 설명해 주겠니?"

"정말이에요, 아빠. 이젠 전체가 부분을 합친 것 이상이라는 아빠 말을 이해할 수 있어요."

아빠는 물감을 섞던 손을 멈추었다.

"정말이냐? 무슨 일이 있었는데? 궁금하구나!"

그래서 나는 플라타너스 나무 이야기를 털어놓았다. 나무 위의 풍경과 소리와 색깔과 바람에 대해 들려주었다. 높이 올라갈 때마다 하늘을 나는 기분이 든다는 것과 마법 같은 그 순간에 대해 말이다.

아빠는 단 한 번도 내 말을 자르지 않았고 나는 다 털어놓은 뒤 아빠를 보며 속삭였다.

"저랑 같이 올라가 보실래요?"

아빠는 곰곰이 생각하더니 미소를 지으며 말했다.

"지금의 아빠한테는 좀 어려울 것 같구나, 줄리아나. 하지만 꼭 한번 해 보마. 그림 그릴 햇빛이 좋으면 이번 주말이 어떨까?"

"좋아요!"

나는 벅찬 가슴으로 잠자리에 들었다. 밤새 5분이나 눈을 붙였을까? 토요일은 코앞이었다. 기다릴 수가 없었다!

다음날 아침엔 어느 때보다도 일찍 버스 정류장으로 뛰어가 나무에 올랐다. 해가 구름 사이로 떠오르며 세상 이쪽 끝에서 저쪽 끝에 이르기까지 번쩍이는 빛줄기를 뿜어냈다. 아빠에게 보여 줄 풍경을 머릿속으로 헤아리고 있는데 아래쪽에서 시끄러운 소리가 들렸다.

내려다보니 나무 바로 밑에 트럭 두 대가 서 있었다. 대형 트럭이었다. 한 트럭에는 길고 텅 빈 트레일러가 달렸고 다른 트럭에는 작업용 크레인이 달려 있었다. 높은 곳에 있는 전선이나 전신주를 수리할 때 쓰는 크레인이었다.

네 명의 아저씨가 서서 보온병의 물을 마시며 대화를 나누고 있었다. 나는 이렇게 외치려고 했다.

"죄송한데요. 거기 주차하시면 안 돼요…… 스쿨버스 정류장이라고요!"

하지만 말을 꺼내기도 전에 한 아저씨가 트럭 뒤로 가서 장비를 내리기 시작했다. 장갑, 밧줄, 사슬, 커다란 귀마개 그리고 세 개의 전기톱이었다.

그때까지도 상황 파악이 되지 않았다. 그 밑에 자를 게 뭐가 있나 싶어서 주변을 두리번거렸다. 그러다 스쿨버스를 타는 학생 한 명이 나타나 아저씨들과 이야기를 나누더니 곧 나를 가리켰다. 한 아저씨가 외쳤다.

"얘야! 거기서 내려와라! 이걸 베야 하거든."

나는 나뭇가지를 꼭 붙잡았다. 갑자기 떨어질 것 같은 기분이 들었다. 나는 목소리를 간신히 짜냈다.

"이 나무 말이에요?"

"그래, 얼른 내려와."

"누가 나무를 베라고 했는데요?"

아저씨가 외쳤다.

"땅 주인이지!"

"하지만 대체 왜요?"

12미터 위에서도 그 아저씨가 얼굴을 찡그리는 모습이 보였다.

"여기에 집을 짓고 싶은데 이 나무가 방해가 된다나? 이제 내려와라, 얘야! 작업 시작해야 돼!"

그때쯤엔 대부분의 아이들이 버스를 타러 나와 있었다. 다들 나에게 아무 말도 하지 않고 쳐다보기만 하면서 이따금씩 자기들끼리 뭐라고 속닥거렸다. 그러다 브라이스가 나타났다. 그래서 곧 버스가 도착하리란 걸 알 수 있었다. 나는 지붕들 사이를 살펴보았다. 그리고 정말 버스가 보였다. 네 블록도 안 되는 거리였다.

두려운 마음에 심장이 미친 듯이 펄떡였다. 어떡하면 좋지! 저 사람들이 나무를 베도록 여기에서 내려갈 수는 없었다! 나는 소리쳤다.

"나무를 베면 안 돼요! 안 된다고요!"

한 아저씨가 고개를 저으며 말했다.

"이런 식이면 경찰을 부를 거다. 넌 지금 합법적인 작업을 방해하고 있는 거야. 어서 내려와라. 아니면 널 베어서 넘어뜨릴 거다!"

버스가 세 블록 앞에 도착했다. 아플 때를 빼고는 지금까지 어떤 이유로든 학교를 빠진 적이 없었지만 오늘은 버스를 놓칠 거라는 예감이 들었다.

"절 베세요!"

나는 소리쳤다. 그때 좋은 생각이 떠올랐다. 아이들이 모두 나무 위에 올라오면 절대 나무를 베지 못할 것이다. 우리 얘기를 듣게 될 거야!

"얘들아!"

나는 같은 반 아이들에게 외쳤다.

"여기로 올라와! 우리 모두 올라오면 나무를 베지 못할 거야!

마샤! 토니! 브라이스! 어서, 얘들아. 저 사람들을 막아야 돼!"

아이들은 가만히 서서 나를 멀뚱멀뚱 쳐다보았다. 버스는 어느새 한 블록 앞까지 다가왔다.

"제발, 얘들아! 이렇게 높이 올라오지 않아도 돼! 조금만 올라와! 부탁이야!"

버스가 부르릉 달려와 트럭 앞 길턱에 멈춰 섰다. 문이 활짝 열리자 아이들이 한 사람씩 버스를 타기 시작했다.

그 후로 일어난 일은 약간 희미하다. 동네 사람들이 모였고 경찰이 확성기를 들고 온 기억이 난다. 소방대도 보였고 어떤 남자가 이 빌어먹을 나무는 자기 것이라며 나에게 얼른 내려오라고 말했다.

누군가 우리 엄마를 불렀고 엄마는 분별력 있는 평소의 모습답지 않게 울며불며 내려오라고 애원했다. 하지만 나는 내려갈 생각이 없었다. 절대 내려가지 않을 작정이었다.

그러다 아빠가 허겁지겁 달려왔다. 소형 트럭에서 뛰어내려 엄마와 잠시 이야기를 나눈 뒤 아빠는 크레인에 앉은 아저씨에게 내가 있는 곳까지 올려 달라고 했다. 그 후 모든 일이 끝나 버렸다. 나는 울기 시작했고 아빠에게 지붕 위의 풍경을 보여 주려고 했지만 아빠는 보려고 하지 않았다. 제아무리 멋진 경치라도 소중한 딸의 안전보다는 중요하지 않다고 했다.

아빠는 나를 데리고 내려와 집으로 돌아갔지만 나는 집에 있을 수가 없었다. 멀리서 들려오는 전기톱 소리를 견딜 수가 없었다. 그래서 아빠는 나를 일터로 데려갔다. 아빠가 벽돌로 벽을 쌓는 동안 나는 트럭에 앉아 울었다.

꼬박 2주 동안 운 것 같다. 물론 학교에도 갔고 최선을 다해 수업에 참여했지만 버스는 타지 않았다. 대신 자전거를 타고 다녔는데 콜리어 가를 지나치고 싶지 않아 멀리 돌아서 갔다. 세상에서 가장 장엄했던 플라타너스 나무가 한낱 톱밥 더미로 변해 버린 모습을 차마 볼 수가 없었다.

그러던 어느 날 저녁 내 방에 틀어박혀 있는데 아빠가 수건으로 싼 물건을 가지고 들어왔다. 아빠의 태도로 봐서 그림이 분명했다. 공원에 그림을 전시할 때도 소중한 그림들을 조심스런 태도로 옮겼기 때문이다. 아빠는 그림을 앞에 내려놓고 자리에 앉았다. 아빠가 말했다.

"아빤 늘 네 나무가 좋았단다. 네가 그 얘기를 해 주기 전에도 말이야."

"아빠, 이젠 괜찮아요. 잊어버릴 수 있어요."

"아니, 줄리아나. 잊지 못할 거야."

눈물이 솟구치기 시작했다.

"그건 그냥 나무였어요……."

"그런 식으로 마음을 달래지 않았으면 좋겠다. 우리 둘 다 그게 사실이 아니란 걸 알잖니."

"하지만 아빠……."

"잠깐만 아빠 말을 들어주렴, 응?"

아빠는 깊게 숨을 내쉬었다.

"그 나무의 영혼이 늘 너와 함께하길 바란다. 네가 그 나무에 올라갔을 때 느꼈던 감정을 잊지 않았으면 좋겠어."

아빠는 잠시 망설이더니 그림을 건넸다.

"그래서 너를 위해 그렸단다."

수건을 벗기니 내 나무가 나타났다. 나의 아름답고 장엄한 플라타너스 나무였다. 나뭇가지 사이로 햇빛이 번쩍이고 있었는데 그걸 보니 바람이 느껴지는 것만 같았다. 나무 위에는 먼 곳을 내다보는 작은 소녀가 앉아 있었다. 바람을 맞아 뺨이 발갛게 달아올라 있었다. 기쁨과 마법에 젖은 얼굴이었다.

"울지 마라, 줄리아나. 널 도와주고 싶어서 그린 거지, 맘을 아프게 하려고 준비한 게 아니야."

나는 뺨에서 눈물을 닦아 내고 코를 힘껏 풀었다.

"고마워요, 아빠."

가까스로 말할 수 있었다.

"고마워요."

나는 그 그림을 침대 맞은편에 걸었다. 매일 아침 눈을 뜨면 가장 먼저 그림을 보고 매일 밤 잠들기 전에 마지막으로 보았다. 울지 않고 그림을 볼 수 있게 되자 그 속에서 나무 이상의 것이 보였다. 나뭇가지에 앉아 있던 시간이 나에게 어떤 의미였는지도 깨닫게 되었다.

그날 이후로 주변을 바라보는 내 시선이 바뀌기 시작했다.

꼬꼬댁, 꼬꼬!

나는 달걀이 무섭다. 닭도 무섭다. 맘껏 비웃어도 좋지만 나에
겐 정말 심각한 문제다.

6학년 때부터 달걀이 무서워졌다. 뱀도 그리고 베이커 형제도.

베이커 형제의 이름은 매트와 마이크였지만 지금까지도 누가
누구인지 구별할 수가 없다. 둘이 떨어져 다니는 걸 본 적이 없
다. 둘은 쌍둥이가 아닌데도 외모는 물론이고 목소리마저 똑같았
다. 그리고 둘 다 리네타 누나와 같은 반이니 둘 중 한 명은 낙제
를 한 모양이었다. 그 미치광이 형제를 2년 연속 맡겠다고 나선
선생님을 본 적은 없지만 말이다.

어쨌든 뱀이 달걀을 먹는다는 사실을 나에게 가르쳐 준 건 매
트 형과 마이크 형이었다. 여기에서 달걀을 먹는다는 말은 익히지
도 않고 껍질째 꿀꺽한다는 뜻이다.

리네타 누나가 아니었다면 파충류의 그 사소한 특성을 모르고
평생을 살았을 것이다. 누나는 세 블록쯤 떨어진 곳에 사는 스카
일러 브라운 형을 무척 훌륭하게 생각했고 틈만 나면 그 집에 찾

아가 드럼 연습을 하는 스카일러 형 옆에서 뭉그적거렸다. '쿵쿵 짝!' 하고 친다나 어쩐다나! 그러다 스카일러 형과 줄리의 오빠들이 밴드를 결성했는데 그 이름이란 게 '정체불명 오줌싸개'였다.

엄마는 그 이름을 듣자 몹시 흥분했다.

"애들이 '정체불명 오줌싸개'라는 밴드를 하겠다는데 어떤 부모가 가만히 있겠니? 아주 불쾌하구나! 혐오스러워!"

"그게 핵심이에요, 엄마."

리네타 누나는 설명하려 했다.

"아무 뜻도 없는 이름이에요. 그냥 꽉 막힌 어른들을 약 올리려는 거죠."

"지금 나더러 꽉 막혔다고 말하는 거니? 엄만 지금 무척 약이 올랐거든!"

리네타 누나는 알아서 판단하라는 뜻으로 어깨를 으쓱했다. 엄마가 날카롭게 말했다.

"가거라! 방으로 가!"

누나도 맞섰다.

"왜요? 잘못한 것도 없는데!"

"이유는 스스로 잘 알 거다. 방에 들어가서 네 태도를 반성해!"

그래서 누나는 사춘기 반항을 다시 시작했고 그 후로 누나가 외출했다가 저녁 식사 시간에 2분만 늦어도 엄마는 누나를 끌고 오라며 나를 스카일러 형의 집으로 보냈다. 리네타 누나도 당황스러웠겠지만 나는 더했다. 나는 아직 초등학생이었고 정체불명 오줌싸개 패거리는 고등학생들이었다. 형들은 성숙하고 거친 남자들이었고 동네가 울릴 만큼 강렬한 음악을 폭발시켰지만 나는 교회 학교에서 막 돌아온 애송이처럼 보였다.

얼마나 초조한 마음으로 그 집을 찾아갔던지 리네타 누나에게 저녁 먹을 시간이라고 말하는 내 목소리는 찍찍거리는 쥐 소리 같았다. 말 그대로 찍찍 소리가 났다. 하지만 얼마 후 형들은 밴드 이름에서 '정체불명'을 삭제했고 '오줌싸개'와 그 측근은 내 등장에 익숙해졌다. 그래서 나를 노려보는 대신 "거기 햇병아리, 들어와!"라든지 "이봐, 애송이 브라이스. 잼 먹을래?" 따위의 말을 던지기 시작했다.

그러다 나는 스카일러 브라운 형의 차고에 들어가 고등학생들에게 둘러싸인 채 보아 뱀이 달걀을 삼키는 광경을 지켜보는 신세가 되었다. 베이커 형제의 방에서 그 뱀이 쥐를 삼키는 모습을 이미 봤기 때문에 오줌싸개 패거리가 기대한 충격이 약간 약화된 셈이었다. 게다가 내가 질겁하도록 이 작은 쇼를 꾸몄다는 사실은 나도 눈치챘다. 만족감을 안겨 줄 생각은 추호도 없었다.

그러나 쉽지가 않았다. 뱀이 달걀을 삼키는 광경은 생각보다 훨씬 소름 끼쳤다. 보아 뱀은 어마어마한 크기로 입을 벌리더니 달걀을 물고 꿀꺽! 해 버렸다. 달걀이 목구멍을 타고 굴러 내려가는 모습이 보였다.

그러나 그게 전부가 아니었다. 뱀이 달걀을 세 개나 삼키고 난 뒤 매트 형인지 마이크 형인지 암튼 둘 중 한 명이 말했다.

"애송이 브라이스야, 뱀이 저걸 어떻게 소화시키는지 아니?"

나는 어깨를 으쓱하고는 찍찍 소리를 내지 않으려고 조심하며 대답했다.

"위산?"

형은 고개를 저으며 비밀스럽게 말했다.

"나무가 필요해. 아니면 사람 다리가."

그러더니 나를 보고 히죽 웃으며 말했다.

"네 다리 내줄래?"

나는 움찔 물러섰다. 저 괴물이 달걀을 먹고 입가심으로 내 다리를 통째로 삼키려 달려드는 모습이 눈에 선했다.

"시, 싫어!"

형은 웃음을 터뜨리고는 방을 주르르 미끄러지는 보아 뱀을 가리켰다.

"이런, 안 되겠는데. 다른 쪽으로 가고 있어. 대신 피아노 다리를 노리나 봐!"

피아노라니! 대체 이건 어떤 종류의 뱀이지? 누나는 어떻게 이런 미치광이들과 한 방에 있을 수 있는 걸까? 나는 누나를 바라보았다. 천연덕스레 뱀을 보고 있었지만 나는 누나를 잘 알았다. 실은 누나도 완전히 겁에 질려 있었다.

뱀은 몸으로 피아노 다리를 세 바퀴쯤 감았고 매트 형인지 마이크 형인지가 두 손을 들며 말했다.

"쉿! 조용! 조용히 해. 이제 시작이야!"

뱀은 움직임을 멈추고 몸을 수축했다. 그러자 몸속에서 달걀이 와그작와그작 부서지는 소리가 들렸다.

"윽, 징그러워!"

여자들이 투덜거렸다.

"이야, 끝내준다!"

남자들이 다 함께 외쳤다. 마이크 형과 매트 형은 얼굴을 마주 보고 헤벌쭉 웃더니 말했다.

"식사 끝!"

나는 태연한 척하려 했지만 사실은 달걀을 삼키는 뱀이 나오는 악몽을 꾸기 시작했다. 뱀은 쥐도 삼키고 고양이도 삼켰다. 그리고 나까지 꿀꺽.

그러다 실제 악몽이 시작되었다.

스카일러 형의 차고에서 보아 뱀 쇼를 보고 2주쯤 지난 어느 날 아침, 줄리가 우리 집 현관 계단에 나타났다. 줄리가 손에 든 것은 뭐였을까? 상자의 절반을 가득 채운 달걀이었다. 줄리는 크리스마스인 것처럼 폴짝대며 말했다.

"야아, 브라이스! 애비와 보니, 클라이드, 덱스터 기억해? 유니스와 플로렌스도?"

나는 줄리를 우두커니 바라보았다. 내가 기억하는 산타클로스의 순록들은 그런 이름이 아니었다.

"있잖아…… 내 병아리들 말이야! 작년 과학 박람회에서 부화시켰던 병아리들!"

"아, 그렇지. 어떻게 잊어버리겠어."

"그 애들이 알을 낳았어!"

줄리는 상자를 내 손안으로 들이밀었다.

"자, 이거야! 너랑 너희 가족들에게 주고 싶어."

"아. 음, 고마워."

나는 이렇게 말하고 문을 닫았다.

원래는 달걀을 좋아했었다. 특히 베이컨이나 소시지를 넣은

65

스크램블은 제법 즐겼다. 하지만 그 보아 뱀 사건이 없었다고 해도 이 달걀은 어떻게 요리하든 역겨운 맛이 날 것 같았다. 이 달걀은 줄리 베이커가 5학년 과학 박람회 때 인공 부화시킨 병아리가 닭이 되어 낳은 것이었다.

과연 줄리다웠다. 줄리는 박람회를 완전히 장악했고 이젠 달걀까지 얻었다. 줄리의 프로젝트는 달걀을 지켜보는 게 전부였다. 사실 달걀을 인공 부화시킬 때는 보고할 내용이 별로 없었다. 전구와 상자, 갈가리 찢은 신문지를 준비하면 끝이었다. 그게 다였다.

하지만 줄리는 두툼한 보고서를 잘도 써냈고 그것도 모자라 달걀의 변화 과정을 나타내는 그림과 그래프까지 그렸다. 겨우 달걀을 가지고 선 그래프, 막대그래프, 원그래프를 그렸다는 뜻이다!

게다가 달걀 부화 시기를 박람회가 열리는 저녁으로 조절했다. 어떻게 사람이 그걸 정할 수 있지? 나는 화산 폭발을 재현하려고 머리에 쥐가 날 정도로 애썼지만 모두의 관심은 껍질을 깨고 나오는 줄리의 병아리에게 쏠렸다. 나까지도 구경을 하러 갔는데 정말 객관적으로 말해서 몹시 지루한 광경이었다. 병아리들은 5초 정도 부리로 껍질을 쪼더니 5분 동안 꼼짝하지 않았다.

줄리가 심사 위원들에게 재잘대는 소리도 들렸다. 지시봉도 있었다. 믿을 수 있겠는가? 연필 따위가 아니라 길이를 늘였다 줄였다 할 수 있는 진짜 지시봉이었다. 줄리는 그 지시봉으로 부화기 뒤쪽에 있는 이런저런 그림과 그래프를 톡톡 두드리면서 21일 동안 달걀이 변하는 과정을 얼마나 흥미롭게 지켜보았는지 설명했다. 열정이 조금만 더 강했다가는 닭 의상이라도 착용할 기세였는데 난 정말이지 확신한다. 줄리의 머릿속에 그 아이디어가 떠오르기만 했다면 그녀는 분명히 닭 의상을 입었을 것이다.

하지만 뭐, 그 후로는 잊어버렸다. 그냥 줄리다운 행동이었으니까. 하지만 1년이 지난 지금 내 손에는 느닷없이 집에서 낳은 달걀이 가득 들려 있었다. 최우수상을 받은 줄리의 프로젝트 때문에 다시 괴로워하지 않으려고 기를 쓰고 있는데 엄마가 복도에서 몸을 내밀며 말했다.

"누구였니? 뭘 들고 있는 거니? 달걀?"

엄마 표정을 보니 얼른 스크램블을 만들고 싶은 눈치였다.

"네."

나는 이렇게 말하면서 엄마에게 달걀을 넘겼다.

"하지만 전 시리얼 먹을래요."

엄마는 달걀 상자 뚜껑을 열었다가 웃는 얼굴로 다시 닫았다.

"잘됐구나! 누가 가져왔던?"

"줄리요. 직접 키웠대요."

"키웠다니?"

"그게, 직접 키운 닭이 낳았대요."

"그래?"

상자를 다시 여는 엄마의 얼굴에서 웃음이 사라지고 있었다.

"그렇구나. 몰랐어. 줄리가…… 닭을 키우는 줄."

"기억나세요? 아빠랑 둘이서 작년 과학 박람회 때 병아리가 부화하는 모습을 한 시간 동안이나 지켜보셨잖아요."

"그럼 이 달걀 속에…… 병아리가 없단 걸 어떻게 알 수 있지?"

나는 어깨를 으쓱했다.

"그러니까 전 시리얼을 먹을래요."

가족 모두 시리얼을 먹었지만 화제는 달걀이었다. 아빠는 괜찮을 거라고 했다. 어렸을 때 농장에서 갓 나온 신선한 달걀을 먹었는데 정말 맛있었다고 했다. 하지만 엄마는 달걀을 깨뜨렸는데 죽은 병아리가 나올지도 모른다는 생각을 떨치지 못했고 화제는 곧 수탉의 역할로 전환되었다. 나는 조용히 시리얼이나 먹고 싶었는데 말이다.

마침내 리네타 누나가 말했다.

"그 집에 수탉이 있으면 이미 우리가 그 사실을 알지 않았을까요? 온 동네가 알았을 것 같지 않아요?"

'흠, 좋은 지적이야.'라고 모두 맞장구를 쳤다. 하지만 엄마가 다시 소리 높여 말했다.

"목소리가 안 나오게 만들었을지도 몰라. 걔들에게 성대 수술을 시키는 것처럼."

"성대 수술한 수탉?"

아빠는 그렇게 터무니없는 말은 처음 들어 본다는 듯이 말했다. 그러다 엄마의 얼굴을 보고는 엄마를 놀리느니 성대 수술 얘기를 계속하는 게 낫다는 사실을 깨달았다.

"흠, 처음 듣는 얘기지만 그럴 수도 있겠지."

리네타 누나는 어깨를 으쓱하더니 엄마에게 말했다.

"그럼 직접 물어봐요. 베이커 아줌마에게 전화해서 물어보면 되죠."

엄마가 대답했다.

"오, 하지만 전화로 달걀이 수상하다는 얘기는 하기 싫구나. 예의에 어긋나는 행동이 아닐까?"

내가 리네타 누나에게 말했다.

"매트 형이나 마이크 형에게 물어봐."

누나는 얼굴을 찌푸리며 나지막하게 말했다.

"입 닥쳐."

"왜? 내가 뭘 어쨌다고?"

"내가 요새 그 집에 안 가는 거 몰랐니, 이 멍청아?"

"리네타!"

엄마는 누나가 나에게 그런 식으로 말하는 걸 처음 들어 본다는 듯이 지적했다.

"뭐, 사실이에요! 다른 사람도 아니고 얘가 어떻게 그걸 모를 수 있죠?"

"안 그래도 물어보려던 참이었다. 무슨 일 있었니?"

리네타 누나는 자리에서 일어나며 의자를 밀었다.

"마음대로 생각하세요."

누나는 날카롭게 말하고는 방으로 달려갔다. 아빠가 말했다.

"맙소사."

엄마는 "실례할게요."라고 말하고 리네타 누나를 쫓아 복도를 걸어갔다. 엄마가 사라지자 아빠가 말했다.

"그래, 아들아. 네가 줄리에게 물어보는 게 어떠냐?"

"아빠!"

"간단한 질문이야, 브라이스. 위험하지도 않고 힘들 것도 하나 없다."

"하지만 줄리는 저한테 30분 동안이나 나불댈 거라고요!"

아빠는 잠시 내 얼굴을 바라보다가 말했다.

"남자가 여자를 두려워하면 못쓴다."

"전 그 애가 두려운 게 아니……!"

"그런 것 같은데."

"아빠!"

"잘 들어라, 아들아. 우리에게 답을 갖고 와라. 네 두려움을 극복하고 답을 얻어 와."

"그 집에 수탉이 있는지 없는지요?"

"그거다."

아빠는 자리에서 일어나 시리얼 그릇을 들고 말했다.

"난 출근해야 하고 넌 학교에 가야 한다. 오늘 밤에 보고해 줄 거라 생각하마."

멋졌다. 아주 멋졌다. 시작하기도 전에 어두컴컴해진 하루라니. 그러나 학교에서 개럿에게 상황을 설명하자 개럿은 어깨를 으쓱하며 말했다.

"뭐, 그 앤 너희 집 건너편에 살잖아?"

"응, 그래서?"

"그럼 울타리 너머로 슬쩍 보면 되겠네."

"염탐하라고?"

"그렇지."

"하지만…… 그중에 수탉이 있는지 없는지 어떻게 알아?"

"수탉은…… 아마…… 더 클걸. 깃털도 더 많고."

"깃털? 다가가서 깃털을 세 보란 말이야?"

"아니, 바보야! 엄마 말이 수컷은 암컷보다 깃털이 더 화려하댔어."

개럿은 웃음을 터뜨리고 말했다.

"네 경우엔 잘 모르겠지만."

"고맙다. 얼마나 큰 도움이 됐는지 모르겠다, 친구야. 정말 고마워 죽겠네."

"들어 봐, 수탉은 몸집이 더 크고 깃털도 더 화려해. 그리고 등에 길게 돋아난 거 있지? 그게 더 붉거나 검거나 그럴 거야. 그리고 수탉은 머리 꼭대기에 빨간 고무장갑 같은 걸 달고 있을걸? 턱 밑에도 그렇고? 맞아, 수탉은 얼굴 주변이 죄다 빨간 고무 같은 걸로 둘러싸여 있어."

"그럼 나더러 울타리에서 큰 깃털과 빨간 고무 같은 걸 찾아보란 말이지."

"음, 그러고 보니 보통 닭들도 빨간 고무가 달려 있어. 그렇게 많지는 않지만."

내가 눈알을 굴리며 잊어버리라고, 줄리에게 물어보겠다고 말하려는 순간 개럿이 말했다.

"필요하면 같이 가 줄게."

"정말이야?"

"그럼, 정말이지."

그렇게 나는 그날 오후 세 시 삼십 분에 개럿 앤더슨과 함께 줄리네 뒤뜰 울타리에서 집을 엿보게 되었다. 잠복 따위는 하고 싶지 않았지만 그날 저녁 식탁에서 아빠에게 보고하려면 어쩔 수가 없었다.

우리는 일찌감치 그곳에 도착했다. 종이 울리자 학교에서 총알처럼 뛰쳐나왔다. 줄리의 집에 일찍 도착하면 줄리가 집 근처에 오기도 전에 충분히 살피고 떠날 수 있을 거라고 생각했기 때문이었다. 가방을 집에 내려놓지도 않았다. 곧장 골목길로 들어가 염탐을 시작했다.

사실 울타리 위로 힐끔거릴 필요는 없었다. 그냥 서 있어도 울타리 사이로 잘 보였으니까. 하지만 개릿이 목을 쭉 빼고 있어서 나도 그래야 하는 줄 알았다. 마음속으로는 개릿이 이 동네 사람이 아니니 그러지 않아도 된다는 걸 알고 있었지만 말이다. 정작몸을 숨겨야 할 사람은 나였다.

뒤뜰은 엉망진창이었다. 깜짝 놀랄 정도였다. 덤불은 무성하게 자랐고 한쪽에는 합판과 철사로 얼기설기 만든 닭장이 있었다. 뜰에는 잔디가 없었고 비료 냄새가 풍기는 흙뿐이었다.

개릿이 먼저 개를 포착했다. 개는 테라스의 초라한 접이식 의자 사이에서 자고 있었다. 개릿이 개를 가리키며 말했다.

"저 개 때문에 말썽이 일어나면 어쩌지?"

"말썽이 일어날 정도로 오래 있으면 안 돼! 그 바보 같은 닭들은 대체 어디 있는 거야?"

"닭장에 있겠지."

개릿은 이렇게 말하고 돌멩이를 하나 주워 합판과 철사로 만든 잡동사니 쪽으로 던졌다.

처음에는 한바탕 퍼드덕대는 소리만 들렸지만 곧 한 마리가 날개를 파닥이며 밖으로 나왔다. 멀지 않은 거리라서 깃털과 고무 같은 빨간 벼슬이 잘 보였다. 내가 물었다.

"그래서? 저건 수탉이야?"

가렛은 어깨를 으쓱했다.

"내 눈엔 평범한 닭처럼 보이는데."

"어떻게 알아?"

가렛은 또다시 어깨를 으쓱했다.

"보면 알아."

우리는 잠시 그 닭이 부리로 흙을 파내는 모습을 지켜보았다. 내가 물었다.

"그럼 암탉은?"

"암탉?"

"그래, 수탉이 있고 평범한 닭이 있으면 암탉도 있을 거 아냐. 암탉은?"

개렛은 베이커네 뒤뜰을 가리켰다.

"저 중에 있겠지."

"그럼 뭐가 닭이야?"

개렛은 제정신이냐는 듯이 나를 쳐다보았다.

"대체 무슨 소리야?"

"닭 말이야! 뭐가 닭이냐고!"

개렛은 나에게서 한 발자국 물러서며 말했다.

"애송아, 정신 차려. 바로 저게 닭이잖아!"

개렛은 돌멩이를 하나 더 주우려고 몸을 구부렸다. 던지려는 순간 뒤쪽 테라스로 이어진 미닫이 유리문이 열리며 줄리가 밖으로 나왔다. 우리 둘 다 고개를 홱 숙였다. 울타리 틈으로 줄리를 감시하면서 내가 말했다.

"집에 언제 왔지?"

개럿이 투덜거렸다.

"네가 닭 때문에 정신 나간 소리를 하는 동안."

개럿은 다시 속삭였다.

"근데 오히려 잘됐어. 줄리가 바구니를 들고 나왔잖아? 달걀을 모으러 온 거야."

우선 줄리는 그 지저분한 개를 데리고 야단을 떨었다. 옆에 앉아 코를 비비고 털을 헝클어뜨리고 토닥이고 꼭 껴안으며 귀여운 강아지라고 말했다. 마침내 개가 계속 잠을 청하도록 놔두나 싶더니 이번에는 개럿의 돌멩이에 놀란 닭에게 다가가 다정하게 구구거렸다. 그 다음엔 노래를 부르기 시작했다. 웬 노래람! 줄리는 목청을 높였다.

"흐린 날에도 내겐 햇살이 가득해요. 추우우운 날에도 내 마음은 5월이죠. 어쩜 그럴 수 있느냐고 당신은 내게 묻겠죠. 내 사랑하는 아가씨들 때문이죠. 내 소중한 사라아아아앙……."

줄리는 닭장을 들여다보며 다정하게 말했다.

"안녕, 플로! 잘 있었니, 보니? 어서 나와, 통통아!"

닭장은 줄리가 들어가기엔 너무 작았다. 몸을 웅크리고 들어가야 하는 작은 판잣집과 비슷해서 줄리의 개조차도 가까스로 기어들어갈까 말까였다. 그렇다고 줄리 베이커를 막을 수 있을까? 아니었다. 줄리는 손과 무릎을 바닥에 대고 엎드려 닭장 속으로 쏙 들어갔다. 닭들이 꽥꽥 퍼드덕거리며 나왔다. 뒤뜰은 닭으로 금세 가득했고 줄리의 모습이라고는 진흙투성이 신발 밖에 보이지 않았다.

그러나 우리 귀에 들리는 소리는 그게 전부가 아니었다. 줄리는 그 닭장 속에서도 지저귀듯 노래를 불렀다.

"돈은 필요 없어요, 재물도 며어어엉예도오. 난 이미 부자예요, 베이비. 사람이 가질 수 있는 모든 걸 가졌죠. 어쩜 그럴 수 있느냐고 당신은 내게 묻겠죠. 내 사랑하는 아가씨들 때문이죠. 내 소중한 사라아아아아앙……."

이제 닭의 붉은 벼슬이나 깃털은 눈에 들어오지 않았다. 줄리 베이커의 발바닥을 보며 질문할 뿐이었다. 진흙이 잔뜩 엉겨 붙은 신발을 신고 다 찌그러진 닭장 속에 기어들어가면서도 뭐가 저렇게 행복할까?

개럿이 나를 제정신으로 돌려놓았다.

"모두 닭이다. 잘 봐."

나는 줄리의 신발에서 시선을 떼고 닭들을 살피기 시작했다. 우선은 수를 세어 보았다. 하나, 둘, 셋, 넷, 다섯, 여섯. 숫자가 딱 맞았다. 어쨌든 줄리가 달걀 여섯 개를 부화시켰단 사실을 누가 잊어버릴 수 있겠는가? 학교 신기록이었다. 군내 주민 모두가 소문을 들어서 알고 있었다.

그러나 개럿에게 지금 한 말이 무슨 뜻인지 어떻게 물어보면 좋을지 알 수 없었다. 그래, 모두 닭이었다. 하지만 그게 무슨 뜻이지? 또다시 핀잔을 듣고 싶진 않았지만 그래도 이해가 되지 않았다. 결국은 개럿에게 물어보았다.

"수탉이 없단 뜻이야?"

"두말하면 잔소리지."

"어떻게 알아?"

개럿은 어깨를 으쓱했다.

"수탉은 거들먹거리면서 돌아다니거든."

"거들먹거린다고?"

"그래. 자, 봐…… 깃털이 긴 닭은 없어. 저 빨간 고무가 많이 달린 닭도 없고."

개럿은 고개를 끄덕였다.

"맞아, 다들 그냥 닭이야."

그날 밤 아빠는 곧장 본론으로 들어갔다.

"그래, 아들아. 임무는 완수했느냐?"

아빠는 산더미 같은 파스타에 포크를 찔러 넣고 면을 돌돌 말면서 물었다. 나도 내 파스타를 공격하며 씨익 웃었다. 결과를 보고하려고 허리를 똑바로 펴며 말했다.

"그럼요. 모두 그냥 닭이에요."

빙글빙글 돌던 아빠의 포크가 끼익 멈췄다.

"그리고?"

뭔가 잘못됐다는 느낌이 들었지만 그게 뭔지 알 수가 없었다. 나는 웃음을 잃지 않으려 애쓰며 말했다.

"그리고 뭐요?"

아빠는 포크를 내려놓고 나를 노려보았다.

"그 애가 그렇게 말하더냐? 모두 그냥 닭이라고?"

"음, 정확히 그런 건 아니에요."

"그럼 정확히 뭐라고 하더냐?"

"음…… 실은 아무 말도 안 했어요."

"무슨 얘기야?"

"그게, 제가 살짝 가서 직접 살펴봤어요."

나는 대단한 일을 해낸 듯이 말했지만 아빠는 넘어가지 않았다.

"그 애한테 묻진 않고?"

"그럴 필요가 없었어요. 닭이라면 개럿이 잘 알거든요. 그래서 둘이 그쪽으로 가서 직접 알아냈어요."

리네타 누나는 파스타 일곱 가닥에서 로마노 소스를 덜어 낸 다음 소금 통으로 손을 뻗으며 나를 노려보았다.

"이런 닭대가리야."

"리네타!"

엄마가 말했다.

"동생한테 좀 잘해 주렴."

누나는 소금 통을 흔들던 손을 멈췄다.

"엄마, 몰래 들여다본 거예요. 모르시겠어요? 그 집으로 가서 울타리 너머로 엿본 거라고요. 그래도 된단 말씀이에요?"

엄마는 고개를 돌려 나를 보았다.

"브라이스, 정말이니?"

가족들은 하나같이 나를 바라보았다. 어떻게든 체면을 유지해야 할 것 같았다.

"그게 뭐 대수예요? 줄리네 닭에 대해서 알아 오라고 하셨잖아요. 그래서 그렇게 했다고요!"

리네타 누나가 속삭였다.

"꼬꼬댁, 꼬꼬! 꼬꼬댁, 꼬꼬!"

아빠는 여전히 포크를 들지 않았다. 단어 하나하나를 잘근잘근 씹듯이 말했다.

"그래서 알아낸 것이…… 모두 그냥 닭이라고?"

"네."

아빠는 한숨을 쉬더니 파스타를 덥석 물고 한참 우물거렸다.

몸이 땅속으로 꺼지는 기분이 들었지만 이유를 알 수가 없었다. 그 기분을 떨치고 싶어서 말했다.

"다들 달걀을 드셔도 돼요. 하지만 전 손도 대지 않을 테니까 권하지도 마세요."

엄마는 샐러드를 먹으며 나와 아빠를 번갈아 바라보았다. 비밀 첩보원이 되어 모험을 하고 돌아온 나에게 무슨 말이든 해 주기를 바라는 눈치였다. 하지만 아빠가 아무 말도 하지 않아서 엄마는 목소리를 가다듬고 말했다.

"이유가 뭐니?"

"왜냐하면 거긴…… 거긴…… 어떻게 하면 제대로 설명할 수 있을지 모르겠어요."

"그냥 얘기해라."

아빠가 무뚝뚝하게 말했다.

"그러니까 거긴 배설물 천지였어요."

"윽, 역겨워!"

누나가 포크를 내던지며 말했다. 엄마가 물었다.

"닭똥을 말하는 거니?"

"네. 잔디도 없어요. 그냥 진흙에다 닭똥투성이였어요. 닭들이

거길 누비고 다니면서 흙을 쪼아 먹고……."

"윽, 메스꺼워!"

리네타 누나가 울부짖었다.

"근데 사실이야!"

누나는 벌떡 일어나서 말했다.

"이런 얘길 듣고도 음식을 먹으라고요?"

그러더니 식당에서 성큼성큼 나가 버렸다. 엄마가 누나에게 외쳤다.

"리네타! 그래도 좀 먹어야지!"

"안 먹어요!"

누나가 꽥 소리쳤다. 그리고 곧바로 식당으로 고개를 쑥 들이밀더니 말했다.

"달걀도 절대 안 먹을 테니 그렇게 아세요, 엄마. 살모넬라균이 신경 쓰이지도 않아요?"

누나는 복도로 가 버렸다. 엄마는 "살모넬라?" 하고 말하더니 아빠를 보았다.

"혹시 살모넬라균이 있을까요?"

"그거야 모르지, 팻시. 난 그보다도 우리 아들이 겁쟁이라는 게 더 마음에 걸려."

"겁쟁이라뇨! 릭, 그러지 말아요. 브라이스는 그런 애가 아니에요. 무척 훌륭한 아이……."

"여자 애를 무서워하는 아이지."

"아빠, 전 줄리가 무섭지 않아요. 그냥 성가실 뿐이라고요!"

"왜?"

"아빠도 아시잖아요! 줄리는 아빠도 귀찮게 하잖아요. 뭐든 자기가 최고라고 생각하는 아이예요!"

"브라이스, 난 네게 두려움을 극복하라고 주문했지만 넌 오히려 항복해 버렸다. 혹시 줄리와 사랑에 빠졌다면 이해할 수도 있겠지. 사랑에는 두려움이 뒤따르기 마련이니까. 하지만 이건 창피한 일이다. 줄리가 수다쟁이라서 사소한 문제에도 열변을 토한다고 한들 그게 어떻단 말이냐? 가서 질문을 하고 대답을 듣고 나오면 되는 것을. 당당하게 맞서라고, 이 녀석아!"

엄마가 말했다.

"여보…… 여보! 진정해요. 어쨌든 당신이 원하던 답을 알아 왔잖아요……."

"아니, 천만에!"

"무슨 말이에요?"

"모두 그냥 닭이라잖아! 당연히 닭이지! 문제는 암탉이 몇 마리고 수탉이 몇 마리냐는 거야."

순간 정신이 번쩍 들었다. 이게 웬 헛발질이람! 아빠가 화를 내는 게 당연했다. 난 정말 바보 천치였다. 당연히 암탉과 수탉 모두 그저 닭이었다……. 이런! 개릿 그 녀석은 닭 전문가처럼 굴더니 실은 아는 게 눈곱만큼도 없었던 거다! 왜 그 녀석 말을 들었지?

하지만 때는 이미 늦고 말았다. 아빠는 내가 겁쟁이라고 믿었고 이 문제를 극복하려면 달걀 상자를 들고 그 집으로 가서 우리는 달걀을 먹지 않는다거나 달걀 알레르기가 있다고 말하라고 했다. 엄마가 끼어들었다.

"애한테 뭘 가르치는 거예요, 릭? 그건 다 거짓말이잖아요. 달걀을 돌려주려면 사실대로 말해야 하지 않겠어요?"

"그럼 당신이 살모넬라균을 무서워하기 때문이라고 말할까?"

"왜 내 핑계를 대요? 당신은 조금도 무섭지 않아요?"

"팻시, 문제는 그게 아니야. 내 아들이 겁쟁이라는 거지!"

"그렇다고 거짓말을 가르칠 작정이에요?"

"알았어. 그럼 그냥 달걀을 갖다 버려. 하지만 이제부턴 그 새끼 호랑이를 똑바로 쳐다봐야 한다, 알겠냐?"

"네, 아빠."

"그럼 됐다."

여드레 동안은 별 탈 없이 지낼 수 있었다. 그러다 줄리가 다시 나타났다. 아침 일곱 시에 두 손으로 달걀 상자를 들고 우리 집 현관에서 폴짝거리고 있었다.

"안녕, 브라이스! 이거 받아."

나는 줄리의 눈을 똑바로 보며 안 줘도 된다고 말하려 했다. 하지만 줄리가 몹시 행복해 보이는 데다 호랑이에게 달려들기엔 아직 잠이 다 깨지 않은 상태였다. 줄리는 이번에도 내 손에 상자를 떠안겼고 나는 아빠가 아침 식사를 하러 나타나기 전에 얼른 부엌 쓰레기통에 버렸다.

2년 동안 계속 그런 식이었다. 2년 동안이나! 어느덧 내 아침 일과의 일부가 될 정도로 자연스러워졌다. 나는 망을 보고 있다가 줄리가 현관문을 두드리거나 초인종을 누르기 전에 잽싸게 문을 열었고 그 다음엔 아빠가 나타나기 전에 달걀을 쓰레기통에 처박았다.

그러나 결국 꼬리를 밟히고 말았다. 플라타너스 나무를 벤 즈음이라서 줄리의 발길이 무척 뜸한가 싶더니 어느 날 아침 줄리가 달걀을 들고 우리 집 현관에 불쑥 나타났다. 나는 여느 때처럼 달걀을 받고 여느 때처럼 그걸 내던지러 갔다. 그런데 부엌 쓰레기통이 꽉 차서 달걀 상자가 들어갈 틈이 없었다. 하는 수 없이 달걀 상자를 맨 위에 올리고 쓰레기를 모은 다음 밖에 있는 큰 쓰레기통에 한꺼번에 버리려고 현관으로 밀고 나갔다.

자, 우리 집 현관에 조각상처럼 서 있는 사람은 누구였을까?

바로 달걀 소녀였다.

나는 현관에 쓰레기를 쏟을 뻔했다. 내가 물었다.

"아직까지 뭐 하고 있어?"

"음…… 모르겠어. 그냥…… 생각 좀 하느라."

"무슨 생각?"

뭐든 해야 했다. 줄리의 시선을 다른 곳으로 유도해야 했다. 쓰레기통 맨 위에 뭐가 있는지 알아보기 전에 말이다.

줄리는 당황한 듯 눈을 돌렸다. 줄리 베이커가 당황했다고? 설마 그럴 리가.

어쨌든 축축한 잡지를 달걀 상자 위에 얹을 절호의 기회가 눈앞에 있었고 나는 그 기회를 붙잡았다. 그런 다음 옆 뜰에 있는 쓰레기통으로 날쌔게 다가가려고 했다. 그런데 줄리의 몸이 가로막았다. 진지한 얼굴이었다. 내 앞을 막고 골문을 지키듯 팔을 양쪽으로 뻗었다. 줄리는 나를 쫓아와 다시 앞을 가로막았다.

"왜 그러는데?"

줄리가 캐물었다.

"달걀이 깨졌니?"

바로 그거다! 왜 진작 그 생각을 못했지? 내가 말했다.

"그래, 줄리. 정말 미안해."

하지만 머릿속에는 '제발, 하느님. 제발요. 쓰레기통까지 무사히 도착하게 해 주세요.'라는 생각뿐이었다.

하느님은 주무시고 계신 모양이었다. 줄리는 쓰레기통에 달려들어 소중한 달걀 상자를 꺼냈고 그 즉시 달걀이 깨지지 않았다는 사실을 깨달았다. 금도 가지 않은 달걀이었다. 줄리가 두 손으로 달걀을 들고 얼어붙은 듯이 서 있는 동안 나는 나머지 쓰레기를 통에 버렸다.

"왜 버렸니?"

줄리가 물었지만 줄리 베이커의 목소리가 아니었다. 몹시 차분하면서도 떨리는 목소리였다. 그래서 나는 줄리의 뒤뜰이 지저분해서 살모넬라균이 있을까 봐 걱정되었고 줄리의 기분을 해치고 싶지 않아 어쩔 수 없이 그랬다고 설명했다. 우리가 옳고 줄리가 잘못한 듯이 얘기했지만 실은 나 스스로 머저리가 된 기분이었다. 바보 천치에 구제 불능 머저리.

줄리는 동네 사람들 중에는 돈을 주고 달걀을 사는 사람들도 있다고 말했다. 돈을 주고 산다니! 믿기지 않는 이 소식을 소화시키는 동안 줄리는 재빨리 머릿속 계산기를 두드렸다.

"너한테 이 달걀을 주느라 내가 백 달러나 손해 봤단 걸 이제 알겠니?"

줄리는 이 말을 남기고 눈물을 쏟으며 길 건너편으로 달려가 버렸다.

내가 언제 달걀을 달라고 했느냐는 말이 목구멍까지 올라왔다. 달걀이 필요하다거나 달걀을 좋아한다고 한 적도 없다고 말하려 했다. 하지만 중요한 건 그게 아니었다. 나는 줄리가 우는 모습을 본 적이 없었다. 체육 시간에 팔이 부러졌을 때도, 학교에서 놀림을 받거나 오빠들에게 따돌림당했을 때도 울지 않았다. 심지어 플라타너스 나무가 없어졌을 때도 마찬가지였다. 물론 그 땐 울었겠지만 실제로 보지는 못했다. 나에게 줄리 베이커는 너무 강해서 울지 않는 아이였다.

방으로 돌아가 학교에 가려고 가방을 꾸렸지만 세상 최악의 머저리가 된 기분을 지울 수가 없었다. 2년이 넘는 세월 동안 나는 줄리의 눈을 피하고 아빠의 눈을 피해 달걀을 몰래 내다 버렸다. 왜 그랬을까? 왜 당당하게 말하지 못했을까? '미안하지만 우린 달걀을 먹지 않아. 달걀을 좋아하지도 않고 필요도 없어……보아 뱀에게 주지그래?'라고!

정말 줄리의 마음이 상할까 봐 두려웠던 걸까?

아니면 줄리가 두려워서였을까?

달걀

플라타너스 나무가 사라지자 다른 것도 모두 무너지는 것 같았다. 챔프가 죽었다. 그리고 달걀의 진실을 알게 되었다. 챔프는 때가 되어 떠났고, 아직도 그립기는 하지만 달걀에 얽힌 진실보다는 챔프의 죽음이 더 감당하기 쉬웠던 것 같다. 아직도 그게 정말인지 믿을 수가 없다.

우리 가족과 연을 맺은 건 닭보다 달걀이 먼저였지만 챔프는 그 둘보다도 먼저였다. 내가 여섯 살이던 어느 날 밤 아빠가 트럭 짐칸에 다 큰 개 한 마리를 묶어서 데려왔다. 개는 차에 치어 교차로 한복판에 쓰러져 있었고 아빠는 상처가 얼마나 심한지 살펴보려고 차를 세웠다. 그리고 그 가여운 개가 뼈만 앙상한 데다 이름표도 없다는 걸 알게 됐다. 아빠는 엄마에게 말했다.

"몹시 굶주린 데다 방향 감각도 아예 상실한 것 같았소. 어떻게 이런 개를 버릴 수가 있을까?"

온 가족이 현관에 모여 있었고 나는 설레는 마음을 억누를 수가 없었다. 개다! 사랑스럽고 기분이 절로 좋아지는 진짜 개! 이제는 챔프의 외모가 매력적이지 않다는 걸 알 수 있지만 그때는 여섯 살이었고 제아무리 지저분한 개라고 해도 무조건 멋져 보였고 끌어안고 싶었다.

오빠들도 개를 무척 마음에 들어 했지만 엄마의 찌푸린 얼굴을 보니 엄마가 무슨 생각을 하는지 알 수 있었다. 이 개를 버리려고? 오, 분명했다. 내 눈에 엄마의 생각이 똑똑히 보였다. 하지만 엄마는 간단히 "집 안에는 이 동물을 들일 공간이 없어요."라고만 말했다.

아빠가 대답했다.

"트리아나, 개를 키우려고 데려온 게 아니오. 가여워서 데려온 거지."

"이렇게 느닷없이 나더러 이 개를…… 떠맡으란 말은 아니죠?"

"그럴 생각은 추호도 없소."

"그럼 당신 생각은 뭔데요?"

"배불리 먹이고 목욕도 시키고…… 어쩌면 광고를 내서 있을 곳을 찾아 주면 되겠지."

엄마는 문지방 너머에 선 아빠를 바라보았다.

"'어쩌면'이란 없어요."

오빠들이 말했다.

"우리가 키우면 안 돼요?"

"안 돼."

"하지만 엄마……."

오빠들이 앓는 소리를 냈다. 엄마가 말했다.

"이건 상의하고 어쩌고 할 문제가 아니야. 목욕을 시키고 먹이를 준 다음 광고를 내야 해."

아빠는 양팔을 매트 오빠와 마이크 오빠의 어깨에 둘렀다.

"얘들아, 언젠가는 우리도 강아지를 키울 수 있을 거다."

엄마는 벌써 집 안으로 들어가고 있었지만 등 뒤로 고개를 돌리며 말했다.

"그전에 너희 방부터 깨끗이 쓰도록 해!"

주말이 되자 우리는 개의 이름을 챔프라고 지었다. 그 다음 주말이 되자 챔프는 뒤뜰에서 부엌으로 들어왔다. 그리고 얼마 지나지 않아 챔프는 아예 집 안에 머물게 되었다. 기분 좋게 컹컹 짖어 대는 다 큰 개를 원하는 사람은 없는 것 같았다. 그러니까 베이커 가족 5분의 4를 제외하고는 말이다.

그러다 엄마는 냄새를 맡기 시작했다. 어디서 나는지 알 수 없는 정체불명의 냄새였다. 우리 모두 냄새가 난다는 건 인정했지만 챔프의 냄새라는 엄마의 주장에는 동의하지 않았다. 엄마의 요구로 우리가 챔프를 무척 자주 씻겼으므로 챔프의 몸에서 나는 냄새일 리가 없었다. 다들 챔프에게 코를 바싹 들이대고 킁킁거렸지만 장미 향기만 날 뿐이었다.

개인적으로 나는 목욕을 자주 하지 않는 매트 오빠와 마이크 오빠가 범인이 아닐까 생각했지만 오빠들에게 코를 들이대고 싶진 않았다. 누가 범인(아니면 범인들)인지를 두고 가족 간에 의견이 분분해지면서 그 악취에는 '정체불명 냄새'라는 명칭이 붙었다. 우리는 저녁 시간 내내 '정체불명 냄새'를 두고 티격태격했다. 오빠들은 무척 재미있어 했지만 엄마는 달랐다.

그러던 어느 날 엄마가 비밀을 풀고야 말았다. 아빠가 얼른 뛰어와 챔프를 밖으로 내보내지 않았으면 챔프는 머리를 얻어맞았을지도 모를 일이었다. 엄마가 씩씩거렸다.

"저 개가 범인이라고 했잖아요. '정체불명 냄새'는 저 '정체불명 오줌싸개' 짓이라니까요! 저거 보여요? 보이냐고요! 저 소파 탁자에 찍 싸 놓은 거요!"

아빠는 두루마리 휴지를 들고 챔프가 있던 곳으로 얼른 뛰어 갔다.

"어디? 어디를 말하는 거요?"

탁자 다리에서 오줌 세 방울이 떨어졌다.

"저기요."

엄마가 떨리는 손가락으로 축축해진 곳을 가리켰다.

"저기요!"

아빠는 휴지로 오줌을 닦아 내고 양탄자를 살핀 다음 말했다.

"별로 떨어지지도 않았소."

"그거예요!"

엄마는 양손으로 엉덩이를 짚고 말했다.

"그래서 아무 흔적도 찾지 못한 거예요. 이제 그 개는 밖에서 지내야 해요. 알겠어요? 집 안에는 절대 못 들인다고요!"

내가 물었다.

"차고는요? 거기에선 재워도 돼요?"

"사방에 자취를 남기게 내버려 두라고? 안 돼!"

마이크 오빠와 매트 오빠는 얼굴을 마주 보며 활짝 웃었다.

"정체불명 오줌싸개! 우리 밴드 이름으로 하면 좋겠다!"

"그래! 딱이야!"

엄마가 물었다.

"밴드라니? 잠깐, 무슨 밴드?"

하지만 오빠들은 로고를 만들 수 있겠다고 웃음을 터뜨리며 총알처럼 방으로 달려가고 있었다.

아빠와 나는 코를 쿵쿵대고 범죄의 증거를 없애며 그날 하루를 보냈다. 아빠가 분무기로 암모니아수를 뿌리면 내가 소독약으로 뒤처리를 했다. 오빠들도 동원하려고 했지만 분무기 쟁탈전이 벌어져서 아빠가 둘을 방으로 쫓아 버렸다. 물론 오빠들에게는 반가운 명령이었다.

결국 챔프는 밖에서 지내는 신세가 되었고 내가 5학년 때 열린 과학 박람회가 아니었다면 우리 집의 유일한 애완동물이 될 뻔했다.

아이들은 모두 멋진 출품 아이디어가 있는 것 같았지만 나에게는 하나도 떠오르지 않았다. 그러다 담임 선생님인 브루벡 선생님이 나를 따로 불러서 닭을 많이 기르는 친구가 있다며 수정란을 가져다주겠다고 했다. 내가 말했다.

"하지만 전 달걀을 부화시키는 법을 몰라요."

선생님은 웃음 띤 얼굴로 내 어깨를 감쌌다.

"모든 것에 당장 통달할 수는 없는 거야, 줄리. 새로운 걸 배우는 게 중요하단다."

"하지만 죽으면 어떡해요?"

"어쩔 수 없지. 부화 과정을 과학적으로 잘 기록해 두면 에이를 받을 수 있어. 걱정할까 봐 해 주는 말이야."

A를 받을 수 있다고? 내가 걱정하는 건 그게 아니었다. 아기

병아리의 죽음이 내 손에 좌우된다는 것이었다. 화산을 재현하거나 합성 고무인 네오프렌을 만들거나 기어비(*최초의 톱니바퀴와 마지막 톱니바퀴의 회전 속도의 비율.)를 과학적으로 적용한 여러 사례를 제시하는 편이 훨씬 낫겠다는 생각이 들었다.

하지만 공은 굴러가기 시작했고 브루벡 선생님은 결정되었다는 듯이 다른 말을 덧붙이려 하지 않았다. 선생님은 책꽂이에서 『닭 사육 입문서』라는 책을 꺼내며 말했다.

"인공 부화를 다룬 대목을 읽어 보고 오늘 밤에 직접 부화기를 만들어 보렴. 수정란은 내일 가져다줄게."

"하지만……."

"너무 걱정하지 마, 줄리. 인공 부화는 매년 진행했던 일이야. 박람회에서 늘 훌륭한 프로젝트로 손꼽혔단다."

"하지만……."

그러나 선생님은 결판이 안 나는 다른 학생들의 싸움을 끝내주려고 그쪽으로 가 버렸다.

그날 밤에는 걱정이 더 심해졌다. 인공 부화를 다룬 대목을 최소한 네 번은 읽었지만 어디서부터 시작해야 할지 도무지 알 수가 없었다. 우리 집에는 낡은 수족관 따위는 없었다! 부화용 온도계는 더더구나 없었다! 튀김용 온도계도 괜찮으려나?

습도 조절에도 신경을 써야 했다. 그러지 않으면 병아리에게 끔찍한 일이 벌어질 테니까. 너무 건조하면 병아리가 알을 깨고 나오지 못한다. 너무 습하면 흐늘흐늘해져 죽고 만다. 병아리가 흐늘흐늘해진다니!

언제나 분별력 있는 엄마는 선생님에게 병아리 부화를 못하겠다고 말하라고 했다. 엄마가 물었다.

"콩을 길러 보면 어때?"

그러나 아빠는 선생님이 내준 과제를 거부할 수 없는 내 입장을 이해하고 도와주기로 약속했다.

"부화기 만드는 건 어렵지 않아. 저녁 먹고 함께 만들어 보자."

아빠가 차고에 있는 물건들의 위치를 정확히 아는 것은 우주의 불가사의였다. 그러나 아빠가 낡은 투명 아크릴 조각에 3센티미터 정도 되는 구멍을 뚫자 부화기 제작에도 일가견이 있음이 드러났다.

"고등학교 다닐 때 오리 알을 부화시켰단다."

아빠는 빙그레 웃으며 말했다.

"과학 박람회 프로젝트였지."

"오리요?"

"그래. 하지만 오리든 닭이든 원리는 똑같아. 알맞은 온도와 습도를 일정하게 유지하고 하루에 알을 여러 번 뒤집어 주면 몇 주 안에 귀여운 삐악이들을 보게 될 거다."

아빠는 백열전구와 소켓이 달린 연결 코드를 건넸다.

"아크릴에 낸 구멍에 이걸 넣고 고정해라. 아빤 온도계를 몇 개 찾아보마."

"몇 개라고요? 하나로는 부족해요?"

"습도계도 만들어야 하니까."

"습도계요?"

"부화기 속 습도를 확인하기 위해서야. 온도계 아랫부분을 젖은 거즈로 감싸면 습도계가 된단다."

나는 미소를 지었다.

"병아리가 흐늘흐늘해지면 안 되니까요?"

아빠도 미소를 지었다.

"바로 그거야."

다음날 오후가 되자 나는 하나도 아니고 여섯 개나 되는 수정 란을 받았는데 섭씨 39도의 쾌적한 부화기에 들어 있던 알들이었 다.

"모두 살아남지는 못할 거야, 줄리."

브루벡 선생님이 말했다.

"하나라도 성공하면 돼. 학교 신기록은 세 개야. 점수는 보고 서 내용에 따라 매길 거다. 과학적인 태도가 중요해. 행운을 빈 다."

선생님은 그 말을 남기고 자리를 떴다.

보고서라고? 무엇을 쓰라는 말일까? 하루 세 번 수정란의 방 향을 바꿔 주고 온도와 습도를 조절해야 하지만 그 외에 달리 할 일이 있을까?

그날 밤 아빠는 마분지 통과 손전등을 가지고 차고로 갔다. 둘을 테이프로 묶어서 전등의 빛이 마분지 통을 통해 똑바로 한 곳을 비추도록 했다.

"검란하는 법을 보여 주마."

아빠는 이렇게 말하고 차고 전등을 껐다. 브루벡 선생님이 준 책에서 검란을 다룬 부분을 봤지만 실제로 읽지는 않은 상태였 다. 내가 물었다.

"왜 그렇게 불러요? 그걸 하는 이유는요?"

"불빛을 비춰서 알을 검사한다는 뜻인데 백열등이 없을 땐 촛불을 썼단다."

아빠는 마분지 통 입구에 달걀을 올렸다.

"불빛이 알 속을 비추면 배아가 발달하는 모습이 보인단다. 필요하면 약한 알을 가려낼 수 있지."

"알을 죽인다고요?"

"가려내는 거야. 제대로 발달하지 못하는 알들은 제거해야 해."

"하지만…… 그게 죽이는 거 아니에요?"

아빠가 나를 바라보았다.

"가려내야 하는 수정란을 그대로 두면 건강한 알에게 끔찍한 영향을 미칠 수도 있어."

"왜요? 그냥 부화가 안 되는 게 아니라요?"

아빠는 다시 손전등으로 알을 비추었다.

"알이 터지면서 다른 알들에게 세균을 옮길 수도 있단다."

터진다고! 병아리가 흐늘거릴 수도 있고 알이 터질 수도 있고 약한 알을 골라내야 하고…… 정말 산 너머 산이었다. 아빠가 말했다.

"여길 봐, 줄리아나. 배아가 보일 거다."

아빠는 내가 볼 수 있도록 조명과 달걀을 이쪽으로 내밀었다. 달걀 안을 살피는데 아빠가 말했다.

"저기 까만 점이 보이지? 가운데 말이야. 그 점에서부터 혈관이 사방으로 퍼져 나가잖아?"

"콩처럼 생긴 거요?"

"맞아!"

갑자기 실감이 났다. 이 알은 살아 있었다. 나는 얼른 나머지 알들도 살펴보았다. 모두 속에 콩처럼 생긴 작은 아기들이 있었다! 반드시 살려야지. 모두 끝까지 살아남게 해 줄 거야!

"아빠! 부화기를 집 안으로 갖고 들어가도 돼요? 밤이 되면 여긴 너무 추울 것 같은데요?"

"안 그래도 막 그 얘길 하려던 참이다. 문 좀 잡아 줄래? 아빠가 부화기를 옮길게."

다음 2주 동안 나는 자라나는 병아리들에게 온 힘을 쏟았다. 수정란에 A, B, C, D, E, F라고 쓴 라벨을 붙였지만 곧 알들은 이름이 생겼다. 애비, 보니, 클라이드, 덱스터, 유니스, 플로렌스였다. 나는 매일 알의 무게를 재고 검란을 하고 방향을 바꿔 주었다. 게다가 꼬꼬댁 소리를 들려주면 좋을 것 같아서 한참 닭 울음소리를 흉내 냈지만 너무 피곤했다! 나의 조용한 병아리들에게 콧노래를 불러 주는 편이 훨씬 쉬워서 그렇게 했다. 곧 애쓰지 않아도 절로 콧노래가 나왔다. 내 달걀과 함께 있으면 행복했기 때문이었다.

나는 『닭 사육 입문서』를 처음부터 끝까지 두 번 읽었다. 과학 박람회를 위해서 배아의 여러 발달 단계를 나타내 주는 표를 그리고, 커다란 닭 포스터를 만들고, 온도와 습도의 변화를 매일 측정해 그래프로 나타내고, 각 달걀의 무게 감소를 선 그래프로 보여 주었다. 달걀의 겉모습은 단조로웠지만 달걀 속에서는 얼마나 놀라운 일이 벌어지고 있었는지!

과학 박람회 이틀 전, 보니를 검란하다가 특이한 점을 발견했다. 나는 아빠를 방으로 불러서 말했다.

"보세요, 아빠! 저거요! 혹시 심장이 뛰는 거예요?"

아빠는 잠깐 동안 유심히 바라보더니 빙긋 웃으며 말했다.

"엄마를 데려오마."

그래서 우리 셋은 달걀을 둘러싸고 보니의 심장이 뛰는 모습을 지켜보았다. 엄마마저도 무척 놀랍다고 순순히 인정했다.

가장 먼저 껍질을 깬 병아리는 클라이드였다. 하필이면 등교 시간 직전이었다. 자그마한 부리가 껍질을 쪼았다. 숨을 죽이며 기다렸지만 잠잠했다. 움직임이 없었다. 한참 후에 다시 부리로 콕 쪼더니 그 즉시 또 잠잠해졌다. 이런 클라이드를 두고 어떻게 학교에 갈 수 있을까? 내 도움이 필요하면 어떡하지? 이것은 잠깐이라도 등교를 미룰 타당한 사유가 분명했다!

아빠는 부화가 하루 종일 걸릴 수도 있고 방과 후에 움직임이 많아질 거라며 구슬렸지만 내 귀에는 그 말이 조금도 들어오지 않았다. 오, 안 되지, 안 돼! 나는 애비와 보니와 클라이드와 덱스터와 유니스와 플로렌스가 세상으로 나오는 모습을 보고 싶었다. 하나라도 놓치고 싶지 않았다. 나는 아빠에게 말했다.

"부화 장면을 놓칠 순 없어요! 단 한순간도요!"

엄마가 말했다.

"그럼 학교에 들고 가렴. 브루벡 선생님도 괜찮다고 하실 거야. 어쨌든 원래 선생님 아이디어잖니."

가끔은 분별력 있는 엄마 말에 귀를 기울일 필요가 있다. 과학 박람회 준비를 미리 해 뒀으니 학교에 가져가도 괜찮을 것 같았다! 나는 부화기와 포스터와 그래프 등 짐을 모두 챙겨 엄마가 모는 차를 타고 학교로 갔다.

다행히 브루벡 선생님은 조금도 개의치 않았다. 선생님이 다른 아이들의 프로젝트를 도와주느라 정신이 없어서 나는 거의 하루 종일 부화 과정을 지켜볼 수 있었다.

클라이드와 보니가 가장 먼저 나왔다. 축축하고 털이 엉겨 붙은 몸으로 가만히 앉아 있었는데 지쳐 보이고 못생겨서 처음에는 실망스러웠다. 그러나 애비와 덱스터가 알을 깨고 나올 즈음 보니와 클라이드는 털이 보송보송 일어나면서 활기를 띠었다.

남은 두 병아리는 꼼짝도 하지 않았다. 하지만 브루벡 선생님은 가만히 놔두라고 했다. 그날 밤 박람회가 진행되는 동안 부화할 테니 오히려 잘됐다고 했다. 온 가족이 부화 장면을 보러 왔다. 매트 오빠와 마이크 오빠는 2분가량 지켜보다가 다른 출품작을 구경하러 가 버렸지만 엄마와 아빠는 처음부터 끝까지 자리를 지켰다. 엄마는 보니를 들어 올려 코에 대고 비비기까지 했다.

그 후로 박람회는 끝이 났고 집에 가려고 짐을 챙기는데 엄마가 물었다.

"그럼 이제 브루벡 선생님에게 돌려드리는 거니?"

내가 물었다.

"뭘 돌려드려요?"

"병아리 말이야, 줄리. 설마 닭으로 키울 생각은 아니겠지?"

솔직히 부화가 끝나면 어떻게 할지 생각해 본 적이 없었다. 병아리들을 세상에 나오게 하는 데만 모든 관심을 쏟았다. 하지만 엄마 말이 옳았다. 이제 병아리들이 태어났다. 털이 보송보송하고 사랑스러운 병아리 여섯 마리, 각자 이름도 있었고 저마다 독특

한 개성이 있어서 나는 누가 누구인지 벌써부터 구별할 수 있었다.

"그…… 글쎄요."

나는 말을 더듬거렸다.

"선생님께 여쭤 볼게요."

브루벡 선생님을 찾으러 돌아다니며 선생님이 병아리들을 원래 주인에게 돌려주지 않아도 된다고 이야기하기를 간절히 빌었다. 어쨌든 부화시킨 사람은 나였다. 이름도 내가 지어 주었다. 흐늘흐늘해지지 않도록 내가 구해 줬는데! 이 작은 삐악이들은 내 것이었다!

나에게는 다행이었고 엄마에게는 불행히도, 브루벡 선생님은 병아리가 내 것이 틀림없다고 말했다. 모두 내 병아리였다.

"재밌게 키워 보렴."

선생님은 이렇게 말한 다음 하이디를 도와 '베르누이의 정리'를 주제로 만든 전시물을 정리하러 총총 걸어갔다.

집에 오는 동안 내내 엄마는 조용했고 나는 알 수 있었다. 사실 엄마는 트랙터와 염소만큼이나 닭을 갖고 싶어 했다.

"엄마, 제발요!"

차가 길턱에서 멈추자 내가 속삭였다.

"네?"

엄마는 두 손으로 얼굴을 감쌌다.

"어디에서 닭을 키우겠다는 거니, 줄리? 공간이 어디 있다고?"

"뒤뜰은요?"

다른 대안이 없었다.

"챔프는 어쩌고?"

"사이좋게 잘 지낼 거예요, 엄마. 제가 가르칠게요. 약속해요."

아빠가 부드럽게 말했다.

"알아서 잘 자랄 거요, 트리아나."

그때 오빠들이 지껄이기 시작했다.

"챔프가 싼 오줌 때문에 병아리들이 죽고 말 거예요, 엄마."

그러더니 갑자기 법석을 떨었다.

"맞아요! 하지만 눈치도 못 챌걸요. 녀석들은 이미 노란색이니까!"

"와우! '이미 노란색'이라…… 이름 한번 끝내준다."

"입에 착 붙지? 하지만 잠깐…… 사람들이 우리 배가 노랗다고 생각하면 어떡하지?"

"그건 그래. 그냥 잊어버려!"

"그래, 그냥 병아리들이 끝장나게 내버려 두자."

오빠들은 눈을 휘둥그레 뜨며 얼굴을 마주 보더니 다시 들썩였다.

"병아리 끝장내라! 그거야! 어때?"

"병아리 킬러? 아님 병아리 끝장?"

아빠가 고개를 홱 돌리며 말했다.

"내려라. 너희 둘 다 내려. 밴드 이름은 딴 데 가서 찾아라."

오빠들은 앞을 다투어 내렸고 우리 셋은 차에 앉아 있었다. 내 작은 병아리들이 가냘프게 삐악삐악 우는 소리만 침묵을 깨뜨릴 뿐이었다. 마침내 엄마가 무겁게 한숨을 쉬더니 말했다.

"기르는 데 돈이 많이 들진 않겠죠?"

아빠는 고개를 저었다.

"벌레를 잡아먹을 거요, 트리아나. 우린 모이만 약간 주면 돼요. 사육비가 정말 적게 들어."

"벌레라뇨? 정말이에요? 무슨 벌레를 먹는데요?"

"집게벌레, 땅벌레, 쥐며느리…… 잡을 수 있으면 거미도 먹을지 몰라. 아마 달팽이도 먹을걸."

"정말이죠?"

엄마는 미소를 지었다.

"뭐, 그렇다면……."

"고마워요, 엄마. 고마워요!"

이렇게 우리는 닭을 키우게 되었다. 그러나 우리 모두 예상하지 못한 사실이 있었다. 닭 여섯 마리가 벌레를 찾느라 땅을 파헤치면 벌레만 없어지는 게 아니라 잔디도 뜯긴다는 것이었다. 여섯 달도 되지 않아 우리 집 뒤뜰은 황무지로 변했다.

우리가 또 미처 생각하지 못했던 것은 닭 모이가 쥐를 끌어들이고 쥐는 고양이를 끌어들인다는 사실이었다. 그것도 야생 고양이를 말이다. 챔프는 노련하게 뒤뜰에서 고양이들을 쫓아냈다. 그러나 고양이들은 앞뜰이나 옆 뜰을 어슬렁거리며 챔프가 졸기를 기다렸다가 슬쩍 들어와 말캉말캉하고 거무튀튀한 먹이에게 와락 덤벼들었다.

그러다 오빠들이 쥐덫을 놓기 시작했는데 나는 혼란스러운 상황에 도움을 주려는 건 줄 알았다. 추호도 의심하지 않았는데 어느 날 오빠들의 방 안쪽에서 엄마의 비명이 들렸다. 알고 보니 오빠들은 보아 뱀을 키우고 있었다.

엄마는 무서운 기세로 계단을 쿵쿵 내려갔다. 우리 남매와 가축과 보아 뱀을 죄다 내쫓아 버릴 것 같았다. 그런데 때마침 나는 놀랍기 짝이 없는 사실을 발견했다. 닭들이 알을 낳은 것이다! 아름답고 반질반질한 크림색 달걀이었다! 처음에는 보니의 몸 아래에서 하나를, 그 다음에는 클라이드(곧바로 암컷 이름인 클라이데트로 개명해 주었다.)에게서 그리고 플로렌스의 잠자리에서도 한 개를 발견했다! 달걀이었다!

나는 엄마에게 보여 주려고 쏜살같이 뛰어갔고 엄마는 잠시 눈을 깜빡거리더니 의자에 털썩 주저앉았다. 엄마는 코를 훌쩍이며 말했다.

"안 돼. 병아리는 이제 안 돼!"

"병아리가 아니에요, 엄마…… 달걀이라고요!"

엄마의 얼굴이 아직 창백해서 나는 엄마 옆에 있던 의자에 앉아 말했다.

"우리 집엔 수탉이 없잖아요?"

"참."

엄마의 뺨에 핏기가 돌아오고 있었다.

"그런 거니?"

"전 '꼬끼오' 하고 우는 소리를 못 들었는데. 엄만 들었어요?"

엄마는 웃음을 터뜨렸다.

"고맙기도 하지. 그걸 깜빡 잊고 있었구나."

엄마는 자세를 바로잡으며 내 손바닥에서 달걀을 하나 집었다.

"정말 달걀이구나. 얼마나 낳을까?"

"모르겠어요."

두고 본 결과 내 암탉들은 우리가 먹을 수 있는 양보다 훨씬 많은 달걀을 낳았다. 처음에는 따라잡으려고 했지만 곧 우리는 삶고 절이고 양념한 달걀 요리에 질려 버렸고 엄마는 이 공짜 달걀들 때문에 기운을 많이 써야 한다며 투덜거리기 시작했다.

그러던 어느 날 오후 달걀들을 바구니에 모으고 있는데 옆집에 사는 스투비 아주머니가 울타리 너머로 고개를 내밀며 말했다.

"남는 달걀이 있으면 꼭 사고 싶구나."

내가 물었다.

"정말요?"

"정말이고말고. 방목한 닭이 낳았는데 더 좋을 수가 없지. 열두 개에 2달러면 괜찮겠니?"

열두 개에 2달러! 나는 웃음을 터뜨리며 말했다.

"괜찮고말고요!"

"그럼 됐다. 남은 달걀이 있으면 언제든 가져오렴. 실은 어젯밤에 헬름스 부인과 미리 통화한 내용이란다. 하지만 내가 먼저 부탁했으니 달걀도 먼저 줘야 해. 알았지, 줄리?"

"걱정 마세요, 아주머니!"

스투비 아주머니 그리고 세 집 건너에 사는 헬름스 아주머니 덕분에 넘쳐 나는 달걀 문제는 해결되었다. 달걀을 판 돈은 뒤뜰을 망친 대가로 엄마에게 줘야 할 것 같았다. 하지만 "말도 안 돼, 줄리아나. 그건 네 돈이야."라는 대답이 돌아와서 결국 돈을 저금하게 되었다.

그러던 어느 날 헬름스 아주머니 댁으로 걸어가고 있는데 로스키 아주머니가 차를 몰고 지나갔다. 로스키 아주머니는 웃으며 손을 흔들었고 가장 가까이 사는 그 집에 달걀을 나눠 주지 않았다는 사실에 가슴이 뜨끔했다. 로스키 아주머니는 헬름스 아주머니와 스투비 아주머니가 돈을 주고 내 달걀을 산다는 사실을 몰랐다. 내가 호의로 달걀을 가져다준다고 생각했을지도 몰랐다.

어쩌면 달걀을 아주머니들에게 공짜로 주는 게 옳았을지도 모르지만 꾸준한 수입이 생긴 적이 처음이었다. 우리 집에서 용돈이란 받으면 좋고 못 받으면 어쩔 수 없는 것이었다. 대개는 받지 못했다. 달걀로 수입이 생기자 남모르는 뿌듯함이 차올라서 호의 따위는 어쩔 수 없이 깊이 묻어 버려야 했다.

하지만 생각하면 할수록 로스키 아주머니는 달걀을 공짜로 받을 자격이 있는 것 같았다. 갑자기 떨어진 필수품을 빌려 주고 우리 차의 시동이 안 걸렸을 때 출근 시간을 늦추면서까지 엄마를 태워 주는 등 늘 친절한 이웃이 되어 주었다. 이따금씩 달걀 몇 개라도 드리는 건…… 내가 할 수 있는 가장 작은 일이었다.

게다가 브라이스와 마주치는 더 없는 행운도 만끽할 수 있었다. 쌀쌀한 새 아침의 햇살 속에서 브라이스의 눈동자는 더 없이 푸르러 보였다. 나를 보는 브라이스의 표정, 웃으며 얼굴을 붉히는 그 모습은 학교에서는 보기 힘든 모습이었다. 학교에서의 브라이스는 마음을 더욱더 꽁꽁 숨겼다.

로스키 가족에게 세 번째로 달걀을 가져갔을 때 브라이스가 나를 기다리고 있었다는 사실을 깨달았다. 기다렸다는 듯이 문을 열고 "고마워, 줄리."라고 말한 다음 "학교에서 보자."라고 덧붙였다.

가치 있는 일이었다. 헬름스 아주머니와 스투비 아주머니가 달 걀 값을 올려 준 후에도 충분히 가치가 있었다. 그래서 6학년의 남은 날과 중학교 1학년 내내 그리고 2학년의 대부분 동안 나는 로스키네로 달걀을 가져다주었다. 가장 반들거리는 최상품 달걀 은 로스키네로 직행했고 그 대가로 세상에서 가장 눈부신 눈동 자를 잠시나마 독차지할 수 있었다.

일종의 거래였다.

그러다 플라타너스 나무가 사라졌다. 2주 후에는 챔프가 죽었 다. 당시 챔프는 잠을 많이 자면서 하루를 보내고 있었다. 우리는 챔프가 몇 살인지 정확히 몰랐지만 어느 날 밤 아빠가 먹이를 주 러 갔다가 죽은 챔프를 발견했을 때 크게 놀란 사람은 없었다. 우 리는 뒤뜰에 챔프를 묻었고 오빠들은 다음과 같은 글귀를 새긴 십자가를 꽂았다.

정체불명 오줌싸개 이곳에 잠들다
- 오줌싸개 가족 일동

얼마 동안은 혼란스럽고 머리가 멍했다. 비가 많이 내렸지만 버스를 타기 싫어 자전거로 학교에 갔고 매일 집에 오면 내 방에 틀어박혀 소설 읽기에만 몰두했으며 달걀을 거둬들여야 한다는 것도 까맣게 잊어버렸다.

나를 제자리로 돌려놓은 사람은 스투비 아주머니였다. 아주머 니는 전화를 걸어 신문에서 나무와 관련된 기사를 읽었고 이렇게 되어 참 안타깝지만 이제 시간도 약간 흘렀고 달걀을 못 받으니 아쉽다면서 암탉들이 알을 그만 낳을까 봐 걱정이라고 했다.

"새들은 괴로움을 겪으면 바로 털갈이를 시작하기도 한단다. 그렇게 되면 안 돼! 사방에 깃털만 날리고 알은 보이지 않을 거야. 난 깃털 알레르기가 심하단다. 뭐, 그렇지 않았으면 내가 직접 닭을 키웠겠지만 신경 쓰지 않아도 돼. 괜찮아지면 다시 달걀을 가져다주겠니? 네가 괜찮은지 궁금하더구나. 그리고 그 나무가 그렇게 되어서 나도 마음이 아프단 걸 얘기해 주고 싶어서 전화를 건 거야. 네 개도 그렇고 말이야. 네 엄마한테서 챔프가 세상을 떠났단 얘길 들었어."

그래서 나는 일을 다시 시작했다. 그동안 내버려 두었던 달걀을 모두 치웠고 달걀을 꺼내서 닦는 일과로 복귀했다. 그리고 어느 날 아침 달걀이 넉넉히 모이자 동네를 돌았다. 처음에는 스투비 아주머니네, 그 다음엔 헬름스 아주머니네, 마지막으로 로스키 아주머니네였다. 로스키 아주머니네 현관에 서자 문득 브라이스를 아주 오랫동안 보지 못했다는 생각이 들었다. 물론 우리 둘 다 학교에 갔지만 다른 일들에 정신이 팔려서 브라이스를 제대로 보지 못했다.

심장이 쿵쾅쿵쾅 뛰는데 문이 휙 열리며 브라이스의 푸른 눈동자가 나를 똑바로 바라보았다. 나는 가까스로 말했다.

"자, 받아."

브라이스는 작은 달걀 상자를 받으며 말했다.

"저기, 꼭 이럴 필요는 없……."

"알아."

나는 이렇게 말하고 고개를 숙였다. 우리는 기록적인 시간 동안 아무 말 없이 가만히 서 있었다. 마침내 브라이스가 입을 열었다.

"다시 버스 탈 거야?"

나는 고개를 들어 브라이스를 보며 어깨를 으쓱했다.

"모르겠어. 거기 가 본 지 오래돼서. 그…… 사건 이후로."

"이젠 보기에 별로 흉하지 않아. 싹 정리됐어. 곧 기초 공사를 시작할 거래."

정말이지 끔찍한 소리였다.

"이제 학교 갈 준비해야지. 학교에서 봐."

브라이스는 웃음을 지으며 문을 닫았다.

이유는 알 수 없지만 나는 그 자리에 잠자코 서 있었다. 기분이 묘했다. 마음이 가라앉았다. 주변 모든 것과 분리된 느낌, 다시 콜리어 가에 갈 수 있는 날이 올까? 결국 그래야 하겠지, 적어도 엄마 말대로라면. 내가 괜한 고집을 부리고 있나?

문이 벌컥 열리며 브라이스가 부엌 쓰레기통을 두 손으로 들고 급하게 나왔다. 브라이스가 말했다.

"줄리! 아직 안 가고 뭐 하고 있었니?"

그 말에 나 역시 깜짝 놀랐다. 내가 뭘 하며 꾸물거리고 있었는지 나도 알 수 없었다. 너무 당황스러웠고 브라이스가 쓰레기통을 붙잡고 내용물을 속으로 꾹꾹 누르지 않았다면 아마 집으로 뛰어가 버렸을 것이다. 쓰레기통이 엎어질 것만 같아서 나는 팔을 뻗으며 말했다.

"좀 도와줄까?"

그때 달걀 상자 귀퉁이가 눈에 들어왔다.

평범한 달걀 상자가 아니었다. 내 달걀 상자였다. 내가 좀 전에 가져온 상자였다. 그리고 둥글고 파란 마분지 틈으로 달걀이 보였다. 나는 브라이스에게서 달걀로 시선을 옮기며 말했다.

"왜 그래? 떨어뜨렸니?"

"맞아."

브라이스는 다급하게 말했다.

"그래, 정말 미안해."

브라이스는 나를 막으려 했지만 나는 쓰레기들 틈에서 상자를 꺼내며 말했다.

"전부 다?"

상자를 연 순간 숨이 막혔다. 흠집 하나 없는 달걀 여섯 개가 고스란히 들어 있었다.

"왜 버렸니?"

브라이스는 나를 밀치고 큰 쓰레기통이 있는 곳으로 갔다. 나는 답을 기다리며 브라이스를 따라갔다. 브라이스는 쓰레기를 흔들어 쏟고는 고개를 돌려 나를 보았다.

"살모넬라균이 신경 쓰이지 않아?"

"살모넬라균? 하지만……."

"엄마는 굳이 위험을 무릅쓸 필요가 없다고 생각하셔."

나는 브라이스를 따라 현관으로 돌아왔다.

"달걀을 드시지 않은 이유가 혹시……."

"식중독에 걸릴까 봐 그러신 거야."

"식중독이라니! 왜?"

"너희 집 뒤뜰은 음, 닭똥 천지잖아! 그러니까 잘 봐, 줄리!"

브라이스는 우리 집을 가리키며 말했다.

"한번 잘 살펴봐. 엉망진창이야!"

"아니야!"

그렇게 외쳤지만 사실은 맞은편에서 보니 부인하기 어려웠다. 갑자기 목이 꽉 메어 와 말을 꺼내기가 고통스러웠다.

"그동안…… 쭉 버렸던 거야?"

브라이스를 어깨를 으쓱하더니 고개를 떨어뜨렸다.

"그게 말이야, 줄리. 네 마음을 상하게 만들고 싶지 않아서."

"내 마음? 스투비 아주머니와 헬름스 아주머니가 돈을 주고 내 달걀을 사신다는 거 아니?"

"설마."

"아니야! 열두 개에 2달러씩 주신다고!"

"말도 안 돼."

"사실이야! 내가 너에게 줬던 그 달걀은 스투비 아주머니나 헬름스 아주머니에게 팔 수도 있었던 것들이야!"

"아."

브라이스는 이렇게 말하고 시선을 다른 곳으로 돌렸다. 그러다가 나를 보며 말했다.

"그럼 왜 우리한테는 그냥 줬니?"

눈물을 꾹 참고 있었지만 힘든 일이었다. 숨이 막혀 가까스로 말했다.

"난 이웃으로서……."

브라이스는 쓰레기통을 내려놓았다. 그다음으로 한 행동에 내 머리는 얼어붙고 말았다. 브라이스는 내 양어깨를 붙잡고 내 눈을 똑바로 들여다보며 말했다.

"스투비 아주머니도 이웃이잖아? 헬름스 아주머니도 그렇고. 왜 우리한테만 이웃으로서 친절을 베풀었는데?"

무슨 말을 하려는 걸까? 브라이스에 대한 내 감정이 아직도 그렇게 빤히 보이는 걸까? 혹시 내 맘을 알고 있었다면 어쩜 그렇게 잔인하게 굴 수 있었을까? 어쩜 내 달걀을 그토록 오랫동안 날이면 날마다 버릴 수 있었을까?

할 말을 조금도 찾을 수가 없었다. 브라이스의 얼굴을, 맑고 환히 빛나는 그 푸른 눈동자를 우두커니 바라보기만 했다.

"미안해, 줄리."

브라이스가 낮은 목소리로 말했다.

나는 당황해서 얼이 빠진 채 비틀비틀 집으로 걸어갔다. 심장이 와장창 깨지고 말았다.

지금 뭘 하고 있는 거지?

줄리 베이커와의 해묵은 문제가 새로운 문제로 탈바꿈했음을 깨닫기까지 오래 걸리진 않았다. 한참 떨어진 곳에서도 줄리의 분노가 느껴졌다.

줄리가 이렇게 화를 내니 나를 애먹일 때보다 훨씬 곤욕스러웠다. 왜? 사태를 엉망진창으로 만든 주범이 나였기 때문이다. 체면을 제대로 구겼고 줄리네 뒤뜰을 비난했지만 그렇다고 떳떳해지진 않았다. 줄리가 나를 무시할 때마다 아니면 분명한 태도로 나를 피할 때마다 내가 정말 머저리 같이 굴었다는 생각으로 머리가 깨질 것만 같았다. 나는 구제불능 재수대가리였다.

그러던 어느 날 방과 후에 개럿과 집에 가고 있는데 앞뜰에 나와서 딸기나무 가지를 다듬는 줄리가 보였다. 줄리는 딸기나무와 씨름하다시피 허우적거렸다. 줄리의 어깨 너머로 나뭇가지들이 날아왔고 길 건너편에서도 줄리가 성난 목소리로 투덜거리는 소리가 들렸다.

"안 돼…… 너…… 안 된다고! 이리 나와, 어서…… 싫어도……

안 돼!"

뿌듯했느냐고? 아니, 절대 아니었다. 줄리네 뜰은 정말 엉망이었고 더 늦기 전에 누군가는 손을 봐야 했지만 대체……. 줄리의 아빠는 어디 있지? 매트 형과 마이크 형은? 왜 줄리가 하는 거지?

내가 줄리에게 창피를 주었기 때문이었다. 마음이 더더욱 무거워졌다.

그래서 조용히 방으로 들어갔다. 내 책상 뒤에 창문이 있고 그 너머에는 덤불과 씨름하는 줄리가 있다는 사실을 애써 잊으려 했다. 하지만 도무지 다른 일에 몰두할 수가 없었다. 숙제에 손도 못 댔다.

다음날 학교에서 용기를 내 줄리에게 무슨 말이든 해 보려고 했지만 틈이 보이지 않았다. 줄리는 나와 조금이라도 가까이 있으려 하지 않았다.

집으로 돌아오는 버스에서 묘안이 떠올랐다. 처음에는 약간 겁이 났지만 생각하면 할수록 머저리 같이 군 대가로 줄리를 도와 뜰을 정돈해야만 할 것 같았다. 설마 나를 지배하려 하거나 끈끈한 눈으로 쳐다보진 않겠지. 그래, 줄리를 찾아가 당당하게 말하는 거다. 머저리 같이 굴어서 정말 미안하고 함께 덤불을 다듬으며 용서를 빌고 싶다고. 결정했어! 이제 된 거야. 그런 후에도 나에게 계속 화를 낸다면 나와는 상관이 없다. 줄리의 문제니까.

하지만 당장은 내 문제가 급했다. 도대체 기회를 얻을 수가 없었다. 버스 정류장에서 줄리네 집으로 걸어오며 보니 '내'가 해야 할 일을 우리 '할아버지'가 대신하고 있지 않은가!

이게 웬일이지? 쉽게 받아들일 수가 없는 상황이었다. 우리 할아버지는 정원 일을 하지 않았다. 적어도 나를 도와준 적은 한 번도 없었다. 할아버지는 실내용 슬리퍼만 신고 살았는데…… 대체 저 부츠는 어디에서 생긴 거야? 청바지와 면 셔츠는? 저런 차림으로 대체 뭘 하고 계시지?

나는 옆집 울타리 뒤에서 몸을 웅크리고 10분에서 15분가량 두 사람을 지켜보았다. 그런데 시간이 지날수록 점점 화가 치밀었다. 할아버지가 우리와 함께 산 일 년 반 동안 나에게 했던 말보다 자투리 같은 이 몇 분 동안 줄리에게 건넨 말이 훨씬 많았다. 대체 줄리 베이커한테 왜 저러시는 거지?

나는 울타리 두 개를 타 넘고 쓸모없는 이웃집 애완견을 발로 걷어차면서 뒷길을 통해 집으로 돌아갔다. 하지만 덕분에 길 건너편에서 벌어진 가든파티를 피할 수 있었으니 잘한 일이었다.

이번에도 숙제에 통 손이 가지 않았다. 두 사람을 지켜보고 있으니 점점 더 화가 났다. 줄리는 우리 할아버지와 웃어 댔지만 나는 여전히 구제불능 머저리였다. 할아버지의 웃는 얼굴을 본 적이 있었던가? 진짜 웃음 말이다. 아니, 전혀! 그런데 지금 할아버지는 무릎까지 자란 쐐기풀 속에서 껄껄 웃고 있었다.

그날 밤 저녁 식사 때 할아버지는 샤워를 한 뒤 평소와 똑같은 옷으로 갈아입고 슬리퍼를 신었지만 얼굴빛이 달랐다. 누군가 할아버지에게 플러그를 꽂아 불을 환히 켠 것만 같았다.

"잘들 지냈느냐."

할아버지는 우리 옆에 앉으며 말했다.

"오, 팻시, 정말 먹음직스럽구나!"

엄마가 웃음을 터뜨리며 말했다.

"어머, 아버지. 길 건너로 다녀오신 소풍이 참 즐거우셨나 봐요."

아빠가 말했다.

"이 사람한테 들었는데 오후 내내 그 집에 계셨다면서요? 집을 손보고 싶으셨으면 진작 말씀하시지."

아빠는 농담 삼아 한 말이었지만 할아버지는 그렇게 받아들이지 않은 것 같았다. 치즈를 얹은 감자를 우물거리며 말했다.

"소금 좀 건네주련, 브라이스?"

그렇게 아빠와 할아버지 사이에는 팽팽한 긴장감이 감돌았다. 아빠가 화제를 바꿨다면 분위기가 달라졌을 것이다. 하지만 아빠는 그러지 않았다. 오히려 이렇게 말했다.

"그런데 드디어 집을 손보기로 했으면서 왜 그 여자 애한테 맡겼답니까?"

할아버지는 매우 신중하게 감자에 소금을 뿌린 다음 식탁 맞은편에 앉은 나를 보았다. 어, 이런. 설마······. 순간 그 바보 같은 달걀에서 벗어날 수 없단 생각이 들었다. 나는 장장 2년 동안 남몰래 달걀을 쓰레기통에 버렸고 그 2년 동안 줄리와 그 애의 달걀과 닭과 이른 아침의 방문을 화제에 올리지 않으려 기를 썼다. 왜 그랬을까? 할아버지는 내가 한 짓을 알고 있었다. 할아버지의 두 눈이 말해 주었다. 할아버지가 당장이라도 입을 열어 진상을 폭로하면 나에게 날벼락이 떨어질 터였다.

그런데 기적이 일어났다. 할아버지는 꼬박 1분 동안 나를 쏘아

보며 꼼짝 못하게 하더니 아빠에게 고개를 돌리며 말했다.

"줄리가 스스로 나선 거라네."

내 관자놀이에서 땀이 줄줄 흘러내렸다. 아빠가 "손볼 때가 됐죠, 누가 하든."이라고 말하자 할아버지의 눈이 다시 나를 향했다. 내가 그 일을 잊도록 내버려 두지 않으리란 걸 알 수 있었다. 화제가 바뀌었지만 도무지 불안을 떨쳐 버릴 수 없었다.

저녁을 다 먹고 방으로 후퇴했지만 할아버지가 곧바로 따라 들어와 등 뒤로 문을 닫고 내 침대에 앉았다. 소리도 없이 순식간에 일어난 일이었다. 마루가 삐걱거리는 소리도, 문이 쾅 닫히는 소리도, 옷이 스치는 소리도 나지 않았고 숨소리마저 들리지 않았다. 맹세컨대 할아버지는 유령처럼 내 방으로 스르르 들어왔다.

물론 나는 책상에 무릎을 쿵 부딪치며 연필을 떨어뜨렸다. 연필은 애처로운 젤리 덩어리 속으로 빠져 버렸다. 그러나 나는 기를 쓰고 태연한 척 말했다.

"어, 할아버지. 제 방 구경하시려고요?"

할아버지는 입을 꾹 다물고 나만 뚫어져라 바라보았다. 나는 와르르 무너지고 말았다.

"저기요, 할아버지. 제가 엉망으로 만들어 버린 거 알아요. 줄리한테 솔직하게 말했어야 했는데 그러지 못했어요. 저러다 말겠지 생각했죠. 그러니까 설마 닭이 그렇게 오랫동안 알을 낳을 줄 어떻게 알았겠어요? 5학년 때 부화한 닭이라고요! 자그마치 3년이나 지났잖아요! 알을 그만 낳을 때가 오지 않겠어요? 그리고 제가 어떻게 했어야 하나요? 줄리에게 엄마가 살모넬라균을 두려워

한다고 말해요? 아빠가 나더러 식구들이 알레르기가 있단 핑계를 대라고 시킨 것도요? 설마 이런 걸 누가 돈 주고 살까 생각했어요. 그래서 그냥 계속 버렸어요. 다른 사람에게 팔 달걀을 준다고는 생각 못했어요. 남아돌아서 주는 줄 알았죠."

할아버지는 아주 천천히 고개를 끄덕였다. 나는 한숨을 푹 내쉬며 말했다.

"아까 아무 말 안 해 주셔서 정말 감사해요. 할아버지한테 빚이 생겼네요."

할아버지는 내 방 커튼을 한쪽으로 젖히며 건너편을 보았다.

"사람의 품성은 어린 시절에 형성된단다, 아가. 지금 네가 한 선택이 평생 영향을 미칠 거다."

할아버지는 잠시 입을 다물었다가 커튼을 놓고 말했다.

"네가 돌아올 수 없을 만큼 너무 멀리 헤엄쳐 가는 모습은 보고 싶지 않구나."

"네, 알겠어요."

할아버지는 눈살을 찌푸리며 말했다.

"쉽게 대답하지 마라, 브라이스."

그런 다음 자리에서 일어나며 덧붙였다.

"내가 한 말을 잘 생각해 봐라. 다시 선택의 기로에 서게 되면 올바른 결정을 내리길 바란다. 그래야 결국에는 모두에게 상처를 덜 입힐 수 있단다."

할아버지는 그 말을 남기고 휙 사라졌다.

다음날 방과 후에 농구를 하러 개럿의 집에 갔다. 오후 늦게 개럿의 엄마가 차로 집까지 데려다 주었는데 할아버지는 내가 온

줄도 몰랐다. 줄리네 앞뜰에서 노련한 목수 역할을 하느라 정신이 없었다.

나는 부엌 조리대에 앉아 숙제를 하려 했지만 엄마가 퇴근하고 와서 수다를 떨어 댔다. 리네타 누나가 나타나자 엄마는 누나의 화장이 상처 입은 너구리처럼 보인다고 했고 둘은 옥신각신하기 시작했다.

장담컨대 리네타 누나는 절대 굴복하지 않을 것이다.

나는 짐을 챙겨 방으로 몸을 피했지만 물론 아무 소용이 없었다. 길 건너에서는 할아버지와 줄리가 요란하게 윙윙 톱질을 했고 나뭇가지들이 톱에 잘려 나가는 소리 사이로 딱, 딱, 딱! 딱, 딱, 딱! 망치 소리가 들렸다. 창밖을 보니 줄리가 못을 퉤 뱉어 자리에 대고 망치로 두드리고 있었다. 진지한 얼굴이었다. 줄리는 못이 철제 담배라도 되는 듯이 여러 개 물고 있었다. 망치를 머리 위까지 크게 휘둘렀다가 버터를 자르듯 정확히 못을 때렸다.

짧은 순간이지만 내 머리가 줄리의 망치에 맞아 달걀처럼 와작 깨지는 장면이 떠올랐다. 나는 몸을 부르르 떨며 커튼을 닫았고 숙제를 내팽개치고 텔레비전을 보러 갔다.

할아버지와 줄리는 일주일 내내 정원 일에 매달렸다. 저녁마다 할아버지는 발그레한 얼굴로 돌아와서 왕성한 식욕을 보이며 엄마의 요리를 극찬했다. 그러다 토요일이 다가왔다. 할아버지가 흙을 뒤집고 줄리를 도와 식물을 심는 동안 집에서 뒹굴기는 죽어도 싫었다. 엄마는 우리 집 뜰이라도 정돈하라고 했지만 맞은편에서 줄리와 할아버지가 오색찬란한 변화를 일으키는 동안 잔디나 깎고 있으면 꼴이 정말 처량할 것 같았다.

그래서 나는 방에 틀어박혀 개럿에게 전화를 걸었다. 개럿은 집에 없었고 다른 아이들에게도 전화를 걸었지만 다들 할 일이 있었다. 엄마나 아빠에게 영화관이나 쇼핑몰에 데려다 달라고 해 봤자 내 말을 콧등으로도 듣지 않을 게 분명했다. 차라리 잔디나 깎으라고 하겠지.

방에 갇혀 있는 수밖에 없었다.

어느새 나는 짜증 나는 창문 너머로 줄리와 할아버지를 지켜 보고 있었다. 정말 한심하기 짝이 없는 짓이었지만 그렇게 하고 있었다.

그러다 할아버지에게 딱 걸리고 말았다. 그리고 당연히 할아 버지는 줄리가 보도록 나를 가리켰다. 키가 몇 센티미터 작아진 기분이 들었다. 나는 집 뒷문으로 달려가 울타리를 뛰어넘었다. 일단은 그 자리를 피해야 했다.

맹세컨대 그날 15킬로미터도 넘게 걸었을 것이다. 누구 때문에 화가 나는지 알 수가 없었다. 할아버지, 줄리 아니면 나 자신 때 문에? 이게 무슨 꼴이지? 줄리에게 사과하고 싶었다면 그냥 찾아 가서 도와주면 되었을 텐데 왜 그러지 못했을까? 왜 걸음이 떨어 지지 않았을까?

결국 개럿의 집에 갔다. 세상에, 평생 누군가가 이토록 반갑기 는 처음이었다. 골치 아픈 생각을 떨치고 싶을 때는 개럿이 해답 이었다. 녀석은 그 방면의 전문가였다. 우리는 밖에 나가 농구를 하고 텔레비전을 보고 이번 여름 방학 때 워터 슬라이드를 타자 는 얘기를 했다.

집 근처에 이르렀을 때 뜰에 물을 주는 줄리가 보였다.

줄리도 나를 보았지만 손을 흔들지도, 웃음을 짓지도 않았다. 다른 곳으로 얼굴을 돌렸다.

평소 같으면 그런 상황에서 나도 줄리를 못 본 척하거나 살짝 손을 흔들고 집으로 뛰어갔을 것이다. 그러나 줄리는 나에게 화가 났고 영영 마음을 풀지 않을 것만 같았다. 달걀 사건 이후로 나에게 한 마디도 하지 않았다. 이틀 전 수학 시간에는 내가 웃음을 지으며 미안하다고 말하려는데 아예 나를 무시해 버렸다. 웃어 주거나 고개를 끄덕이지도 않았다. 고개를 돌리고 줄곧 앞만 바라보았다.

급기야 나는 뜰을 정돈하는 작업이든지, 무척 불편한 내 마음에 관해서든지, 아무튼 무슨 얘기든지 하려고 교실 밖에서 줄리를 기다렸다. 하지만 줄리는 나를 외면하고 다른 문으로 나갔고 그 후로 내가 조금이라도 다가가면 기어코 나를 피해 다른 쪽으로 가 버렸다.

이제 줄리는 뜰에 물을 주고 있었고 나는 다시 머저리가 된 기분에 휩싸였다. 하지만 더는 견딜 수 없었다. 나는 줄리에게 다가가 말했다.

"정말 멋지다, 줄리. 솜씨가 좋구나."

줄리는 딱딱한 얼굴로 말했다.

"고마워. 쳇 할아버지가 거의 해 주셨어."

쳇 할아버지라고? 쳇? 할아버지의 애칭을 부르다니! 의아했지만 나는 원래 목적에 충실하려고 애쓰며 말했다.

"저기, 줄리. 그땐 미안했어."

줄리는 잠시 나를 보더니 다시 눈을 돌려 호스의 물이 흙에

뿌려지는 모습을 바라보았다. 한참 후에야 입을 열었다.

"아직도 이해가 안 돼, 브라이스. 왜 솔직히 말하지 않았니?"

"모…… 모르겠어. 그냥 말이 안 나왔어. 말했어야 했는데. 너희 집 뜰에 대해서도 이러쿵저러쿵하지 말았어야 했어. 정말 주제넘은 짓이었어."

벌써 마음이 가벼워지고 있었다. 훨씬 홀가분했다. 줄리가 말했다.

"차라리 잘된 일인지도 몰라."

줄리는 발로 공을 통통 튕기기 시작했다. 예전 줄리의 모습과 비슷했다.

"멋지지 않니? 쳇 할아버지가 많은 걸 가르쳐 주셨는데 얼마나 놀랍던지. 넌 운이 참 좋아. 나에겐 할아버지나 할머니가 안 계시잖아."

"아."

뭐라 대꾸해야 할지 알 수가 없었다.

"그래도 할아버지가 안됐어. 너희 할머니가 무척 그리우신가 봐."

그러더니 고개를 흔들며 웃음을 터뜨렸다.

"믿어지니? 내가 너희 할머니를 닮았대."

"뭐?"

줄리는 다시 웃음을 터뜨렸다.

"정말이야. 좋은 쪽으로 닮았다고 하셨어."

나는 줄리를 보며 중학교 2학년 때 할머니의 모습이 어땠을지 그려 보았다. 하지만 막막했다. 줄리는 길고 부드러운 갈색 머리였고 코에는 주근깨가 가득했지만 우리 외할머니는 금발에 늘 다채로운 변화를 주었다. 또 할머니는 늘 분을 발랐다. 하얀 가루 분이었다. 얼굴에도 머리카락에도 슬리퍼에도 가슴에도…… 할머니는 모든 것에 분을 발랐다.

줄리가 가루분으로 뒤덮인 모습은 상상할 수가 없었다. 뭐, 화약 가루라면 그럴 듯하지만 향기 나는 흰 가루분을? 어림없는 소리였다.

나도 모르게 줄리를 빤히 바라보고 있었던 모양이다. 줄리가 이렇게 말했기 때문이다.

"있잖아, 내가 한 말이 아니야. 할아버지가 한 말씀이지. 그 말이 멋지단 생각이 들었을 뿐이야."

"그래. 어쨌든 잔디가 잘 자라면 좋겠다. 분명히 멋지게 쑥쑥 클 거야."

그런 다음 나조차도 깜짝 놀랄 말이 입에서 흘러나왔다.

"내가 아는 너라면 달걀을 부화시켰듯이 잔디를 모두 훌륭히 키워 낼 거야."

다른 꿍꿍이가 있어서 한 말이 아니었다. 분명 진심이었다. 내가 웃자 줄리도 따라 웃었다. 그렇게 나는 집으로 돌아갔다. 웃음을 머금은 채 곧 잔디가 될 씨앗에 물을 주는 줄리를 바라보면서 말이다.

몇 주 만에 처음 느껴 보는 행복이었다. 그동안은 달걀이 늘 마음에 걸려 있었다. 나는 용서를 받은 것이다. 마음이 놓였다. 뿌듯했다.

그러나 저녁 식탁에 앉은 지 몇 분도 되지 않아 그런 기분은 나만의 것이란 걸 깨닫게 되었다. 리네타 누나는 여느 때처럼 뾰로통했으니 신경 쓸 필요가 없었다. 하지만 아빠는 인사는커녕 잔디를 깎지 않았다며 나를 나무랐다. 내가 말했다.

"그 정도야, 뭐. 내일 해치울게요."

아빠는 잔뜩 찌푸린 얼굴로 나를 쏘아보았다. 엄마가 할아버지에게 말했다.

"오늘 밤엔 피곤해 보이시네요?"

그때서야 나는 할아버지가 석고상처럼 꼼짝 않고 앉아 있다는 걸 알았다. 아빠는 눈을 내리깔고 할아버지 쪽을 힐끔 보며 말했다.

"그러게요. 그 여자 애가 일을 너무 혹독하게 시킨 거 아닙니까?"

할아버지는 포크를 냅킨 위에 반듯이 놓으며 말했다.

"그 애 이름은 줄리라네. 그리고 아니야, 자네의 냉담한 표현대로 '혹독하게' 일을 시킨 적은 없네."

"냉담하다고요? 제가요?"

아빠가 너털거리며 말했다.

"그 여자 애가 귀여워 죽겠단 말씀이시죠?"

시큰둥하던 리네타 누나조차 표정이 싹 변했다. 분명 비아냥거리는 말투였고 식구들 모두 느낄 수 있었다. 엄마는 발로 아빠를 슬쩍 찔렀지만 상황은 더 악화되고 말았다.

"아니, 팻시! 난 알아야겠어. 당신 아버지가 친손자하고는 야구공 한번 안 던지시면서 생판 남남인 그 아이를 돕는답시고 기운이며 마음이며 죄다 쏟으시는 이유를 말이야!"

'옳소!' 하는 생각이 들었다. 하지만 곧바로 기억이 났다. 나는 할아버지에게 진 빚이 있었다. 아주 큰 빚이었다. 나는 생각할 겨를도 없이 말했다.

"진정하세요, 아빠. 할아버지는 줄리를 보면 할머니 생각이 나신대요."

모두 입을 다물고 나를 바라보았다. 그래서 나는 할아버지를 쳐다보며 말했다.

"음…… 그렇죠, 할아버지?"

할아버지는 고개를 끄덕이고 포크의 위치를 다시 옮겼다.

"장모님요?"

아빠는 엄마를 보더니 다시 할아버지를 향해 고개를 돌렸다.

"그럴 리가요!"

할아버지는 두 눈을 감고 말했다.

"그 애의 활기를 말하는 거야. 활기찬 모습을 보면 르네가 생각나."

"활기라고요."

아빠는 거짓말하는 유치원생을 대하듯 말했다.

"그래, 활기 말일세."

할아버지는 잠시 말이 없다가 물었다.

"베이커 가족들이 지금까지 뜰을 정돈하지 않고 그냥 둔 이유를 아는가?"

"이유요? 물론 알죠. 빈둥거리는 건달이나 다름없으니까요. 낡아 빠진 집에 폐차 직전의 차 두 대에다 뜰은 지저분하기 짝이 없고."

"그 집 사람들은 건달이 아니네, 릭. 선량하고 정직하고 근면한……."

"세상 사람들 앞에 자신들을 내보일 자긍심이라고는 눈곱만큼도 없는 사람들이죠. 길 건너편에 산 지 6년이 넘었지만 줄곧 저 꼴이니 변명의 여지가 없어요."

"그래?"

할아버지는 무겁게 한숨을 내쉬고는 잠시 마음을 못 정하는 눈치였다. 드디어 할아버지가 말했다.

"잘 들어 두게, 릭. 자네한테 심각한 지적 장애나 신체장애가 있는 형제자매나 자녀가 있다면 어떻게 할 텐가?"

할아버지가 교회에서 방귀라도 뀐 듯한 분위기였다. 아빠는 얼굴을 찡그리고 고개를 젓더니 마침내 말했다.

"아버님, 그 얘기는 갑자기 왜 나오는 겁니까?"

할아버지는 아빠를 물끄러미 바라보다가 조용히 말했다.

"줄리의 아빠에게는 지적 장애인 동생이 있네. 그리고……."

아빠는 웃음을 터뜨리며 할아버지의 말을 막았다.

"하, 이제야 알겠군요! 알겠어요!"

"알다니…… 뭘?"

이렇게 묻는 할아버지의 목소리는 조용하고 차분했다.

"알다마다요! 저 사람들이 왜 저 모양 저 꼴인지를 말입니다!"

아빠는 헤벌쭉 웃으며 식탁에 앉은 우리를 둘러보았다.

"혈통이 그런 거죠."

가족들은 하나같이 아빠를 쳐다보았다. 리네타 누나조차 입을 딱 벌리고 할 말을 찾지 못했다. 엄마가 "릭!" 하고 외쳤지만 아빠는 신경질적으로 웃으며 서슴없이 말했다.

"농담이야! 하지만 저 사람들한테 문제가 있는 건 확실하단 뜻이야. 오, 죄송합니다, 아버님. 그 여자 애가 장모님과 닮았다고 하셨는데."

"릭!"

엄마가 다시 외쳤다. 이번에는 화난 목소리였다.

"오, 팻시, 왜 그래. 아버님이 너무 감상적으로 나오시잖아. 내가 이웃 사람들 좀 비판했다고 그 집에 지적 장애 친척이 있다는 말로 괜히 나를 나쁜 사람으로 몰고 계시잖아. 집집마다 근심거리가 있지만 그래도 다들 잔디는 잘 깎는다고. 그 사람들은 집주인으로서의 자존심이 눈곱만큼도 없어!"

할아버지의 뺨이 몹시 붉어졌다. 그러나 확고한 목소리로 말했다.

"집주인이 아니네, 릭. 주인이 땅과 주택을 관리하기로 했는데 그러지 않고 있다네. 줄리의 아빠는 동생을 돌봐야 하기 때문에 저축해야 할 수입을 모두 시설로 보내고 있어. 비용이 꽤 많이 들거야."

엄마가 매우 조용한 목소리로 물었다.

"국가에서 운영하는 시설은 없나요?"

"나도 자세히는 모른다, 팻시. 가까운 곳에는 국립 시설이 없는지도 모르지. 아니면 사립 시설이 더 낫다고 생각했을지도 모르고."

아빠가 말했다.

"그래도 국립 시설에 보낼 수도 있는 문제네요. 그 길로 가지 않겠다면 그건 그 사람들 선택이에요. 저 집 식구들한테 염색체 이상이 있는 게 우리 잘못은 아니라고요. 전 죄책감 따위 느끼고 싶지……."

할아버지는 주먹으로 식탁을 쾅 내리치고 몸을 반쯤 일으키며 말했다.

"염색체와는 상관없네, 릭! 태어날 때 산소가 부족했던 거야."

할아버지는 목소리를 낮추었지만 그래서 더욱 위엄이 넘쳤다.

"줄리의 삼촌은 목에 탯줄이 감겼어. 두 번이나. 자네 아들 브라이스처럼 아무 이상 없이 건강한 아기였는데 순식간에 돌이킬 수 없는 손상을 입고 만 거야."

엄마가 갑자기 히스테리를 일으켰다. 울부짖으면서 눈물을 쏟았고 아빠는 엄마를 부둥켜안고 진정시키려 했다. 소용이 없었다. 엄마는 그대로 기절할 것만 같았다.

리네타 누나는 냅킨을 내던지며 "참 웃기지도 않아."라고 중얼거리고는 사라져 버렸다. 엄마도 두 손으로 얼굴을 감싸고 뛰쳐나갔고 아빠는 어느 때보다 매몰찬 눈으로 할아버지를 노려보고는 엄마를 뒤쫓았다.

남은 건 할아버지와 나 그리고 차갑게 식은 음식들뿐이었다. 나는 간신히 말을 꺼냈다.

"와, 어안이 벙벙해요."

할아버지가 말했다.

"당연하지."

"무슨 말씀이세요?"

할아버지는 잠시 화강암처럼 꿈쩍 않고 앉아 있다가 내가 있는 쪽으로 몸을 기울이며 말했다.

"네 엄마가 왜 저리 예민하게 구는지 아느냐?"

"그…… 글쎄요."

나는 건성으로 웃으며 말했다.

"여자라서요?"

할아버지는 희미하게 웃음을 지었다.

"아니. 네 엄마도 어쩌면 지금 베이커 씨와 같은 상황에 처했을 수도 있었다는 걸 알기 때문이다."

나는 곰곰 생각하다가 물었다.

"삼촌들 중에도 태어날 때 탯줄이 목에 감긴 사람이 있었어요?"

할아버지는 고개를 저었다.

"음, 그럼……."

할아버지는 몸을 더 깊이 숙이며 속삭였다.

"네가 그랬단다."

"제가요?"

할아버지는 고개를 끄덕였다.

"두 번이나."

"하지만……."

"널 받은 의사가 몹시 유능한 데다 탯줄이 약간 느슨하게 감긴 덕분에 네가 나올 때 풀어 버릴 수 있었단다. 탯줄에 목이 졸려 나오진 않았지만 까딱하면 상황이 달라질 수도 있었지."

몇 년 전, 아니 몇 주 전에 내가 태어날 때 올가미를 감고 목 졸려 죽을 수도 있었다는 얘길 들었다면 가볍게 흘려듣거나 "네,

다행이네요. 이제 제가 하고 싶은 말을 해도 돼요?"라고 물었을 것이다.

하지만 이런저런 일을 겪고 나니 겁이 더럭 났고 머릿속에 홍수처럼 밀려드는 질문에서 헤어날 수가 없었다. 상황이 달랐다면 지금 나는 어떤 모습이었을까? 가족들은 나를 어떻게 했을까? 아빠가 한 말로 봐서는 분명 나를 싫어했을 것이다. 정신 병원 같은 곳에 처박아 두고 잊어버렸을지도 모른다. 하지만 곧바로 설마! 하는 생각이 들었다. 친아들한테 그러진 않을 것이다…… 아닌가?

나는 우리가 가진 모든 것을 둘러보았다. 커다란 집, 흰 양탄자, 골동품과 미술품 및 사방에 있는 값비싼 물건들. 과연 부모님은 내가 좀 더 나은 환경에서 지낼 수 있도록 이 모든 것들을 포기했을까?

몹시 의심스러웠다. 나는 당혹스러운 존재, 잊어버리고 싶은 존재였을 것이다. 부모님은 남들의 눈을 무척 중요하게 생각했다. 특히 아빠는 더 그랬다.

할아버지는 매우 조용히 말했다.

"만약을 생각하며 살 수는 없다, 브라이스."

그러더니 내 생각을 읽기라도 한듯 덧붙였다.

"하지도 않은 일 때문에 아빠를 비난하는 건 공정하지 못한 행동이다."

나는 고개를 끄덕이며 마음을 가다듬으려 했지만 잘되진 않았다. 그때 할아버지가 말했다.

"그건 그렇고 아까 해 준 말, 고맙다."

"네?"

목이 따끔거리며 부어오른 것 같아서 겨우 짜낸 말이었다.

"할머니 얘기 말이다. 어떻게 알았느냐?"

나는 머리를 흔들며 말했다.

"줄리한테서 들었어요."

"오, 줄리와 대화를 나눴다는 거냐?"

"네, 실은 사과했어요."

"그래!"

"그래서 기분이 참 홀가분했는데 지금은…… 휴, 다시 바보가 된 기분이에요."

"그렇게 생각하지 마라. 넌 사과를 했고 중요한 건 그거다."

할아버지는 자리에서 일어나며 말했다.

"자, 산책이나 해 볼까. 너도 같이 가련?"

산책을 하자고? 난 내 방에 들어가 문을 잠그고 혼자 있고만 싶었다.

"생각을 정리하고 싶을 때는 산책이 꽤 도움이 되지."

할아버지는 이렇게 말했고 난 이게 단순한 산책이 아니란 걸 깨달았다. 뭔가를 함께하자는 뜻이었다. 나는 일어서며 말했다.

"좋아요. 여기에서 나가요."

그동안 나에게 소금 좀 건네 달라는 말만 해 왔던 할아버지는 알고 보니 대단한 수다쟁이였다. 우리는 동네를 지나 그 다음 집 과 그 다음 집이 나올 때까지 계속 걸었다. 할아버지는 많은 것을 알고 있을 뿐 아니라 무척 재미있었다. 시치미를 떼고 은근슬쩍 익살을 부렸다. 말하는 내용뿐 아니라 말하는 방식도 그랬다. 뭐랄까, 정말 근사했다.

집으로 돌아가는 길에 예전 플라타너스 나무 자리에 들어선 집을 지나가게 되었다. 할아버지는 걸음을 멈추고 밤하늘을 쳐다 보며 말했다.

"경치가 무척 아름다웠을 텐데."

나도 고개를 들었고 그날 밤 처음으로 별이 보인다는 걸 깨달 았다. 내가 물었다.

"나무 위에 앉은 줄리를 보신 적 있어요?"

"차를 타고 지나갈 때 네 엄마가 줄리를 가리키더구나. 너무 높이 올라가 있어서 불안했지만 신문을 읽고 나서는 그 심정이 이해됐지."

할아버지는 고개를 저었다.

"나무는 사라졌지만 줄리는 나무에게 받은 생기를 아직도 간 직하고 있단다. 무슨 말인지 알겠느냐?"

다행히도 대답할 필요가 없었다. 할아버지는 방긋이 웃으며 말했다.

"어떤 사람들은 집에, 어떤 사람은 옷에, 어떤 사람은 겉치장 에 몰두하지……."

할아버지는 고개를 돌려 나를 보았다.

"하지만 아주 드물게 무지개 빛깔을 내는 사람이 있단다. 그 런 사람을 발견하면 세상 그 무엇과도 바꿀 수 없게 되지."

현관에 이르자 할아버지는 팔로 내 어깨를 감싸며 말했다.

"산책 즐거웠다, 브라이스. 정말 유쾌한 시간이었어."

"저도 그래요."

내가 대답했고 우리는 안으로 들어갔다.

그 즉시 전쟁터에 발을 들여놓은 기분이 들었다. 소리 지르거나 우는 사람은 없었지만 부모님의 표정으로 봐서 할아버지와 내가 산책하는 동안 한바탕 감정을 폭발시켰다는 걸 알 수 있었다.

할아버지가 속삭였다.

"안타깝지만 손봐야 할 울타리가 여기도 있구나."

할아버지는 부모님과 대화를 나누러 식당으로 갔다.

그 분위기에 휘말리고 싶지 않았다. 나는 방으로 직행해 문을 닫았다. 어둠 속에서 침대에 벌러덩 드러누웠다. 잠시 그 상태로 끔찍했던 저녁 식사를 머릿속으로 되뇌었다. 머리에 쥐가 날 정도로 생각하다가 몸을 벌떡 일으켜 창밖을 보았다. 줄리네 집 어딘가에서 불빛이 반짝거렸고 가로등도 환했지만 어둠이 몹시 짙어 보였다. 평소보다 더 어둡고 뭐랄까, 답답해 보였다.

창에 바싹 기대고 밤하늘을 올려다보았지만 이제는 별이 보이지 않았다. 줄리는 밤에도 플라타너스 나무에 앉아 보았을까? 별을 헤아리면서 말이다.

나는 머리를 흔들었다. 집, 겉치장, 무지개 빛깔, 그게 무슨 상관이지? 내가 보기에 줄리 베이커는 늘 평범한 먼지투성이일 뿐이었다.

책상 스탠드를 켜고 서랍에 던져 넣었던 줄리의 기사가 실린 신문을 꺼냈다.

짐작한 대로 줄리가 러시모어 산(*미국 중서부에 위치한 사우스다코타 주에 있는 산으로 미국 대통령 네 명의 거대한 두상이 조각되어 있다.)이라도 구하러 나선 듯이 과장된 내용이었다. 기자는 줄리를 '황폐한 도시에서 들려오는 강력한 목소리'이자 '한때 고풍스럽고 평온했던 마을에 끝없이 자행되는 과잉 개발을 억제해야 한다는 사실을 밝게 비춰 준 햇불'이라고 불렀다.

진정들 하시지. 그러니까 자기 땅에 있는 나무를 베고 집을 짓겠다는데 왜 이리 야단일까? 자기 땅과 자기 나무를 하고 싶은 대로 하겠다는데 그거면 됐지. 어찌나 감상적인 말만 잔뜩 늘어놓았는지 어이가 없어서 웃음이 났다.

단 하나, 줄리의 말을 인용한 부분은 예외였다. 기자의 편향된 시각과 비교가 된 탓일지 몰라도 줄리의 말은 내 예상처럼 청승맞지가 않았다. 뭐랄까, 깊이가 있었다. 그 나무 위에 앉아 있는 건 줄리에게 정말로 철학적인 행위였다.

이상한 점은 모든 말이 이해된다는 것이었다. 줄리는 나무 위에 앉아 있으면 기분이 어떤지 이야기하면서 제한된 공간을 초월한 기분이라고 했다. 줄리는 "땅에서 높이 올라가 뺨을 스치는 바람을 느낄 때면 아름다움이 내 심장에 입을 맞추는 기분이에요."라고 말했다.

대체 어떤 중학생이 이런 표현을 쓴단 말인가? 내가 아는 아이들 중에는 단연코 없었다.

전체가 부분을 합친 것보다 더 훌륭할 수 있다는 말, 사람들의 주변에는 일상생활에 파묻히지 않고 삶의 기적을 느끼게 해주는 존재가 필요하다는 내용도 있었다.

줄리의 말이 실린 부분을 읽고 또 읽으면서 대체 언제부터 이런 생각을 하게 됐는지가 몹시 궁금했다. 줄리 베이커는 물론 영리한 아이였지만 이건 전 과목 A학점을 넘어선 문제였다.

한 달 전에 이 기사를 읽었다면 웬 헛소리냐며 당장 쓰레기통에 처넣고 말았겠지만 왜 그런지 지금은 공감이 되었다. 그것도 마음 깊이 말이다.

역시 한 달 전이라면 줄리의 사진에도 관심이 가지 않았겠지만 지금은 어느새 사진을 뚫어져라 바라보고 있었다. 전체 장면을 찍은 사진은 아니었다. 줄리보다는 긴급 구조 장비가 더 크게 나왔으니까. 내가 본 건 신문 아래쪽에 실린 사진이었다. 누군가 고성능 망원 렌즈로 찍은 모양이었다. 나무 위에 있는 모습이라는 건 알겠는데 어깨 윗부분만 찍힌 사진이었다. 줄리는 바람에 머리칼을 흩날리며 먼 곳을 바라보고 있었다. 덕분에 배의 키를 잡고 햇살 속을 항해하는 것만 같았다.

나는 오랫동안 줄리 베이커를 피해 다니느라 한 번도 줄리를 똑바로 쳐다본 적이 없었다. 그런데 갑자기 눈을 뗄 수가 없었다. 이 묘한 느낌이 가슴을 가득 채웠고 왠지 싫었다. 조금도 마음에 들지 않았다. 솔직히 말해서 내 몸을 감싸고 있던 석고판이 순식간에 떨어져 나가는 기분이었다.

나는 베개 밑에 신문을 집어넣고 줄리 베이커가 얼마나 귀찮은 아이인지 떠올려 보려고 했다. 하지만 머리가 다시 멍해지면서 어느새 그 바보 같은 신문을 베개 밑에서 꺼내 손에 들고 있었다.

정신 나간 짓이었다! 대체 지금 뭘 하고 있는 거지?

나는 이불을 뒤집어쓰고 잠을 청했다. 수렁으로 빠지고 있으니 지금이야말로 정신을 바짝 차려야 할 때였다.

줄리아나

뜰

우리가 살고 있는 곳 때문에 이렇게 얼굴이 화끈거린 적은 없었다. 우리 집이나 집터 쪽을 바라보면서 '아! 우리도 좀 더 좋은 집에서 살아 봤으면. 다른 집들은 훨씬 좋은 새 집이잖아.'라고 생각해 본 적도 없었다. 이곳은 내가 자란 집이었다. 내 보금자리였다.

물론 뜰이 어떤 상태인지는 알고 있었다. 엄마가 오래전부터 불평했으니까. 하지만 가볍게 툴툴대는 정도여서 별로 관심을 기울일 필요가 없었다. 적어도 내 생각에는 그랬다. 하지만 의문을 품었어야 했는지도 모른다. 집 밖은 엉망인데 집 안은 왜 늘 깔끔할까? 집 안은 흠 잡을 데 없이 깨끗했다. 아, 물론 오빠들의 방은 예외였다. 엄마는 보아 뱀을 발견한 뒤로 오빠들의 방을 단념해 버렸다. 오빠들에게 뱀을 키울 정도의 나이면 스스로 방을 정리할 줄도 알아야 한다고 말했다. 매트 오빠와 마이크 오빠는 엄마의 말을 방 안에서는 뭐든 맘대로 하라는 뜻으로 해석하고 참 성실하게도 그 말에 따랐다.

뜰 외에 돈이나 어려운 집안 형편에 대해서도 진지하게 생각해 본 적이 없었다. 우리가 부자가 아니란 건 알았지만 돈 주고 사야 하는 물건에 관해서 전혀 부족함을 느끼지는 않았다.

매트 오빠와 마이크 오빠는 사 달라는 물건이 많았고 엄마는 "안 돼, 얘들아. 그럴 형편이 못 돼."라고 대답했지만 내 귀에는 "안 돼, 얘들아. 아직은 그런 걸 가질 때가 아니야."라든가 아니면 "안 돼, 얘들아. 별 필요도 없는 거잖니."라고 들렸다. 브라이스가 우리 집이 엉망진창이라고 말했을 때에야 비로소 눈을 뜨고 진실을 보게 되었다.

문제는 뜰만이 아니었다. 아빠의 트럭, 엄마의 자동차, 고물이나 다름없이 녹슬어 버린 자전거도 마찬가지였다. 그리고 뭔가가 새로 필요할 때면 항상 중고품 가게 물건처럼 보이는 값싼 제품을 샀다. 게다가 우린 휴가를 단 한 번도 가 본 적이 없었다.

이유가 뭐였을까? 아빠는 누구보다도 부지런히 일했고 엄마는 틈만 나면 '템프 서비스'에서 비서 일을 했다. 그래 봤자 이런 꼴인데 왜 그토록 열심히 일을 할까?

부모님에게 우리가 가난하냐고 물으면 무례하기 짝이 없는 행동일 것 같았다. 하지만 하루하루 지날수록 물어봐야 한다는 생각이 들었다. 매일 녹슨 자전거를 타고 학교에서 집으로 돌아와 자전거를 끌고 부서진 울타리와 뒤죽박죽인 뜰을 지나며 생각했다. 오늘 밤엔, 오늘 밤엔 꼭 물어보자.

하지만 결국엔 물어보지 못했다. 어떻게 말을 꺼내야 할지 알 수가 없었다.

그러던 어느 날 좋은 생각이 떠올랐다. 그 얘기를 꺼내면서 보탬도 될 수 있는 방식이었다. 마침 그날 저녁 오빠들은 음반 가게에서 일하고 있었고 식탁 위에는 딱히 오가는 화제도 없었다. 나는 심호흡을 하고 입을 열었다.

"제 생각에는요. 못이랑 망치, 페인트만 좀 있으면 앞뜰을 손보는 건 어렵지 않을 것 같아요. 그리고 잔디 씨는 얼마예요? 별로 안 비싸겠죠? 잔디를 심고 꽃도 좀 심고 싶은데 그래도 돼요?"

부모님은 식사를 멈추고 나를 말똥말똥 바라보았다.

"톱이랑 망치도 다룰 줄 알아요. 학교 과제라고 생각하면 되죠."

엄마는 나를 보던 눈을 아빠에게 돌렸다. 아빠는 한숨을 쉬며 말했다.

"뜰 관리는 우리 책임이 아니란다, 줄리아나."

"우리 책임이…… 아니라고요?"

아빠는 고개를 저으며 말했다.

"피네건 씨가 할 일이야."

"피네건 씨가 누군데요?"

"이 집의 주인이지."

나는 내 귀를 의심했다.

"뭐라고 하셨어요?"

아빠는 목을 가다듬고 말했다.

"집주인이다."

"우리가 주인이 아니란 말이에요?"

부모님은 눈빛을 주고받으며 내가 읽을 수 없는 비밀스런 무언의 대화를 나누었다. 마침내 아빠가 말했다.

"네가 모르는 줄 몰랐구나."

"하지만…… 그래도 말이 안 돼요! 왜 집주인이 와서 집을 돌보지 않는 거죠? 비가 새면 지붕을 고치고 하수구가 막히면 뚫어야죠! 그런 일은 늘 아빠가 했잖아요. 집주인이 할 일을 왜 아빠가 하셨어요?"

아빠는 한숨을 쉬었다.

"왜냐하면 말이다. 그게 도움을 요청하는 것보다 쉬우니까."

"하지만……."

아빠가 내 말을 잘랐다.

"그리고 그래야 집세가 올라가지 않아."

"하지만……."

엄마는 팔을 뻗어 내 손을 잡았다.

"줄리, 깜짝 놀랐다면 미안하구나. 너도 아는 줄 알았어."

"하지만 뜰은 왜 그래요? 집 안은 신경 쓰면서 밖은 왜 그냥 두세요?"

아빠는 얼굴을 찌푸리며 말했다.

"계약할 때 집주인이 앞뒤 울타리를 고쳐 주고 앞뜰에 잔디를 심어 주겠다고 하더구나. 절대 지키지 못할 말이었지만."

아빠는 머리를 흔들었다.

"이래저래 큰일이 될 거다. 울타리를 만드는 데도 제법 돈이 들어. 우리 땅도 아닌데 괜한 투자를 하고 싶진 않다. 으레 그렇게들 하는 거야."

나는 낮은 목소리로 말했다.

"하지만 우리가 여기에 살고 있잖아요. 보기에도 참 안 좋고요."

아빠는 내 얼굴을 유심히 바라보았다.

"줄리아나, 무슨 일이 있었구나?"

"아무 일도 없어요, 아빠."

하지만 아빠는 거짓말이란 걸 눈치챘다. 아빠가 속삭였다.

"우리 공주, 아빠한테 말해 보렴."

사실대로 말하면 아빠가 뭐라고 할지 뻔했지만 말하지 않을 수가 없었다. 나를 바라보는 아빠의 눈빛 앞에서 감출 수가 없었다. 그래서 나는 숨을 깊게 들이마신 다음 이야기를 시작했다.

"로스키 가족은 그동안 제 달걀을 버리고 있었어요. 우리 집 뜰이 엉망진창이라 살모넬라균이 있을까 봐서요."

아빠가 말했다.

"아니, 터무니없는 소리다."

하지만 엄마는 소스라치게 놀라며 말했다.

"뭐?"

엄마의 목소리가 높아졌다.

"팻시 아주머니가 그러든?"

나는 고개를 숙였다.

"아뇨, 브라이스가요."

"하지만 다함께 그렇게 정했겠지! 그 애 혼자 그랬을 리가⋯⋯!"

엄마의 얼굴은 총알이 심장을 뚫고 지나가기 직전인 암사슴처럼 보였다. 엄마는 두 손에 얼굴을 묻으며 말했다.

"이대로는 안 돼요! 로버트, 변화가 필요해요! 그래야 한다고요!"

"트리아나, 내가 최선을 다하고 있다는 거 알잖소. 뜰을 저렇게 놔둬서 미안하고 상황을 이 지경으로 몰고 와서 미안해요. 내가 꿈꾸던 풍경도 이게 아니지만 옳은 일을 하려면 희생해야 할 때가 있기 마련이오."

엄마는 고개를 들고 말했다.

"우리 가족을 위해서는 이것도 옳은 일이 아니에요. 우리가 뜰을 손보지 않아서 당신 딸이 고통을 겪고 있잖아요."

"우리 뜰이 아니잖소."

"어떻게 그런 말을 할 수가 있어요? 로버트, 정신 차려요! 우린 여기에서 12년을 살았어요. 이젠 임시 거처가 아니라고요! 가꿀 수 있는 뜰이 딸린 멀쩡한 집을 마련하려면, 아이들을 대학에 보내고 우리가 서로에게 한 많은 약속을 지키려면 그를 국립 시설로 보내야 해요."

아빠는 무거운 한숨을 내쉬며 가라앉은 목소리로 말했다.

"이 얘긴 그동안 수없이 했잖소. 트리아나, 당신도 결국엔 그린 헤이븐이 가장 적당한 장소라고 동의했고."

묻고 싶었다. 잠깐만요! 무슨 얘기죠? 누구 얘기를 하는 거예요? 하지만 대화가 무척 빨리 오가고 분위기가 험해서 차마 끼어들 수 없었다. 곧 부모님은 내가 그 자리에 없는 것처럼 심한 말다툼을 하기 시작했다.

그러다 딱 떠오르는 생각이 있었다. 모든 것이 분명해졌다. 부모님이 얘기하는 사람은 아빠의 동생이었다. 데이비드 삼촌이었다.

　나에게 데이비드 삼촌은 이름뿐인 존재였다. 부모님에게서 이야기만 들었지 실제로 만나 본 적은 없었다. 아빠가 삼촌을 만나러 간다는 사실은 알았지만 정확히 언제 가는지도 알 수 없었다. 아빠가 얘기해 주질 않았으니 말이다.

　아빠는 데이비드 삼촌이 지적 장애를 앓고 있기 때문에 다른 사람들에게 말해서는 안 된다고 생각했다. 아빠는 나에게 이런 말을 했다.

　"사람들이란 성급하게 판단하기 일쑤지. 삼촌이 그러니 너에게도 문제가 있을 거라고 지레짐작할지 몰라. 아빠 말이 맞을 거다."

　그래서 우리는 집에서도 친구들에게도 삼촌 얘기를 하지 않았다. 마치 데이비드 삼촌이 존재하지 않는 것처럼 굴었다.

　지금까지는 그랬다. 하지만 이제 삼촌은 외면할 수 없는 큰 존재로 다가왔다. 부모님의 말다툼 내용으로 보아 우리에게 집이 없는 이유는 바로 삼촌이었다. 좋은 자동차와 멋진 물건이 없는 것도 삼촌 때문이었다. 늘 묵직한 피로가 부모님에게 드리워진 기분이 들었는데 그것도 삼촌 때문이었다.

　애초에 나는 왜 뜰을 손보잔 얘기를 꺼낸 걸까? 부모님이 이렇게 싸우는 모습은 처음 보는 것이었다. 단 한 번도 보지 못한 모습이었다. 나는 부모님을 붙잡고 말하고 싶었다. 그만들 하세요! 그만! 서로를 사랑하시잖아요! 그렇잖아요! 하지만 자리에 멍하니 앉아 눈물을 줄줄 흘리고만 있었다.

　엄마가 갑자기 말을 멈추더니 낮게 속삭였다.

"애 앞에서 이러면 안 돼요!"

"미안하다, 줄리아나."

아빠는 이렇게 말하고 손을 내밀어 내 팔뚝을 잡았다.

"울지 마라. 네 잘못이 아니야. 엄마, 아빠가 잘 헤쳐 나갈게. 약속하마."

엄마는 울음 섞인 목소리로 애써 웃으며 말했다.

"지금까지도 그래 왔고 앞으로도 그럴 거야."

그날 밤 부모님은 번갈아 내 방에 들어와 이야기를 했다. 아빠는 삼촌 얘기를 하면서 삼촌을 무척 사랑하며 할아버지와 할머니에게 항상 삼촌을 돌봐 주기로 약속했다고 말했다. 엄마는 강하고 인정 많은 아빠를 무척 사랑한다면서, 꿈과 현실은 다르지만 그래도 이미 받은 축복을 세어 봐야 한다고 말했다. 엄마는 잘 자라고 입을 맞춰 주었고 엄마에게 내려진 수많은 축복 중에서 내가 가장 찬란하고 큰 축복이라고 말했다. 그 말에 또다시 눈물이 쏟아졌다.

아빠를 생각하니 마음이 아팠다. 엄마를 생각해도 마찬가지였다. 하지만 그 무엇보다도 두 분이 내 부모님이라서 정말 좋다는 생각이 들었다.

아침에 녹슨 자전거를 타고 학교 진입로를 달리며 집에 돌아가면 팔을 걷어붙이고 뜰을 정돈하기로 마음먹었다. 집주인이든 아니든 이 집은 우리의 보금자리였고 이곳에서 좀 더 쾌적한 삶을 누리도록 힘을 보태고 싶었다.

막상 덤벼드니 생각보다 훨씬 어려웠다. 우선 차고를 뒤지며 망치와 못이 든 상자, 톱, 전지가위를 찾아내는 데 꼬박 30분이 걸렸다. 그 다음엔 어디서부터 시작해야 할지 결정하려고 돌아다니느라 또 30분을 썼다. 뜰에 무성한 잡초들은 그렇다 치고 뜰 가장자리를 둘러싼 딸기나무는 어떡한담? 파내야 하나 아니면 싹둑싹둑 가지를 쳐 내면 되나? 그리고 그건 정말 딸기나무일까 아니면 그냥 웃자란 잡초일까? 울타리는 어쩌지? 아예 뽑아 버릴까 아니면 다시 세울까? 앞쪽에 있는 것은 죄다 없애고 옆쪽에 있는 것만 고쳐서 써야 할 것 같기도 했다.

둘러보면 볼수록 그냥 손을 떼고 싶은 기분이 들었다. 왜 사서 고생이람? 우리 집도 아닌데. 수리는 피네건 씨가 해야 할 일인데 말이다.

그러다 전날 밤 엄마가 해 준 말이 떠올랐다. 이 정도 덤불과 낡아 빠진 말뚝 몇 개가 누군가에게 가장 찬란하고 큰 축복인 나를 막지 못해! 그렇고말고!

그렇게 나는 가위를 뽑아 들고 작업에 돌입했다.

30분쯤 지나자 덤불 하나에는 수많은 가지가 달렸으며 덤불을 잘라 뜰 한가운데로 던져 모으면 덤불의 부피가 기하급수적으로 늘어난다는 지식을 얻게 되었다. 어이가 없었다! 이걸 다 어디로 치운담?

엄마가 집에 돌아와서 그만두라고 말렸지만 나는 듣지 않았다. 오, 안 돼, 안 돼! 벌써 덤불 두 개가 봐 줄 만한 크기로 줄어들었고 머지않아 엄마는 근사하게 손질된 정원을 보게 될 것이다.

"그 옹고집은 이 엄마한테서 물려받은 게 아니야."

엄마는 이렇게 말했지만 다시 나와서 주스를 내밀며 내 뺨에 입을 맞추었다. 그거면 충분했다!

첫날 땀 흘린 결과는 뒤죽박죽 엉망진창이었다. 하지만 나만의 우주를 만들기 위해 혼돈이라는 단계를 반드시 거쳐야 한다면 순조롭게 진행되고 있는 것이었다. 그 생각으로 위안을 삼으며 그날 밤엔 녹초가 되어 침대에 털썩 쓰러지고 말았다.

다음날 오후 바쁘게 움직이며 내 작은 우주를 더 심한 혼돈에 빠뜨리고 있을 때 낮고 굵은 목소리가 들렸다.

"꽤 힘들어 보이는구나, 꼬마 아가씨."

우리 집 인도에 서 있는 사람이 브라이스의 할아버지라는 걸 알 수 있었다. 하지만 밖에서 본 건 처음이었다. 다른 때는 창문을 통해서만 보았다. 거실 창문 아니면 자동차 창문이었다. 나에게 그 할아버지는 유리 뒤에 앉은 검은 머리의 남자였다. 우리 집 근처 인도에 나타난 모습을 보니 텔레비전 속에 있던 사람이 화면에서 걸어 나와 말을 거는 기분이었다.

"우린 가끔 서로 마주치긴 했지?"

할아버지가 말했다.

"1년이 넘도록 내 소개를 하지 않아서 미안하구나. 내 이름은 체스터 던컨이란다. 브라이스의 외할아버지지. 넌 물론 줄리아나 베이커일 테고."

브라이스의 할아버지는 손을 내밀었고 나는 작업용 장갑을 벗고 악수를 했다. 내 손은 할아버지의 손에 쏙 들어가 조금도 보이지 않았다.

"만나 뵙게 되어 반가워요, 던컨 할아버지."

나는 이렇게 말하며 할아버지가 거실 창문으로 보았을 때보다 훨씬 건장하다고 생각했다. 그런데 아주 이상한 일이 일어났다. 할아버지가 뒷주머니에서 작업용 장갑과 전지가위를 꺼내며 말하는 것이었다.

"모두 똑같은 높이로 다듬으려고?"

내가 말했다.

"아, 네, 맞아요. 그럴 생각이었어요. 지금은 모르겠지만요. 그냥 다 뽑아 버리는 게 보기 좋을까요?"

할아버지는 고개를 저으며 말했다.

"이건 호주산 차나무야. 가지치기를 하면 멋질 거다."

그 말과 함께 할아버지는 장갑을 끼고 가위질을 시작했다. 처음에는 뭐라 말해야 할지 알 수 없었다. 할아버지의 도움을 받으니 정말 기분이 묘했지만 할아버지의 손놀림을 보니 그런 생각은 눈곱만큼도 하지 말아야 할 것 같았다. 짤깍, 짤깍, 짤깍. 할아버지는 정말 흥겹다는 듯이 가지치기를 해 나갔다.

그러다 브라이스가 우리 집 뜰에 대해 한 말이 떠올랐고 할아버지가 왜 여기 나타났는지도 분명해졌다.

"왜 그러느냐?"

할아버지는 내 가지 더미로 가지를 던지며 물었다.

"너무 많이 잘랐나?"

"아, 아니에요."

할아버지가 물었다.

"그럼 왜 그런 표정을 짓는 게냐? 불편하게 할 생각은 없다. 그냥 도움이 필요한 것 같았어."

"음, 아니에요. 저 혼자 할 수 있어요."

할아버지는 너털웃음을 터뜨리며 "나도 물론 그렇게 생각한다."라고 말한 다음 다시 가위질을 했다.

"줄리아나. 신문에서 네 기사를 읽었고 너희 집 맞은편에 산 지도 1년이 넘었다. 네가 무척 재능 있는 아이란 걸 잘 안다."

우리 둘 다 잠시 아무 말 없이 일을 했다. 그런데 어느새 나는 자른 가지를 가지 더미로 점점 더 세게 던지고 있었다. 곧 참을 수 없는 지경에 이르렀다. 더는 안 되겠어! 나는 할아버지에게 고개를 휙 돌리며 말했다.

"달걀 때문에 미안해서 여기 오신 거죠? 하지만 저희 집 달걀은 아주 멀쩡해요! 우리 가족은 3년 가까이 그 달걀을 먹었는데 아무도 식중독에 걸리지 않았어요. 스투비 아주머니와 헬름스 아주머니도 건강해 보이시고요. 사실 달걀이 싫으셨음 그렇게 말하셨어야죠!"

할아버지는 두 손을 떨어뜨리고 고개를 저으며 말했다.

"달걀? 식중독? 줄리아나, 무슨 얘기인지 알아들을 수가 없구나."

너무 화가 나고 속상하고 당혹스러워서 내가 아닌 다른 사람이 되어 버린 것만 같았다.

"2년이 넘도록 가져다드린 달걀 얘기를 하는 거예요. 제 닭들이 낳은 달걀, 돈을 받고 팔 수도 있었던 달걀 말이에요! 할아버지 가족들이 계속 버린 달걀요!"

나는 브라이스의 할아버지에게 소리를 지르고 있었다. 평생 누구에게도 소리를 질러 본 적 없었던 것처럼 어른에게 소리를 지르고 있었다.

할아버지의 목소리가 몹시 조용해졌다.

"미안하구나. 달걀 얘기는 몰랐다. 누구한테 줬더냐?"

"브라이스요!"

다시 브라이스의 이름을 입에 올리자 목이 꽉 막혔다.

"브라이스라고."

브라이스의 할아버지는 천천히 고개를 끄덕이며 "그렇군." 하고 말하더니 다시 가지치기를 시작했다.

"그럼 말이 되지."

"무슨 말씀이세요?"

할아버지는 한숨을 쉬었다.

"그 녀석은 갈 길이 아주 멀다."

나는 혀에서 지글거리는 말을 내뱉어도 좋은지 확신할 수가 없어서 할아버지를 가만히 바라보기만 했다. 할아버지는 얼굴을 찌푸리며 말했다.

"오, 물론 매우 잘생긴 아이지. 부인할 수 없는 사실이야."

그리고 가지 하나를 싹둑 자른 다음 말을 덧붙였다.

"제 아빠를 쏙 빼닮았지."

나는 머리를 흔들었다.

"던컨 할아버지, 왜 여기 오신 거예요? 저에게 도움이 필요 없을 거라고 생각하셨고 달걀 때문에 미안해서도 아니시라면 왜 이 일을 하고 계신 거예요?"

"솔직히 말하란 말이냐?"

나는 할아버지의 두 눈을 똑바로 쳐다보았다. 할아버지는 고개를 끄덕이고는 말했다.

"너를 보면 아내 생각이 나서란다."

"할아버지의 아내요?"

"그래."

할아버지는 살짝 웃더니 말했다.

"르네라면 너랑 같이 그 나무 위에 앉아 있었을 거다. 밤새도록 앉아 있었을 거야."

그 두 문장에 분노가 싹 사라져 버렸다.

"정말요?"

"물론이지."

"그분은…… 돌아가셨어요?"

할아버지는 고개를 주억거렸다.

"못 견디게 그립구나."

할아버지는 덤불 가지를 가지 더미로 던진 다음 싱글거리며 말했다.

"얼마나 무모했던지 그 사람 곁에 있으면 살아 있다는 행복을 느끼지 않을 수가 없었지."

나는 브라이스의 할아버지와 친구가 될 줄 꿈에도 생각하지 못했다. 그러나 저녁 식사 시간이 될 무렵엔 할아버지와 르네 할머니의 이야기 그리고 두 분이 함께 겪은 온갖 모험 얘기를 잔뜩 들어서 할아버지와 오랫동안 알고 지낸 기분이 들었다. 게다가 할아버지의 이야기를 듣다 보니 가지치기도 훨씬 수월했다. 그날 밤 잠을 자러 들어갈 때쯤 덤불은 모두 깔끔하게 손질되어 있었고 뜰 한가운데에 어마어마한 가지 더미가 쌓이긴 했지만 벌써부터 훨씬 보기 좋은 풍경이 되었다.

할아버지는 다음날에도 찾아왔다. 내가 웃으며 "안녕하세요. 던컨 할아버지."라고 인사하자 할아버지도 웃음을 머금고 대답했다.

"그냥 편하게 쳇이라고 부르렴, 알겠지?"

할아버지는 내가 든 망치를 보더니 물었다.

"오늘은 울타리를 손볼 차례구나?"

쳇 할아버지는 말뚝 박을 자리에 다림줄을 늘어뜨리는 법과 망치를 잡을 때는 자루 앞쪽이 아니라 뒤쪽을 잡아야 한다는 것, 말뚝 간격을 조절하는 법, 말뚝을 정확히 수직으로 세우는 법을 가르쳐 주었다. 울타리 작업은 며칠 동안 계속되었고 일하는 내내 우리는 이야기를 나누었다. 할아버지의 아내에 관한 이야기만은 아니었다. 할아버지는 플라타너스 나무에 대해 알고 싶어 했고, 전체가 부분을 합친 것 이상이라는 내 말을 정확히 이해하는 것 같았다. 할아버지는 말했다.

"사람들도 마찬가지란다. 다만 사람들의 경우에는 전체가 부분을 합친 것 이하일 때도 있지."

무척 흥미로운 말이었다. 다음날 학교에서 초등학교 때부터 알고 지낸 아이들을 살펴보며 전체가 부분을 합친 것 이상인지 이하인지 가늠해 보았다. 쳇 할아버지의 말이 옳았다. 많은 사람들은 '이하'였다.

물론 그중에서도 셸리 스톨스가 단연 1위였다. 셸리를 보면 모든 걸 갖추고 있는 듯해도 에베레스트 산처럼 부풀어 오른 머리칼의 속은 사실상 텅 비어 있었다. 사람들은 블랙홀처럼 셸리에게 빨려 들었지만 셸리와 친구가 되면 속에서 천불이 난다는 걸 금세 알게 되었다.

하지만 반 아이들 중에서 판단할 수 없는 사람이 딱 한 사람 있었으니 바로 브라이스였다. 최근까지는 브라이스가 부분을 합친 것보다 나은 아이라고, 훨씬 나은 아이라고 믿어 의심치 않았다. 브라이스는 내 마음에 순수하고 불가사의한 마법을 부렸으니까.

그러나 '불가사의'란 말은 다른 곳에도 적용되었다. 수학 시간에 교실 저쪽에 앉은 브라이스를 보자 내 달걀을 버렸다는 사실이 떠오르면서 다시 가슴이 콱 막히는 기분이 들었다. 대체 누가 그런 짓을 할까?

그때 브라이스가 내가 있는 쪽을 보며 웃음을 지었고 심장이 두근거렸다. 그래서 나 자신에게 화가 났다. 그런 일을 겪고도 어쩜 아직 이런 감정을 느끼는 거지?

나는 종일 브라이스를 피해 다녔지만 학교가 파할 무렵에는 마음속에 토네이도가 몰아쳐 온몸이 갈기갈기 찢어지는 것만 같았다. 나는 얼른 자전거에 올라타 어느 때보다 빨리 집을 향해 달렸다. 오른쪽 페달이 자전거 체인 보호 판에 절걱절걱 부딪혔고 자전거 전체가 덜컹덜컹 삐걱삐걱하면서 금방이라도 부서져 녹슨 부속품 더미로 변할 것 같았다.

집에 들어가려고 자전거를 끼익 세웠을 때도 토네이도는 세차게 휘몰아치고 있었다. 그래서 나는 페달을 밟던 힘을 페인트칠에 쏟았다. 아빠가 사다 준 나바호 화이트(*베이지 색이 감도는 흰색.) 페인트 통을 비집어 열고 사정없이 붓질을 해 댔다.

10분 후 쳇 할아버지가 나타났다. 할아버지가 웃음을 터뜨리며 말했다.

"맙소사, 오늘은 부러울 정도로 활력이 넘치는구나!"

"아니에요."

나는 손등으로 머리카락을 넘기며 말했다.

"화가 나서 그래요."

할아버지는 붓과 텅 빈 커피 통을 들고 있었다.

"오호, 누구한테?"

"제 자신한테요!"

"오, 좀 까다롭겠는데. 시험을 잘 못 봤니?"

"아니에요! 전……."

나는 할아버지에게 고개를 돌리며 물었다.

"할머니랑 어떻게 사랑에 빠지셨어요?"

할아버지는 페인트를 커피 통에 조금 부으며 웃음을 지었다.

"아, 남자 문제구나."

"남자 문제 따윈 없어요!"

할아버지는 할 말이 있는 듯했지만 반박하진 않았다. 대신 이렇게 말했다.

"아내와는 우연히 사랑에 빠졌단다."

"우연히요? 무슨 말씀이세요?"

"생각지도 못한 일이었어. 당시엔 내게 약혼녀가 있어서 다른 사람과 사랑에 빠질 줄은 꿈에도 몰랐다. 다행히도 너무 늦기 전에 내 눈이 얼마나 어두웠는지 깨달았지."

"눈이 어두웠다고요?"

"그래. 내 약혼녀는 매우 아름다웠지. 갈색 눈동자가 눈부시게 빛났고 살결은 천사처럼 매끄러웠지. 한동안 나는 그녀의 아름다운 모습에 마음을 빼앗겼단다. 하지만 그러다가…… 뭐라고 설명해야 할까. 그녀가 르네의 발끝에도 미치지 못한다는 걸 깨달았다고만 해 두자."

할아버지는 커피 통 속에 붓을 담갔다가 말뚝에 페인트를 칠했다.

"세월이 지나면 과거를 돌아보며 쉽게 충고할 수 있겠지만 슬프게도 대부분의 사람들은 너무 늦을 때까지 겉모습을 꿰뚫어 보지 못한단다."

잠시 침묵이 흘렀지만 할아버지가 생각에 잠겼다는 걸 알 수 있었다. 할아버지의 이마에 잡힌 주름으로 봐서 내 문제와는 상관없는 생각인 것 같았다. 내가 말했다.

"저…… 할머니 얘기를 꺼내서 죄송해요."

"오, 아니다. 괜찮아."

할아버지는 고개를 저으며 애써 웃음을 지었다.

"게다가 난 르네 생각을 한 게 아니야. 다른 사람을 생각하고 있었다. 겉모습을 꿰뚫어 보지 못하는 다른 사람을 말이야. 이젠 그 사람이 그렇게 하는 게 좋을지 어떨지 모르겠다만."

누구 얘기일까? 정말 궁금했다! 하지만 물어보면 예의에 어긋날 것 같았다. 그래서 우린 말없이 말뚝에 페인트칠을 했다. 그러다 할아버지가 나를 보며 말했다.

"그 애의 눈동자와 웃음과 반짝이는 머리카락에만 눈길을 주지 말고 그 너머에 진짜 무엇이 있는지를 보거라."

할아버지의 말투 때문에 등골이 오싹했다. 할아버지는 다 아는 것만 같았다. 갑자기 변명이라도 하고 싶었다. 할아버지는 자기 손자가 그리 대단한 존재가 아니라고 말하고 싶은 걸까?

저녁 먹으러 갈 시간이 되었을 때 마음은 여전히 답답했지만 토네이도는 사라지고 없었다. 엄마는 아빠가 늦게까지 일할 거라고 했고 오빠들은 친구들을 만나러 나갔기 때문에 엄마와 나 둘뿐이었다. 엄마는 아빠와 얘기를 해 보았는데 할아버지의 도움을 받고만 있자니 마음이 불편하다고 했다. 어떻게든 대가를 지불해야 할 것 같다고 했다.

나는 그럼 쳇 할아버지가 모욕감을 느낄 거라고 말했지만 다음날 엄마는 어느새 할아버지에게 모욕을 주고 말았다. 할아버지가 말했다.

"아닙니다, 베이커 부인. 따님을 도와 이 일을 할 수 있어서 저도 좋습니다."

그러고는 엄마의 이야기를 더 들으려 하지 않았다.

토요일 아침에 아빠가 트럭 뒤에 덤불 가지와 나뭇조각을 잔뜩 싣고 일터에 가는 것으로 그 주의 작업은 끝났다. 그날 쳇 할아버지와 나는 괭이로 잡초를 뜯어내고 흙에 씨앗을 뿌릴 수 있도록 갈퀴질을 했다. 이 마지막 날에 할아버지는 이렇게 물었다.

"이사할 계획은 아니지?"

"이사요? 왜 그런 말씀을 하세요?"

"오, 우리 딸이 어젯밤 저녁 식사 때 그러더구나. 집을 팔려고 수리하는 게 아닌가 싶다고."

쳇 할아버지와 나는 함께 일을 하며 수많은 얘기를 나눴지만 이사 가느냐는 질문이 아니었으면 피네건 씨나 데이비드 삼촌이

나 뜰이 엉망진창인 이유에 대해 말하지 않았을 것이다. 그러나 할아버지가 그 말을 꺼냈기 때문에 나는 모든 사연을 털어놓았다. 사실대로 말하니 마음이 가벼웠다. 특히 데이비드 삼촌 얘기를 할 수 있어서 좋았다. 민들레를 바람 속으로 훅 불고 그 자그마한 씨앗들이 높이 그리고 멀리 흩어지는 모습을 지켜볼 때와 같았다. 부모님이 자랑스러웠고 앞뜰을 둘러보니 나 자신도 자랑스러웠다. 뒤뜰도 변신시켜 줄 테니 기다리기만 하시라고요! 어쩌면 집에도 페인트칠을 할 수 있을지 몰랐다. 할 수 있을 것이다. 할 수 있어!

내가 그 이야기를 하고 난 뒤로 쳇 할아버지는 유달리 말이 없었다. 점심 때 엄마가 샌드위치를 내왔고 할아버지와 나는 현관에 앉아 말없이 그걸 먹었다. 그러나 할아버지가 침묵을 깨뜨리고 길 건너로 고갯짓을 하며 말했다.

"왜 그냥 나와서 인사하지 않는지 모르겠단 말이야."

"누구요?"

이렇게 묻고 할아버지의 시선을 따라 건너편을 바라보았다. 브라이스의 방 창문에서 커튼이 제자리로 휙 돌아갔고 나는 묻지 않을 수 없었다.

"브라이스예요?"

"저 애가 여길 바라본 게 벌써 세 번째다."

"정말이에요?"

내 심장은 아기 새의 날갯짓처럼 파드닥거렸다. 할아버지는 눈살을 찌푸리며 말했다.

"얼른 식사를 끝내고 씨를 뿌리자꾸나. 싹이 트려면 날이 따뜻해야 하는데."

마침내 뜰에 씨를 뿌리게 되어 무척 기뻤지만 자꾸만 브라이스의 방 창문에 신경이 쓰였다. 지금도 보고 있을까? 오후 내내 다짐과는 달리 자꾸만 그쪽으로 눈이 갔다. 쳇 할아버지도 눈치챈 모양이었다. 일을 끝마치고 앞으로 분명 보기 좋은 정원이 될 곳을 완성했다며 함께 자축하는데 할아버지가 이렇게 말했다.

"저 앤 지금 겁쟁이처럼 굴지만 난 아직 희망을 버리지 않았단다."

겁쟁이라고? 그 말에 내가 뭐라고 답할 수 있을까? 그냥 가만히 서서 한 손으로 호스를 들고 다른 손을 수도꼭지에 올렸다.

할아버지는 그 말을 마지막으로 오래오래 손을 흔들며 길 건너로 가 버렸다.

몇 분 후 브라이스가 보도를 따라 자기 집 쪽으로 걸어가는 모습이 보였다. 너무 놀라 눈이 의심스러웠다. 그동안 집 안에서 지켜보는 줄 알았는데 밖에 나와 돌아다니고 있었단 말이야? 너무 당황해서 가슴이 철렁했다.

나는 등을 돌리고 물 주기에 전념했다. 난 어쩜 이렇게 어리석을까? 바보, 멍청이! 화가 나서 씩씩대고 있는데 목소리가 들렸다.

"정말 보기 좋다, 줄리. 멋지게 해냈구나."

브라이스였다. 우리 집으로 들어오는 길에 서 있었다. 더 이상 나에게 화가 나지 않았다. 브라이스에게 화가 났다. 어쩜 감독처럼 저기 서서 그런 말을 할 수가 있지? 멋지게 해냈다고? 그런 짓을 저지르고도 뭔가 말할 자격이 있다고 생각하는 거야?

브라이스에게 물을 뿌리려는 순간 그가 말했다.

"그런 짓을 해서 정말 미안해, 줄리. 내가 정말…… 잘못했어."

나는 브라이스를 바라보았다. 눈부시게 빛나는 그 푸른 눈을 쳐다보았다. 그리고 쳇 할아버지 말대로 해 보려고 했다. 그 눈을 꿰뚫어 보려고 했다. 그 뒤에는 뭐가 있을까? 무슨 생각을 하고 있을까? 정말 미안해서 저러나? 아니면 나에게 했던 말이 그저 마음에 걸려서일까?

태양을 바라보고 있는 것만 같아서 고개를 돌려야 했다.

그 후로 우리가 무슨 얘기를 나눴는지 자세히 말할 수는 없다. 다만 브라이스는 친절한 태도로 나를 대했고 웃게 해 주었다. 브라이스가 떠난 후 수도꼭지를 잠그고 집으로 들어갔는데 낯설고 묘한 기분이 들었다.

저녁 내내 내 기분은 초조함과 혼란스러움 사이를 오갔다. 무엇보다도 정확히 왜 초조한지, 왜 혼란스러운지 조금도 알 수가 없으니 골치가 아팠다. 물론 브라이스 때문이었다. 그런데 왜 그냥 화가 나지 않는 걸까? 브라이스는 그동안 참…… 못되게 굴었는데. 아니면 왜 그냥 행복하지 않은 걸까? 브라이스가 우리 집을 찾아왔는데, 우리 집 앞에 서 있었는데, 나에게 상냥하게 말을 건넸고 함께 웃었는데 말이다.

하지만 나는 화가 나지도, 행복하지도 않았다. 책을 읽으려고 침대에 누운 순간 초조함이 혼란스러움을 압도했다는 걸 깨달았다. 누군가 나를 지켜보고 있는 기분이었다. 겁이 더럭 나서 벌떡 일어나 창밖을 내다보고 벽장 속과 침대 밑을 살폈지만 그 느낌이 가시질 않았다.

거의 자정이 되어서야 정체를 알 수 있었다.

그것은 나였다. 나를 지켜보는 나였던 것이다.

썩은 달걀

일요일 아침에 잠에서 깨니 감기에 걸린 듯 몸이 무거웠다. 복잡해서 설명할 수 없는 끔찍한 악몽을 꾼 것만 같았다. 어떤 내용이든 그런 악몽을 꿨을 때는 머리를 흔들어 털어 버리면 된다. 아무 일 없었다는 듯이 잊어버리면 된다.

나는 잊어버리려고 머리를 흔들고 침대에서 일찍 나왔다. 전날 밤 거의 아무것도 먹지 못해 굶어 죽기 직전이었다! 부엌에 들어가던 중 거실을 흘끗 보니 아빠가 소파에서 자고 있었다.

좋은 징조가 아니었다. 아직도 싸움이 진행 중이라는 뜻이었고 내 영역에 침입자가 생긴 기분이 들었다.

아빠는 신음을 내며 몸을 뒤집더니 납작한 누비이불 밑에서 몸을 바싹 웅크리며 베개에 대고 썩 듣기 좋지는 않은 소리를 웅얼거렸다. 나는 얼른 부엌으로 들어가 가장 큰 사발에 콘플레이크를 담았다. 그 위에 우유를 한가득 부으려는데 엄마가 경쾌하게 들어와 내 손에서 그릇을 낚아챘다.

"기다려라. 일요일 아침엔 온 가족이 함께 아침을 먹어야 해."

"하지만 배고파 죽겠어요!"

"다들 마찬가지야. 얼른 나가렴! 팬케이크를 만들 테니 넌 샤워를 해. 어서!"

샤워를 하면 다급한 허기가 사라진다는 말처럼 들렸다.

욕실로 향하면서 살펴보니 거실은 텅 비어 있었다. 접힌 이불이 의자 팔걸이에 놓여 있고 베개는 없었다. 혹시 내가 꿈이라도 꾼 걸까?

아침 식사 때 아빠는 도무지 소파에서 밤을 보낸 사람처럼 보이지 않았다. 눈 밑이 늘어지지도 않았고 턱에 수염도 없었다. 테니스용 반바지와 연보라색 폴로셔츠를 차려입었고 머리는 출근하는 날처럼 바싹 말라 있었다. 개인적으로 셔츠가 너무 여성스럽다고 생각했는데 엄마는 이렇게 말했다.

"오늘 아침에 참 멋지네요, 릭."

아빠는 미심쩍은 눈초리로 엄마를 보았다. 그때 할아버지가 들어오며 말했다.

"팻시, 집에 맛있는 냄새가 가득하구나! 잘 잤나, 릭! 잘 잤느냐, 브라이스."

할아버지는 자리에 앉아 무릎에 냅킨을 펼치며 나에게 윙크를 했다.

"리! 네! 타!"

엄마가 목청을 높였다.

"아! 침! 먹어라!"

누나는 찰싹 달라붙는 미니스커트에 통굽 구두를 신고 너구리로 변신한 듯한 눈두덩으로 나타났다. 엄마는 깜짝 놀랐지만 곧

숨을 깊게 마시고 말했다.

"잘 잤니, 리네타? 넌…… 넌…… 오늘 아침엔 친구들하고 교회에 가는 줄 알았는데."

"맞아요."

누나는 얼굴을 찡그리며 자리에 앉았다. 엄마는 팬케이크와 달걀 프라이, 해시 브라운(*감자를 채 썰어 납작하고 둥근 모양으로 튀긴 요리.)을 식탁으로 가져왔다. 아빠는 잠시 나무토막처럼 뻣뻣하게 앉아 있더니 결국 냅킨을 털고 옷깃 속으로 넣었다.

엄마가 자리에 앉으며 말했다.

"있잖아요. 이 상황을 해결할 방법을 찾아냈어요."

"어디 들어 볼까……."

할아버지는 이렇게 중얼거리다가 엄마가 노려보자 입을 꾹 다물었다.

"해결책은요……."

엄마는 자기 접시에 팬케이크를 담으며 말했다.

"베이커 가족을 저녁 식사에 초대하는 거예요."

아빠는 화들짝 놀랐다.

"뭐?"

누나가 물었다.

"전부 다요?"

내가 끼어들었다.

"진심이에요?"

하지만 할아버지는 달걀 프라이를 하나 더 담으며 말했다.

"그건 말이다, 팻시. 아주 멋진 생각이구나."

"고마워요, 아버지."

엄마는 웃음을 머금고 대답한 다음 리네타 누나와 나에게 말했다.

"물론 진심이야. 그리고 맞아, 줄리와 남자 애들도 오고 싶어 한다면 모두 초대할 거야."

누나의 목소리가 갈라졌다.

"무슨 뜻인지 알고 하는 말이에요?"

엄마는 냅킨을 무릎에 펼쳤다.

"이젠 알 것 같구나."

누나는 나에게 고개를 돌리며 말했다.

"저 가난뱅이 가족을 저녁 식사에 초대하겠대! 오, 이건 빅뉴스야! 설마 했던 일이야!"

아빠는 고개를 저으며 말했다.

"팻시, 이러는 의도가 뭐야? 어젯밤에 어리석게 군 건 인정해. 이런 식으로 계속 벌을 주려는 거야?"

"오래전에 했어야 하는 일이에요."

"팻시, 제발. 어제 그런 얘길 듣고 마음이 안 좋은 건 알겠어. 하지만 어색한 저녁 식사 따위로 바꿀 수 있는 건 없어!"

엄마는 팬케이크에 시럽을 골고루 뿌린 다음 시럽 뚜껑을 탕 닫고 손가락을 쪽 빨았다. 그리고 아빠에게 시선을 고정했다.

"우린 베이커 가족을 저녁 식사에 초대할 거예요."

더 이상 아무 말 말라는 뜻이었다. 아빠는 한숨을 푹 쉬더니 말했다.

"원하는 대로 해, 팻시. 왜 안 말렸냐는 말이나 하지 마."

아빠는 해시 브라운을 덥석 물고 웅얼거렸다.

"바비큐 파티로 할 거지?"

"아니에요, 릭. 앉아서 먹는 정찬이에요. 당신 고객들을 대접할 때처럼."

음식을 씹던 아빠는 동작을 멈추었다.

"설마 그 사람들이 옷을 잘 차려입을 거라고 기대하는 거야?"

엄마는 아빠를 노려보았다.

"내가 기대하는 건 당신이 내가 늘 생각해 왔던 모습대로 신사답게 행동하는 거예요."

아빠는 다시 감자에 집중했다. 엄마와 입씨름하느니 그쪽이 훨씬 안전했다.

리네타 누나는 달걀 프라이의 흰자를 싹 먹어 치웠고 팬케이크도 거의 다 먹었다. 물론 원래 그랬지만 킬킬거리며 게걸스레 먹는 모습을 보니 기분이 끝내주게 좋은 모양이었다.

할아버지는 평소보다 많이 먹었지만 무슨 생각을 하고 있는지 알 수가 없었다. 사람보다는 화강암에 가까운 모습으로 다시 변해 있었다. 나는 어땠냐고? 식사가 어색한 정도에서 그치지 않으리란 예감이 들기 시작했다. 말썽이 일어날 수도 있었다. 썩은 달걀이 무덤에서 되살아나 악취를 풍기며 내 머리 바로 위로 불쑥 솟아올랐다.

물론 할아버지는 그 일을 알고 있었지만 다른 가족들은 몰랐다. 저녁 식사 때 화제에 오르면 어떡하지? 나는 지지고 볶아도 충분치 않을 죽은 목숨이 될 것이다.

나중에 이를 닦으며 줄리를 매수할 생각을 해 보았다. 내 편으로 끌어들여서 달걀 이야기가 누구의 입에도 오르내리지 않도록 말이다. 아니면 어떻게든 저녁 식사를 절대 반대할 수도 있었다. 그래, 할 수 있을 것이다. 나는 동작을 멈추고 거울을 바라보았다. 이 겁쟁이는 대체 누구지? 나는 치약을 뱉고 다시 엄마를 찾아 나섰다.

"왜 그러니, 브라이스?"

엄마는 프라이팬을 닦으며 물었다.

"걱정스러운 얼굴이구나."

나는 아빠나 누나가 주변에 숨어 있는지 확인하고 또 확인한 다음 속삭였다.

"비밀 지켜 주실 거죠?"

엄마가 웃음을 터뜨렸다.

"무슨 얘기인지 알아야지."

나는 잠자코 기다렸다.

"대체……."

엄마는 이렇게 말하다가 내 얼굴을 보고 설거지를 중단했다.

"오, 정말 심각한 얘기구나. 왜, 무슨 일이니?"

내가 먼저 엄마에게 진실을 고백한 건 실로 오랜만이었다. 이 제는 그럴 필요가 없는 것 같았다. 문제에 직접 대처할 줄 알게 되었으니까. 적어도 지금까지는 그렇게 생각했다. 엄마는 내 팔에 손을 얹고 말했다.

"브라이스, 말해 봐. 무슨 일이니?"

나는 조리대로 폴짝 뛰어 앉은 다음 숨을 깊게 들이마시고 이 야기를 꺼냈다.

"줄리의 달걀 얘기예요."

"줄리의…… 달걀?"

"네. 살모넬라균 때문에 법석을 떨었던 거 기억나시죠?"

"꽤 오래전 일이지만 분명히……."

"그게 엄마가 모르는 사실인데 줄리는 그때 한 번만 달걀을 가져온 게 아니에요. 거의…… 매주 가져왔어요."

"그랬니? 난 왜 몰랐지?"

"그게, 줄리한테 달걀이 싫다고 왜 말하지 못했냐고 아빠가 저한테 화내실까 봐 무서웠어요. 그래서 중간에 달걀을 가로챘어요. 줄리가 오는 모습이 보이면 초인종을 누르기 전에 얼른 달걀을 받아서 줄리가 왔다는 걸 누군가 눈치채기 전에 쓰레기통에 버렸어요."

"어머, 브라이스!"

"좀 지나면 달걀을 그만 줄 거라고 생각했어요! 그 바보 같은 닭은 대체 언제까지 알을 낳는 거죠?"

"그런데 결국 그만뒀구나?"

"네. 지난주부터요. 밖에 있는 큰 쓰레기통에 달걀 상자를 버리는 걸 줄리한테 들켰거든요."

"오, 맙소사."

"네, 알아요."

"그래서 줄리에게 뭐라고 했니?"

나는 고개를 숙이고 웅얼거렸다.

"줄리네 집 뜰이 지저분해서 우리 가족은 살모넬라균 때문에 식중독에 걸릴까 봐 걱정한다고 말했어요. 줄리는 울면서 뛰어갔는데 그 후로 갑자기 뜰을 손질하더라고요."

"오, 브라이스!"

"네, 알아요."

엄마는 잠시 숨소리도 들리지 않을 만큼 조용히 있었다. 그러다 매우 부드럽게 말했다.

"솔직히 말해 줘서 고맙구나, 브라이스. 네 말을 들으니 잘 알겠어."

엄마는 고개를 저으며 말했다.

"그 집 식구들이 우리를 어떻게 생각할지를."

엄마는 다시 프라이팬을 닦기 시작했다.

"궁금해할까 봐 하는 말인데 그 가족을 더더욱 저녁 식사에 초대해야겠단 생각이 드는구나."

내가 나직하게 말했다.

"달걀 얘기, 비밀로 해 주실 거죠, 네? 그러니까 할아버지는 줄리에게 들어서 알고 계시지만 이 얘기가 아빠 귀에 들어가는 건 싫어요."

엄마는 잠시 나를 유심히 바라보더니 말했다.

"이 일로 깨달은 게 있다면."

"물론이에요, 엄마."

"그럼 알았다."

나는 마음이 놓여서 한숨을 푹 내쉬었다.

"고마워요."

"참, 브라이스?"

"네?"

"엄마한테 말해 줘서 얼마나 기쁜지 몰라."

엄마는 내 뺨에 입을 맞추고 웃으며 말했다.

"그건 그렇고 오늘 잔디를 깎기로 하지 않았니?"

"맞아요."

나는 이렇게 대답하고 잔디를 깎으러 나갔다.

그날 저녁 엄마는 금요일 밤 여섯 시에 베이커 가족이 올 거라고 발표했다. 메뉴는 연어찜, 게살 리소토, 신선한 채소찜이었다. 누구도 은근슬쩍 빠져서는 안 된다고 했다. 아빠는 정말 초대할 거라면 자신도 할 일이 있도록 바비큐가 훨씬 나을 거라고 투덜거렸다. 그러나 엄마가 단호한 눈빛으로 쏘아보자 입을 다물었다.

이렇게 베이커 가족과의 저녁 식사가 결정되었다. 그러자 학교에서 줄리를 보기가 평소보다 훨씬 거북했다. 줄리가 식사 초대에 관해 야단스럽게 떠들어 대거나 손을 흔들거나 윙크 따위를 한 탓은 아니었다. 오히려 줄리는 다시 나를 피하고 있었다. 우연히 마주치면 어쩔 수 없이 인사했지만, 내가 고개만 돌리면 시야에 들어왔던 예전과는 달리 도무지 모습을 찾아볼 수가 없었다. 뒷문으로 슬쩍 나가 길을 빙 둘러 교정을 빠져나간 게 분명했다.

나는 수업 시간이면 무심결에 줄리를 바라보았다. 선생님은 설명을 하고 있었고 아이들은 모두 앞을 바라보았다…… 나만 빼고. 내 눈은 자꾸만 줄리 쪽으로 쏠렸다. 묘한 일이었다. 분명 선생님의 말에 귀를 기울이고 있었는데 어느새 집중력이 흩어지며 줄리에게 눈이 돌아갔다.

수요일 수학 시간이 되어서야 내 증상을 깨달았다. 어깨 뒤로 머리카락을 넘긴 채 고개를 한쪽으로 기울인 모습이 신문에 실린 사진과 매우 비슷했다. 똑같지는 않았다. 각도가 달랐고 바람에 머리칼이 흩날리지 않았으니까. 하지만 그 사진과 비슷했다. 아주 비슷했다.

그 생각을 하니 가슴이 서늘했다. 궁금했다. 줄리는 무슨 생각을 하고 있을까? 파생어가 정말 그렇게도 재미있나?

그런데 달라 트레슬러에게 덜미를 잡히고 말았다. 달라는 세상에서 가장 사악한 미소를 지었다. 얼른 조치를 취하지 않으면 소문이 들불처럼 번질 게 뻔했다. 그래서 나는 달라에게 눈을 흘기며 속삭였다.

"바보야, 저 애 머리에 벌이 앉았잖아."

그리고 '저기 보이지?'라고 말하듯이 허공을 가리켰다. 달라는 벌을 찾으려고 고개를 휙휙 돌렸고 나는 그날 남은 시간 동안에 정신을 수습했다. 무슨 일이 있어도 달라 트레슬러 같은 부류의 입에 오르내리고 싶진 않았다.

그날 밤 숙제를 하다가 내 생각이 틀렸다는 걸 스스로 증명하기 위해 쓰레기통에서 신문을 꺼냈다. 그리고 신문을 확 뒤집으며 중얼거렸다. 그건 사실 왜곡이야, 내 상상일 뿐이야, 줄리의 모습은 이것과 똑같지 않았어…….

하지만 똑같았다. 수학 시간에 두 줄 옆, 한 줄 앞에 앉았던 그 소녀가 신문 지면에서 빛나고 있었다.

리네타 누나가 불쑥 들어왔다.

"연필깎이 좀 줘 봐."

나는 신문을 올려 둔 바인더를 탁 덮으며 말했다.

"노크 좀 해!"

누나가 성큼성큼 다가왔고 신문지가 바인더에서 삐죽 튀어나와 있었기 때문에 나는 바인더를 최대한 빨리 가방에 쑤셔 넣었다.

"뭘 숨기는 거니, 햇병아리야?"

"아무것도 아니야. 그리고 그렇게 좀 부르지 마! 이젠 내 방에 불쑥 쳐들어오지도 말고!"

"연필깎이 내놓으면 흔적도 없이 사라져 주지."

누나는 손을 내밀었다. 나는 서랍에서 연필깎이를 꺼내 누나에게 던졌고 누나는 말한 대로 사라져 버렸다. 그러나 2초 후에 엄마가 나를 불러 댔고 그 후에는 신문이 바인더 속에 있다는 사실을 까맣게 잊고 말았다.

다음날 1교시 수업이 시작될 때까지는 그랬단 얘기다. 맙소사! 그걸 어떻게 처리해야 했을까? 일어나서 던져 버릴 수는 없었다. 개럿이 바로 옆에 있었고 게다가 달라 트레슬러도 그 수업을 들었다. 나는 달라가 변덕스러운 벌을 찾으며 나를 감시하고 있다는 것을 알 수 있었다. 달라가 낌새를 채면 벌침에 쏘이는 건 바로 내가 될 것이다.

그때 개럿이 손을 내밀어 종이를 한 장 찢어 가려고 했다. 하루에 열댓 번도 더 하는 행동이었지만 나는 혼비백산하며 개럿의 손을 찰싹 때렸다.

"야!"

개럿이 말했다.

"왜 그래?"

"미안."

나는 개럿이 신문이 아니라 괘선지를 가져가려 했음을 깨닫고 말했다.

"야, 너 요새 유난히 멍해 보이더라? 누가 그런 말 안 해?"

개럿은 내 바인더에서 종이를 뜯다가 신문 귀퉁이를 발견했다. 나를 쳐다보더니 내가 말릴 틈도 없이 신문을 홱 빼냈다. 와락 달려들어 손에서 신문을 낚아채려 했지만 이미 늦은 후였다. 개럿이 줄리의 사진을 보고 만 것이다.

개럿이 뭐라 말하기 전에 나는 얼굴을 바싹 들이대고 말했다.

"입 닥쳐, 알았지? 네가 생각하는 그런 거 아니야."

"워워, 긴장 좀 풀어, 응? 난 아무 생각도 안 했어……."

하지만 개럿의 머릿속에서 작은 톱니바퀴가 재깍재깍 돌아가는 소리가 들렸다. 개럿은 능글거리며 말했다.

"왜 줄리 베이커의 사진을 갖고 다니는지 그럴 만한 이유가 있겠지."

개럿의 말투에 가슴이 철렁했다. 반 전체 앞에서 나를 웃음거리로 만들 궁리를 하는 것만 같았다. 나는 몸을 숙이며 말했다.

"입 다물어라, 응?"

선생님은 조용히 하라는 뜻으로 교탁을 쾅 내리쳤지만 개럿은 여전히 나를 보고 능글맞게 웃거나 내 바인더를 향해 보란 듯이 눈썹을 실룩거렸다. 수업이 끝난 후 달라는 침착하게 다른 일에 몰두하는 척했지만 실은 내가 있는 쪽으로 레이더를 바짝 세웠다. 사실상 하루 종일 그림자처럼 나를 따라다녀서 개럿에게 사정을 설명할 기회가 전혀 없었다.

기회가 있다고 해도 뭐라고 말하지? 누나에게서 숨기느라 신문을 바인더 속에 넣었다고? 그럼 도움이 될 것 같았다. 게다가 변변찮은 거짓말을 꾸며 내고 싶지는 않았다. 실은 개럿과 이야기하고 싶어 안달이 났다. 개럿은 내 친구였고 지난 몇 달 동안 일어났던 많은 일들이 나를 짓누르고 있었다. 개럿에게 털어놓으면 제정신을 차리도록 도와줄 것 같았다. 골치 아픈 생각을 떨치고 싶을 때는 개럿이 정답이었다. 개럿은 그 방면의 전문가였다.

다행히 사회 시간에 우리는 유명한 역사적 인물에 관한 보고서를 쓰기 위해 도서관에 자료 조사를 하러 갔다. 달라와 줄리도 그 수업을 들었지만 나는 두 사람에게 들키지 않고 가까스로 개럿을 도서관 안쪽 구석으로 끌고 갔다. 둘만 있게 되자 나는 개럿에게 닭 얘기부터 꺼냈다.

개럿은 머리를 흔들며 말했다.

"야! 지금 무슨 얘길 하는 거야?"

"그 집에 가서 울타리 너머로 봤었잖아?"

"6학년 때 말이야?"

"그래. 암탉도 구별 못한다고 날 무시했던 거 기억나지?"

개럿은 눈알을 굴렸다.

"이번엔 안 돼……."

"참 나, 닭에 대해서는 쥐뿔도 모르는 주제에. 내 목숨을 네 손에 맡겼는데 넌 날 야수들 사이로 내던졌어."

이렇게 나는 아빠와 달걀과 살모넬라균에 대해서 그리고 2년 가까이 달걀을 가로채서 버린 일에 대해서 말해 주었다. 개럿은 어깨를 으쓱하며 대답했다.

"그럴 수도 있지."

"근데 들키고 말았어!"

"누구한테?"

"줄리 말이야!"

"워워, 설마!"

나는 줄리에게 한 말과 그 후 거의 곧바로 줄리가 앞뜰에 나와 잡초와 씨름했다는 얘기를 들려주었다.

"그게 뭐? 그 집 뜰이 엉망진창인 게 네 잘못은 아니잖아."

"근데 나중에 알고 보니까 자기 집도 아니었어. 줄리네 아빠가 지적 장애인인 동생을 돌봐야 해서 생활이 빠듯했던 거야."

개럿은 정말 얼간이처럼 히죽거리며 말했다.

"지적 장애? 아, 역시 그런 이유가 있었군."

나는 내 귀를 의심했다.

"뭐?"

개럿은 여전히 히죽대는 얼굴로 말했다.

"알잖아. 줄리 말이야."

심장이 쿵쾅거렸고 주먹은 불끈거렸다. 문제를 회피하며 사는 방법을 터득한 후 처음으로 누군가를 때려눕히고 싶다는 생각이 들었다.

하지만 여긴 도서관이었다. 게다가 그런 말을 했다고 개럿을 때려눕히면 개럿은 사방팔방 돌아다니며 내가 줄리 베이커에게 홀딱 반했다고 떠벌일 것이다. 난 줄리 베이커에게 홀딱 반한 게 아닌데!

그래서 나도 따라 웃으며 "어, 그래."라고 대답한 뒤 개럿이 없는 곳으로 가고 싶어 핑계를 댔다.

학교가 파한 뒤 개럿은 자기 집에 가서 같이 놀자고 했지만 그럴 생각은 눈곱만큼도 없었다. 개럿의 얼굴에 주먹을 날리고 싶은 마음이 여전했다. 그 기분을 떨쳐 버리자고 되뇌었지만 개럿에게 화가 나서 속이 부글부글 끓어올랐다. 개럿은 선을 넘은 것이다. 그것도 너무 많이 넘어선 것이다.

이 상황을 도저히 웃어넘길 수 없었던 까닭은 개럿과 나란히, 다른 쪽에서도 선을 넘은 사람을 발견했기 때문이었다. 바로 우리 아빠였다.

줄리아나

데이비드 삼촌

우리 집의 일요일 아침은 평화로웠다. 아빠는 마음껏 늦잠을 잤다. 엄마는 아침 식사를 차리지 않았다. 오빠들이 전날 밤 밴드와 늦도록 어울렸다면 점심이 될 때까지 있는지도 모를 정도다.

대개 나는 모두가 자는 동안 살금살금 밖으로 나와 달걀을 거두었다. 그런 다음 몰래 시리얼 그릇을 들고 방으로 가 침대에서 아침을 먹으며 책을 읽었다.

그러나 그 일요일 아침엔 거의 밤새도록 초조함과 혼란함을 오간 탓에 눈을 뜨니 몸을 많이 움직여야겠다는 생각이 들었다. 아직 남은 혼란을 떨쳐 버릴 수 있도록 말이다.

정말 하고 싶었던 건 내 플라타너스 나무 위로 높이 올라가는 것이었지만 대신 잔디에 물을 주며 생각을 다른 곳으로 돌려 보기로 했다. 수도꼭지를 비틀고 흙에 물을 뿌리며 기름져 보이는 검은 흙을 흐뭇하게 바라보았다. 흙 속에 숨은 씨앗들에게 어서 싹 터서 떠오르는 해와 인사하라고 살살 달래며 이런저런 얘기를 하고 있는데 아빠가 밖으로 나왔다. 샤워를 한 뒤라 머리카락이 축축했고 손에는 입구를 동여맨 큰 종이 봉지를 들고 있었다.

"아빠! 깨웠다면 미안해요."

"너 때문이 아니야, 줄리. 일어난 지 좀 됐다."

"오늘 일하러 가시는 건 아니죠?

"아니야, 오늘은……."

아빠는 내 얼굴을 물끄러미 바라보다가 말했다.

"데이비드를 만나러 갈 거야."

"데이비드 삼촌요?"

아빠는 트럭 쪽으로 걸음을 옮기며 말했다.

"그래. 아마…… 정오쯤엔 돌아올 거다."

"하지만 아빠, 왜 오늘이에요? 일요일이잖아요."

"아빠도 알아. 하지만 오늘은 특별한 일요일이야."

나는 수도꼭지를 잠갔다.

"왜요?"

"데이비드의 마흔 번째 생일이거든. 만나서 선물을 전해 주고 싶구나."

아빠는 종이 봉지를 들어 올리며 말했다.

"걱정 마라. 점심으로 팬케이크를 뚝딱 만들어 줄게, 알았지?"

"저도 갈래요."

나는 호스를 옆으로 내던졌다. 실은 옷도 제대로 입지 않은 상태였다. 스웨터를 걸쳤고 양말도 없이 운동화만 신고 있었다. 하지만 결심은 확고했다. 아빠를 따라갈 것이다.

"집에서 엄마랑 아침을 보내는 게 어떨까? 엄마가 분명……."

나는 트럭 조수석으로 향하며 말했다.

"같이 가요."

그런 다음 트럭에 올라타고 문을 쾅 닫았다.

"하지만……."

아빠는 운전석 문틈으로 말했다.

"같이 가자고요, 아빠."

아빠는 잠시 나를 빤히 바라보다가 "그러자."라고 말한 다음 종이 봉지를 좌석에 내려놓았다.

"엄마한테 쪽지 좀 써 두고 올게."

아빠가 집에 들어갔고 나는 안전띠를 매며 잘한 일이라고 중얼거렸다. 오래전에 진작 했어야 하는 일이었다. 데이비드 삼촌은 가족의 일부, 아빠의 일부, 나의 일부였다. 이젠 삼촌을 알아야 할 때였다.

나는 옆에 놓인 종이 봉지를 빤히 바라보았다. 아빠는 마흔 번째 생일을 맞이한 동생에게 어떤 선물을 준비했을까? 종이 봉지를 들어 보았다. 그림은 아니었다. 그림이라기엔 너무 가벼웠다. 게다가 봉지를 흔들어 보니 정체 모를 달각달각 소리가 희미하게 들렸다.

입구를 풀어 봉지 속을 들여다보려는 순간 아빠가 현관문으로 나왔다. 나는 봉지를 내려놓고 허리를 폈다. 아빠가 운전대 앞에 앉자 아빠에게 물었다.

"제가 같이 가도 되죠?"

아빠는 트럭 열쇠를 꽂으며 나를 가만히 바라보았다.

"삼촌이랑 보낼 시간을 제가 망치는 건 아니죠?"

아빠는 시동을 걸며 말했다.

"아니, 줄리. 네가 가 주니 기쁘구나."

그린헤이븐으로 가는 동안 우리는 대화를 별로 나누지 않았다. 아빠는 경치를 구경하고 싶어 하는 것 같았고 나는 질문이 잔뜩 있었지만 묻고 싶지 않았다. 그래도 아빠와 같이 차를 타고 달리니 기분이 좋았다. 말로는 설명할 수 없는 방식으로 침묵이 우리 둘을 이어 주는 느낌이었다.

그린헤이븐에 도착하자 아빠는 트럭을 세웠지만 곧바로 내리지는 않았다.

"익숙해지려면 시간이 걸릴 거다, 줄리아나. 하지만 분명 네 마음에 들 거야. 사람들이 마음에 들 거다. 모두 좋은 사람들이거든."

나는 고개를 끄덕였지만 묘하게도 두려웠다.

"그럼 가 볼까."

아빠는 좌석에서 봉지를 꺼내 들었다.

"들어가자."

그린헤이븐은 병원처럼 보이진 않았지만 집처럼 보이지도 않았다. 집이라고 하기엔 너무 긴 직사각형 건물이었다. 빛바랜 녹색 차양이 건물로 들어가는 보도를 덮고 있었고 그 길을 따라 자리 잡은 꽃밭에는 이제 갓 심은 팬지가 피었는데 흙투성이에다 약간 기울어져 있었다. 잔디는 드문드문 돋았고 건물 근처 잔디밭에는 깊은 구덩이 세 개가 파여 있었다. 아빠가 말했다.

"여기 사는 사람들이 땅을 돌본단다. 직업 훈련 프로그램의 일환이지. 치료를 위한 것이기도 하고. 저 구덩이는 앞으로 복숭아나무, 자두나무, 배나무를 심을 곳이란다."

"과일나무요?"

"그래. 투표를 하느라 꽤 시끄러웠지."

"여기…… 사는 사람들이 투표를요?"

"그렇단다."

아빠는 이중 유리문의 한쪽을 열며 말했다.

"어서 들어오렴."

건물 안은 시원했다. 소나무향 세제와 표백제 냄새 틈으로 알싸한 향이 코를 찔렀다. 접수대나 대기실은 없었고 흰 벽을 따라 좁은 나무 벤치가 놓인 넓은 교차로뿐이었다. 왼쪽에는 텔레비전과 플라스틱 의자가 몇 줄 늘어선 큰 방이 있었고 오른쪽에는 문이 열린 사무실이 몇 개 있었다. 우리 옆에는 큰 소나무 옷장이 두 개 있었다. 그중 하나는 문이 열려 있어서 회색 스웨터 십여 벌이 깔끔하게 한 줄로 걸려 있는 모습이 보였다.

"어서 와요, 로버트!"

어느 사무실 문으로 여자의 목소리가 들렸다.

"안녕하세요, 조시."

아빠가 대답했다. 조시라는 여자가 나와 우리를 맞이하며 말했다.

"데이비드는 진작 일어나서 돌아다니고 있답니다. 여섯 시쯤 일어난 거 있죠. 메이벨이 그러는데 오늘이 데이비드 생일이라면서요?"

"이번에도 맞췄군요."

아빠는 나에게 고개를 돌리며 미소를 지었다.

"조시, 여긴 제 딸 줄리아나예요. 줄리나아, 조시 그루엔마커 씨란다."

"어머, 반가워라."

조시 아주머니는 이렇게 말하며 내 손을 꼭 잡았다.

"데이비드의 사진첩에서 네 사진을 봤단다. 이제 곧 중학교 졸업하고 고등학교에 올라가지?"

나는 눈을 깜빡거리다가 아빠를 보았다. 삼촌이 내 사진을 갖고 있을 줄은 꿈에도 몰랐는데 그런 모양이었다.

"네, 아…… 아마도요."

"조시는 이곳을 관리하신단다."

"그리고……."

조시 아주머니는 웃으며 아빠 말에 덧붙였다.

"난 졸업 따윈 하지 않아! 십칠 년 동안 이곳에만 있었는데 지금도 마찬가지지."

전화벨이 울렸고 조시 아주머니는 사무실로 뛰어가며 말했다.

"전화 받아야겠네. 좀 있다 또 만나자. 휴게실을 살펴보고 거기에 없으면 방으로 가요. 방에는 있을 거예요."

아빠는 나를 데리고 모퉁이를 돌았다. 복도를 걸어가니 정체 모를 알싸한 냄새가 점점 강해졌다. 마치 이곳에 '정체불명 오줌 싸개'들이 오랫동안 살았는데 누구도 그 체취를 누그러뜨리지 못한 것만 같았다.

복도에는 몸집이 작은 사람이 휠체어에 웅크리고 앉아 있었다. 처음에는 어린 아이인 줄 알았는데 가까이 가 보니 성인 여자였다. 머리카락이 거의 없었고 이가 다 빠진 입을 벙긋이 벌리며 아빠를 향해 웃음지었다. 그리고 아빠의 손을 잡고 말을 걸었다.

심장이 철렁했다. 그 여자의 목소리는 꽉 막힌 듯했고 발음도 분명치 않았다. 무슨 말을 하는지 조금도 알아들을 수가 없었다. 그런데도 우리 아빠를 열심히 바라보며 이야기를 했다. 아빠가 당연히 말을 모두 알아들을 거라는 듯 열심이었다.

정말 놀랍게도 아빠는 이렇게 말했다.

"정확히 맞추셨어요, 메이벨. 오늘입니다. 그래서 제가 여기에 온 거예요."

아빠는 종이 봉지를 들어 올리며 속삭였다.

"작은 선물도 가져왔답니다."

메이벨이 말했다.

"죠오오아. 어찌 아라누?"

메이벨은 아빠에게 꾸르륵댔고 마침내 아빠는 메이벨의 손을 가볍게 두드리며 말했다.

"사실 너무 뻔한 선물이죠. 하지만 그 애가 좋아하는 것들이 니……."

아빠는 메이벨의 시선이 내 쪽을 향하는 걸 깨달았다. 메이벨이 물었다.

"누그?"

"제 딸 줄리아나예요. 줄리아나, 이 비범한 여성분은 메이벨이 란다. 사람들의 생일을 빠짐없이 기억하시는 데다 딸기 밀크셰이크라면 자다가도 벌떡 일어나시지."

나는 애써 웃으며 낮은 목소리로 말했다.

"만나 뵙게 되어 반갑습니다."

하지만 돌아오는 건 미심쩍은 듯 찡그린 얼굴이었다.

"자, 이젠 데이비드에게 가 봐야겠어요."

아빠는 이렇게 말한 다음 종이 봉지를 흔들었다.

"혹시 데이비드를 만나시더라도 비밀은 지켜 주세요."

나는 아빠를 따라 어느 방 앞으로 갔다. 아빠는 걸음을 멈추고 외쳤다.

"데이비드? 데이비드, 로버트 형이야."

한 남자가 문간에 나타났다. 아빠의 동생이라고는 믿기지 않는 모습이었다. 땅딸막한 몸에 갈색 뿔테 안경을 썼고 창백한 얼굴은 부어 있었다. 하지만 그 남자는 아빠의 몸을 와락 끌어안으며 외쳤다.

"노버트! 와따!"

"그래, 형이 왔어."

나는 둘을 따라 방으로 들어갔다. 벽은 따닥따닥 붙은 퍼즐 천지였다. 벽은 물론 천장까지 행진이 이어졌다! 아늑하고 편안했으며 흥미로웠다. 퀼트로 만든 동굴에 들어온 기분이었다. 아빠는 삼촌을 바싹 끌어당기며 말했다.

"누가 같이 왔는지 봐!"

데이비드 삼촌은 순식간에 겁에 질린 표정을 지었다. 아빠가 얼른 말했다.

"내 딸 줄리아나야."

삼촌의 얼굴이 활짝 밝아졌다.

"주, 리, 아, 나!"

삼촌이 이렇게 외치고 나를 와락 끌어안는 바람에 다리가 휘

청거렸다. 숨이 막혀 죽을 것만 같았다. 삼촌은 공기가 들어갈 틈도 없이 내 얼굴을 꽉 끌어안고서 이리저리 흔들었다. 그러다 킬킬대며 팔을 풀고 의자에 털썩 주저앉았다.

"내 생이리야!"

"알아요, 삼촌. 생신 축하드려요!"

삼촌은 다시 킬킬 웃었다.

"고마우어!"

"선물 가져왔어."

아빠가 종이 봉지를 열며 말했다. 아빠가 선물을 꺼내기도 전에, 직접 보기도 전에, 트럭에서 봉지를 흔들었을 때 났던 소리가 기억났다. 그랬구나! 당연히 퍼즐이었다.

데이비드 삼촌도 알아차렸다.

"퍼어어즐?"

"퍼즐만 있는 건 아니야."

아빠는 봉지에서 퍼즐을 꺼내며 말했다.

"퍼즐과 바람개비야."

예쁜 파란색 종이로 포장된 퍼즐 상자에는 빨간색과 노란색 날개가 달린 바람개비가 리본처럼 테이프로 붙어 있었다. 데이비드 삼촌은 잽싸게 바람개비를 뜯어내고 입김을 불었다. 처음에는 부드럽게, 그 다음엔 침을 마구 튀기며 푸푸 세게 불었다.

"오엔지!"

삼촌은 입김을 불며 외쳤다.

"오엔지!"

아빠는 삼촌의 손에서 아주 부드럽게 바람개비를 빼내며 미소

지었다.

"빨간색과 노란색이 합쳐지니까 오렌지색이 되지?"

삼촌은 바람개비를 다시 움켜쥐려고 했지만 아빠가 말했다.

"나중에 밖에 가지고 나가자. 바람이 너 대신 입김을 불어 줄 거야."

아빠는 삼촌의 손에 퍼즐 상자를 안겼다. 갈기갈기 찢어진 포장지가 바닥에 떨어졌고 나는 아빠가 어떤 퍼즐을 가져왔는지 보려고 몸을 기울이다가 깜짝 놀랐다. 삼천 조각짜리 퍼즐이었다! 그리고 퍼즐 그림은 흰 구름과 파란 하늘뿐이었다. 나무도 그림자도 없었다. 구름과 하늘뿐이었다.

아빠는 천장 한가운데를 가리켰다.

"저기 붙이면 딱 좋을 것 같았어."

데이비드 삼촌은 천장을 쳐다보고 고개를 끄덕인 다음 바람개비를 잡으려고 달려들며 말했다.

"바께?"

"물론이지. 밖에 나가서 산책하자. 맥엘리엇에 가서 생일 아이스크림 먹을까?"

데이비드 삼촌은 고개를 마구 끄덕였다.

"이야!"

우리는 조시 아주머니를 통해 외출 절차를 밟은 뒤 거리로 나섰다. 데이비드 삼촌은 빨리 걷지 못했다. 삼촌의 몸은 앞쪽이 아니라 안쪽으로 움직이려는 것 같았다. 안짱다리에다 어깨가 잔뜩 굽었고 아빠에게 몸을 무겁게 기대고 걷는 것 같았다. 하지만 그렇게 걸어가는 동안에도 삼촌은 바람개비를 앞으로 내밀고 빙글

빙글 도는 모습을 지켜보며 가끔씩 소리쳤다.

"오엔지, 오엔지!"

알고 보니 맥엘리엇은 아이스크림 가게가 있는 약국이었다. 아이스크림 가게의 카운터 위에는 빨간색과 흰색으로 줄무늬가 진 차양이 걸렸고 역시 빨간색과 흰색 줄무늬가 있는 벽지 앞에 작고 흰 탁자와 의자가 몇 개 있었다. 아이스크림 가게가 약국 안에 있으니 분위기가 더욱 흥겨웠다.

아빠는 아이스크림콘 세 개를 샀다. 자리에 앉자 삼촌은 아빠와 간단히 말을 주고받았지만 대화에는 관심이 없었고 소용돌이 모양의 초콜릿 퍼지 아이스크림에 몰두하고 싶은 눈치였다. 아빠는 이따금씩 나를 보고 웃었고 나도 마주 웃었지만 머릿속이 복잡했다. 아빠와 삼촌은 얼마나 자주 여기에 앉아 아이스크림을 먹었을까? 아빠는 얼마나 오랫동안 동생의 생일을 이런 식으로 축하했을까? 메이벨과 조시와 그린헤이븐 사람들과 안 지는 얼마나 되었을까? 나는 어쩜 그 오랜 세월 동안 삼촌을 만나지도 않았을까? 아빠는 내가 모르는 비밀스런 생활을 해 왔던 것 같다. 내가 모르는 완벽한 가족과 함께 말이다.

마음이 불편했다. 이해가 되지 않았다. 이런 생각에 깊이 빠져 있을 때 데이비드 삼촌이 콘을 세게 쥐는 바람에 아이스크림이 탁자 위로 뚝 떨어졌다.

아빠가 말릴 틈도 없이 데이비드 삼촌은 아이스크림을 집어 다시 콘 속으로 집어넣으려고 했다. 하지만 콘은 부서졌고 아이스크림은 다시 떨어지고 말았다. 이번에는 가게 바닥이었다. 아빠가 말했다.

"내버려 둬, 데이비드. 새로 사 올게."

하지만 삼촌은 말을 듣지 않았다. 의자를 홱 밀어젖히고 아이스크림을 향해 넙죽 엎드렸다.

"안 돼, 데이비드! 새 거 사 올게!"

아빠는 삼촌의 팔을 잡아당겼지만 삼촌은 꿈쩍도 하지 않았다. 아이스크림을 움켜쥐고 남은 콘 조각 속으로 밀어 넣으려고 했다. 하지만 콘 아랫부분마저 바사삭 부서졌고 삼촌은 괴성을 지르기 시작했다.

끔찍했다. 삼촌은 90킬로그램이 넘는 어린애처럼 바닥에 주저앉아 짜증을 부렸다. 내가 들을 수 없는 말로 소리를 질렀고 잠시 삼촌을 달래 보려던 아빠는 나에게 말했다.

"줄리아나, 아이스크림 하나 더 갖다줄래?"

카운터 뒤에 있던 남자는 허둥지둥 아이스크림을 퍼 주었지만 그 짧은 사이에 데이비드 삼촌은 몸을 버둥거리며 탁자 하나와 의자 두 개를 뒤엎고 사방에 초콜릿 자국을 남겼다. 계산원들과 계산대에 있던 손님들은 공포로 얼어붙은 표정이었다. 데이비드 삼촌이 세상을 파괴하러 나선 괴물이라도 되는 것처럼 굴었다.

아빠에게 새 아이스크림을 건네자 아빠는 그걸 바닥에 앉은 삼촌의 손에 쥐어 주었다. 삼촌이 바닥에 주저앉아 아이스크림을 먹는 동안 아빠와 나는 주변 물건을 모두 제자리로 옮기고 초콜릿 자국을 닦아 냈다.

그린헤이븐으로 돌아가는 길에 데이비드 삼촌은 아무 일도 없었던 듯 태평했다. 바람개비를 힘껏 불며 이따금씩 "오엔지!" 하고 외쳤다. 하지만 아빠가 건물 현관문을 열었을 때 나는 데이비드 삼촌이 피곤해한다는 걸 알 수 있었다.

방으로 돌아간 삼촌은 바람개비를 침대에 놓고 퍼즐 상자를 들었다. 아빠가 물었다.

"퍼즐 맞추기 전에 좀 쉬는 게 어떨까?"

삼촌은 고개를 저었다.

"아아니."

"그래, 그럼. 형이 준비해 줄게."

아빠는 침대 밑에서 카드놀이용 탁자를 꺼내 다리를 하나씩 폈다. 탁자를 침대 근처의 벽에 대고 의자를 가까이 옮긴 다음 말했다.

"자, 됐어. 준비 완료."

삼촌은 퍼즐 상자를 열고 벌써부터 퍼즐 조각을 샅샅이 살펴보고 있었다.

"저어어엉말 조아아아, 노버트."

"맘에 든다니 다행이다. 수요일까지는 맞출 수 있지? 그때 다시 와서 네가 원하면 천장에 붙여 줄게."

삼촌은 고개를 끄덕였지만 이미 퍼즐에 정신이 팔려 퍼즐 조각을 탁자에 신중하게 늘어놓고 있었다. 아빠는 삼촌의 어깨에 손을 올리고 말했다.

"그럼 수요일에 올게, 알았지?"

삼촌은 고개를 주억거렸다.

"줄리아나한테도 작별 인사해야지?"

"아아아아녀엉."

삼촌은 퍼즐 상자에서 눈도 들지 않고 말했다.

"또 만나요, 데이비드 삼촌."

명랑한 척 말했지만 실은 기분이 좋지 않았다. 트럭에 탄 후 아빠가 안전띠를 매며 말했다.

"자."

나는 아빠를 가만히 바라보며 애써 웃음을 지었다. 아빠가 말했다.

"너도 아빠만큼이나 피곤하지?"

나는 고개를 끄덕였다.

"다 좋았어요. 아이스크림만 빼면."

아빠가 싱긋 웃었다.

"아이스크림만 빼면."

그러더니 진지한 얼굴로 말했다.

"문제는 '아이스크림'이 다음번엔 뭐가 될지 모른다는 거야. 어느 때는 방 안을 날아다니는 파리지. 어느 때는 양말이고. 모든 걸 예측하기란 어려운 일이야. 아이스크림이면 그나마 안심이지."

아빠는 고개를 저으며 두 눈을 감고 내가 헤아릴 수 없는 생각에 잠겼다. 마침내 아빠는 시동을 걸며 말했다.

"데이비드는 얼마 동안 네 엄마랑 나와 함께 살았단다. 너희들이 태어나기 전이지. 이런 시설에 있는 편보다 우리와 함께 사는 게 낫다고 생각했어. 하지만 현실은 그렇지가 않았어."

"하지만 전반적으로는 즐거운 시간이었어요······."

아빠는 후진 기어를 넣었다.

"데이비드에겐 정서적으로나 신체적으로 채워 줘야 할 욕구가 아주아주 많단다. 네 엄마나 내가 다 감당할 수 없었지. 다행히도 여기에서는 잘 지내고 있어. 제 몸을 돌보는 법을 배우는 프로그램도 있고. 옷을 입고 목욕하고 이를 닦는 법, 다른 사람들이 있을 때 대처하고 대화하는 법 같은 거 말이야. 소풍도 빠짐없이 나가고 어느 의사의 우편물 발송도 맡았단다."

"정말요?"

"평일엔 아침마다 그 의사의 진료실에서 우편물을 접어 봉투에 넣는 일을 하지. 그린헤이븐은 데이비드에게 아주 좋은 곳이야. 개별적인 관심을 아주 많이 받는단다. 자기 방도 있고 친구들도 있고 자기만의 삶이 있지."

잠시 후 내가 말했다.

"하지만 삼촌도 우리 가족이잖아요, 아빠. 그동안 한 번도 우리 집에 초대하지 않은 건 옳지 못해요. 크리스마스나 추수감사절에도 초대하지 않았잖아요!"

"데이비드가 원치 않는단다, 줄리아나. 한 번은 엄마랑 내가 고집을 부려 추수감사절을 함께 보냈는데 상상할 수 없을 만큼 끔찍했지. 데이비드는 자동차 창문을 깨 버렸어. 그 정도로 혼란스러워 했지."

"하지만…… 우리가 찾아갈 수도 있었잖아요? 아빠가 갔다는 건 알지만 다른 가족들은 왜 데리고 가지 않았어요?"

"진이 다 빠져 버리니까. 네 엄마는 삼촌을 만나고 오면 믿을 수 없을 만큼 우울해져. 그럴 만도 하지. 우린 아이들을 데려가는 게 좋지 않겠다고 판단했어."

아빠는 가속 페달을 밟아 고속도로로 들어섰고 운전대 뒤에선 침묵이 흘렀다. 마침내 아빠가 입을 열었다.

"세월이 정말 화살처럼 지나갔구나, 줄리아나. 품에 안겨 있던 아기는 어느새 훌쩍 자라 아가씨가 되어 버렸지."

아빠는 서글픈 미소를 지으며 나를 보았다.

"아빠 데이비드를 사랑하지만 짐이 되는 건 사실이야. 너희에게는 그런 짐을 지우고 싶지 않았다. 하지만 이제 보니 너와 우리 가족에게 어쩔 수 없이 영향을 미쳤구나."

"아니에요, 아빠. 그런 게……."

"줄리아나, 아빠 미안하다는 말을 하고 싶은 거야. 너희에게 많은 것을 주고 싶었는데. 가족 모두에게 말이야. 최근까지도 내가 너희에게 준 게 정말 보잘 것 없었다는 사실을 몰랐어."

"그건 사실이 아니에요!"

"글쎄, 아빠가 진심을 다했다는 건 너도 알 거야. 하지만 객관적으로 비교해 보면 로스키 씨 같은 사람이 남편과 아빠로서는 나보다 훨씬 낫지. 가족과 보내는 시간도 더 많고 더 많은 것을 주고 아마 더 재미있게 해 줄 거다."

아빠는 은근히 칭찬이나 감사를 바라는 사람이 아니다. 하지만 그렇다고 해서 정말로 그런 생각을 했다니 믿기지가 않았다.

"아빠, 이론적으로 뭐가 좋아 보이는지 전 관심 없어요. 아빠는 누구보다도 좋은 아빠예요! 언젠가 결혼하게 된다면 로스키 아저씨 같은 사람과는 절대 하고 싶지 않다고요! 난 아빠 같은 사람과 결혼할 거예요!"

아빠는 자신의 귀를 믿지 못하겠다는 듯 나를 바라보았다. 그리고 빙그레 웃으며 말했다.

"그래, 그런 날이 오면 지금 한 말이 꼭 기억나게 해 주마."

덕분에 분위기가 달라졌다. 그 후로 우리는 웃고 장난치고 별별 얘기를 다하며 돌아왔지만 집에 가까워지자 대화 내용이 자꾸 한 가지 주제로 모아졌다.

팬케이크였다.

하지만 엄마의 생각은 달랐다. 엄마는 오전 내내 바닥을 북북 닦았고 팬케이크를 거절했다.

"그것보다는 좀 더 배가 두둑해지는 음식을 먹고 싶어요. 불에 구운 햄과 치즈 같은 거요! 양파를 넣어서!"

엄마가 말했다.

"양파를 잔뜩 넣어서요!"

아빠가 물었다.

"바닥 청소를 했소? 일요일이잖소, 트리아나. 대체 왜 바닥 청소를 한 거요?"

"자꾸 초조해져서요."

엄마는 나를 보았다.

"어땠니?"

"좋았어요. 다녀오길 잘했어요."

엄마는 아빠에게 곁눈질을 하더니 다시 나를 바라보았다.

"오, 다행이구나."

엄마는 한숨을 쉰 다음 말했다.

"바닥 청소를 한 건 팻시가 전화를 걸었기 때문이에요."

아빠가 물었다.

"로스키 부인? 무슨 일 있소?"

엄마는 머리카락 한 움큼을 쓸어 넘기며 말했다.

"아뇨……. 금요일 저녁 식사에 초대하고 싶대요."

아빠와 나는 잠시 눈을 끔뻑거리며 엄마를 바라보았다. 내가
물었다.

"우리 가족 모두요?"

"그래."

아빠가 무슨 생각을 하는지 알 수 있었다. 왜 그러는 거지? 맞
은편에 산 세월이 얼마인데, 초대고 뭐고 해 본 적도 없으면서 이
제 와서 왜?

엄마 역시 아빠의 생각을 읽었다. 엄마는 한숨을 쉬며 말했다.

"로버트, 이유가 정확히 뭔지 나도 몰라요. 하지만 꼭 초대하고
싶대요. 그동안 한 번도 초대하지 못해 정말 미안하다면서 지금
이라도 가깝게 지내고 싶다고 거의 울먹이며 말하던걸요."

"뭐라고 했소?"

"차마 거절할 수 없었어요. 무척 상냥한 사람인 데다 브라이
스의 할아버지한테 도움도 많이 받았으니……."

엄마는 어깨를 으쓱하며 말했다.

"가겠다고 했어요. 금요일 저녁 여섯 시예요."

내가 물었다.

"정말이에요?"

엄마는 다시 어깨를 으쓱했다.

"즐거울 것 같았어. 좀 쑥스럽겠지만 즐거울 거야."

"좋아, 그럼 가야지."

아빠가 말했다.

"금요일엔 야근을 잡지 말아야겠군. 남자 애들은 어때?"

"달력을 보니 공연 계획도 없었고 아르바이트도 없어요. 하지만 아직 얘기하진 않았어요."

아빠가 물었다.

"우리 가족 모두를 초대한 게 확실해?"

엄마는 고개를 끄덕였다.

"꼭 다 같이 오라고 했어요."

그 집에서 저녁을 먹는다는 것 자체만으로 아빠는 무척 불편한 눈치였다. 하지만 아빠도 나도 이 초대가 엄마에게 큰 의미가 있음을 알 수 있었다.

"좋아, 그럼."

아빠는 이렇게 말하고 치즈와 양파를 자르러 갔다.

오후 내내 나는 빈둥거리며 책을 읽거나 공상에 잠겼다. 다음 날 학교에서도 도무지 집중할 수가 없었다. 줄곧 데이비드 삼촌 생각이 머릿속에서 떠나질 않았다. 할아버지와 할머니의 마음이 어땠을지, 그런 아들을 데리고 어떻게 살아왔을지 궁금하기만 했다.

플라타너스 나무에 대한 생각도 많이 했다. 처음에는 기분이 우울해서 나무 생각이 났다. 하지만 금세 엄마가 플라타너스 나무를 '인내의 증거'라고 불렀던 기억이 났다. 어린 나무일 때 해를 입었지만 살아남은 나무였다. 크게 자랐다. 다른 사람들은 흉하다고 생각했지만 나는 단 한 번도 그렇게 생각하지 않았다.

바라보는 눈이 다르기 때문이었다. 다른 사람들이 아름답다고 생각하지만 내 눈에는 추해 보이는 것도 있을 터였다. 예를 들면 셸리 스톨스가 그랬다. 이만한 예가 없었다! 내가 보기엔 도무지 호감 가는 면이 없는데 나를 뺀 온 세상은 셸리가 몹시 근사하다고 생각했다.

근사하기는!

어쨌든 그 주엔 하루하루를 그렇게 몽롱한 상태로 보냈다. 그러다 목요일이 되었다. 목요일 사회 시간에 우리는 유명한 역사적 인물에 관한 보고서를 쓰기 위해 자료 조사를 하러 도서관에 갔다. 나는 수잔 B. 앤서니(*미국의 여성 사회 개혁자로 노예 제도 폐지, 여성 참정권 운동 등 사회 개혁에 참여했다.)를 선택하고 여성 참정권을 획득하기 위해 투쟁한 내용을 쓰기로 했다. 책 몇 권을 한참 뒤적이고 있는데 달라 트레슬러가 서가 맨 끝에서 나에게 손짓했다.

달라와는 수업을 몇 개 같이 듣긴 해도 별로 친하지 않았다. 그래서 나 말고 다른 사람을 부르나 싶어서 뒤를 돌아보았다.

"여기로 와!"

달라는 나에게 미친 듯이 손을 흔들며 입을 달싹거렸다. 그래서 나는 서둘러 다가갔다. 달라는 나란히 꽂힌 책 너머를 가리키며 속삭였다.

"들어 봐!"

개럿의 목소리였다. 뒤이어 브라이스의 목소리도 들렸다. 그리고 둘은…… 내 얘기를 하고 있었다. 내 닭과 살모넬라균과 식중독에 대해, 브라이스가 내 달걀을 내다 버렸고 내가 뜰을 손질했다는 얘기도 했다.

브라이스는 기분이 몹시 좋지 않은 목소리였다. 근데 갑자기 내 피가 거꾸로 솟았다. 브라이스의 입에서 데이비드 삼촌의 이름이 나온 것이다! 개럿이 피식 웃으며 말했다.

"지적 장애? 아, 역시 그런 이유가 있었군. 알잖아…… 줄리 말이야."

잠시 침묵이 흘렀다. 그 순간 내 심장이 쿵쾅거리는 소리가 그 애들에게 들렸으리란 생각이 들었다. 그때 브라이스가 따라 웃으며 말했다.

"어, 그래."

나는 바닥에 털썩 주저앉았다. 두 사람의 목소리는 순식간에 사라졌다. 달라가 서가 뒤를 살펴보더니 내 옆에 앉아 말했다.

"오, 줄리. 정말 미안해. 브라이스가 너한테 반했다고 고백하려는 줄 알았어."

"뭐? 달라, 브라이스는 나한테 반하지 않았어."

"몰랐니? 브라이스가 어떤 얼굴로 너를 바라보는지 몰랐어? 저 앤 지금 사랑의 바다에 빠졌다고."

"허튼 소리 마! 금방 뭐라고 하는지 다 들었잖아, 달라!"

"그래. 하지만 어젠, 어제만 해도 널 정신없이 바라보는 걸 내가 봤어. 네 머리카락에 벌이 앉았다고 둘러대잖아. 나 참, 벌이라니. 정말 궁색한 변명 아니니?"

"달라, 이런 상황이라면 내 머리카락에 정말 벌이 앉았다고 해도 놀랍지 않아."

"어머, 너한테서 달콤한 냄새라도 난단 말이야? 꿀처럼 벌을 끌어들이게? 이봐, 달콤한 아가씨. 네가 끌어들인 벌은 딱 하나야. 브, 라, 이, 스! 사실 귀엽긴 하지. 하지만 저런 얘기를 들었으니 탈탈 털어 버려야지. 탈탈 털어 버려!"

달라는 벌떡 일어나서 가다가 뒤를 돌아보며 말했다.

"걱정 마. 떠들고 다니진 않을 테니."

나는 머리를 흔들고 달라에 대해서는 잊어버렸다. 잘못 짚어도 한참 잘못 짚었으니까.

잊어버릴 수 없는 건 브라이스와 개럿이 한 말이었다. 어쩜 그렇게 무자비할 수 있을까? 어쩜 그렇게 어리석을 수 있을까? 아빠도 이런 모욕감을 견디며 자랐을까?

생각하면 할수록 화가 치밀었다. 브라이스에게 우리 삼촌을 비웃을 권리가 있나? 감히 그럴 수가!

뺨은 뜨겁게 달아올랐고 심장은 차갑게 얼어붙었다. 나는 순식간에 브라이스 로스키와 끝났다는 걸 알게 되었다. 눈부시게 푸른 눈동자, 그대로 간직하라지. 두 얼굴의 미소도 그대로 간직하라지. 그리고…… 내 키스, 그래! 그것도 간직하라지! 다시는 절대 말을 걸지 않을 테니까!

나는 수잔 B. 앤서니에 관한 책이 있는 서가로 쿵쿵 돌아가 도움이 될 만한 책 두 권을 찾아서 자리로 돌아갔다. 하지만 도서관에서 나오려고 짐을 싸는데 퍼뜩 떠올랐다. 다음날 우리 가족이 로스키네 집에서 저녁을 먹기로 했다는 사실 말이다.

나는 가방 지퍼를 잠그고 어깨에 들쳐 멨다. 이런 일이 있었으니 난 반대표를 던질 권리가 있어!

그렇겠지?

전율

아빠의 유머 감각이 개럿과 똑같다는 사실을 깨닫자 정말 오싹했다. 아빠와 대화하는 것은 물론이고 아빠의 얼굴을 쳐다보는 것조차 힘겨웠다. 하지만 금요일 오후 다섯 시가 되자 한 가지만큼은 아빠와 같은 생각이었다. 메뉴를 바비큐로 했어야 한다는 사실이다. 바비큐는 감정이 잘 드러나지 않는다. 그러나 엄마는 주방을 날아다니며 재료를 썰고, 아빠와 나에게 저녁 식사에 대통령이라도 올 것처럼 큰 소리로 명령을 내렸다.

우리는 바닥을 닦고 덧판을 대어 식탁을 확장하고 의자 다섯 개를 더 가져와서 자리를 준비했다. 물론 우리가 제멋대로 하기는 했지만 엄마가 한 일이라곤 위치를 바로잡는다며 물건을 이리저리 옮긴 것뿐이었다. 내 눈에는 똑같아 보였지만 내가 뭘 알겠는가?

엄마는 촛대를 꺼내며 말했다.

"릭, 접시 가져가서 상에 놔 줄래요? 좀 씻어야겠어요. 그 다음에 당신도 옷을 갈아입어요. 그리고 브라이스? 뭘 입을 거니?"

"엄마, 베이커 가족이잖아요. 그 사람들 기를 죽이고 싶어요?"

"트리아나와 난 정장을 차려입기로 했어. 그러니……."

"왜요?"

아빠는 내 어깨에 손을 올리며 말했다.

"우리 모두 똑같이 불편함을 느끼라고 그러는 거다, 아들아."

여자들이란! 나는 엄마를 보며 말했다.

"그럼 넥타이도 매야 해요?"

"아니. 하지만 편한 티셔츠 말고 단추가 달린 셔츠를 입으면 멋질 거야."

나는 방으로 가서 단추 달린 옷을 찾느라 옷장 속을 마구 헤집었다. 단추 달린 옷이야 많았지만 모두 괴상한 단추투성이였다. 순간 엄마의 복장 규정에 반발하고 싶은 생각이 들었지만 얌전히 셔츠를 입기로 했다.

하지만 20분이 지난 후에도 나는 옷을 입지 않고 있었다. 이게 뭐 그리 중요한 일이기에 화가 치미는 걸까? 이 우스꽝스러운 저녁 식사 때 내가 어떻게 보일지 왜 신경이 쓰이지? 나는 여자아이처럼 굴고 있었다.

얼마 후 커튼 사이로 베이커 가족이 다가오는 모습이 보였다. 현관을 나와 보도를 걸어 길을 건넜다. 기묘한 꿈을 꾸는 기분이었다. 그 집 식구들 다섯 명 모두가 허공에 둥둥 떠서 우리 집 쪽으로 다가오는 것만 같았다.

나는 침대에 놓인 셔츠를 집어 팔을 꿰고 단추를 잠갔다. 2초 뒤에 초인종이 울렸고 엄마가 외쳤다.

"네가 열어 줄래, 브라이스?"

운 좋게도 할아버지가 한발 빨랐다. 할아버지는 이산가족 상봉이라도 하듯 베이커 가족을 맞이했고 심지어 누가 매트 형이고 누가 마이크 형인지도 구별할 수 있는 것 같았다. 한 사람은 자주색 셔츠를 입고 다른 사람은 녹색 셔츠를 입었으니 누가 누구인지 기억하기란 그리 어렵지 않은 일이었다. 하지만 형들이 들어와 내 볼을 꼬집으며 "어이, 햇병아리! 잘 지냈냐?"라고 말하는 바람에 너무 화가 나서 누가 누구인지 다시 헷갈리고 말았다.

엄마가 주방에서 뛰어나와 말했다.

"어서들 와요, 어서. 온 가족이 와 주니 정말 기쁘네요."

엄마는 "리, 네, 타! 릭! 손님들 오셨어요!" 하고 외치다가 줄리 모녀를 보고는 입을 다물었다. 엄마가 물었다.

"어머, 이게 뭐예요? 손수 만든 파이예요?"

줄리의 엄마가 대답했다.

"블랙베리 치즈 케이크와 피칸 파이예요."

"어쩜, 먹음직스럽기도 해라! 정말 먹음직스러워요!"

엄마가 어찌나 호들갑을 떠는지 눈이 의심스러울 정도였다. 엄마는 줄리의 파이를 받은 다음 줄리의 엄마와 함께 주방으로 휙 가 버렸다.

리네타 누나가 모퉁이에서 나타나자 매트 형과 마이크 형이 싱글벙글 웃으며 말했다.

"야, 린. 예쁜데."

검정 치마에 검정 손톱, 검은 눈. 그래, 야행성 설치류치고는 예쁜 편이겠지. 세 사람은 리네타 누나의 방으로 사라졌고 몸을 돌리니 할아버지가 줄리의 아빠를 데리고 거실로 들어가고 있었다. 덕분에 현관 입구에는 나와 줄리, 단둘만 남았다.

줄리는 나를 바라보고 있지 않았다. 나를 뺀 나머지 것들만 보고 있는 것 같았다. 단추 달린 괴상한 셔츠를 입고 볼을 꼬집히고 아무 말 없이 서 있는 내가 바보처럼 느껴졌다. 뭐라 말해야 할지 몰라 너무 초조해진 나머지 심장이 미친 듯이 뛰기 시작했다. 경주나 게임 같은 걸 하기 직전처럼 쿵쾅쿵쾅 뛰었다.

게다가 줄리는 신문에 실린 사진보다 더 사진 속 모습과 닮아 있었다. 물론 이게 말이 된다면 말이다. 옷을 차려입었기 때문은 아니었다. 사실 줄리의 옷차림은 평범했다. 평범해 보이는 원피스에 평범해 보이는 신발이었고 머리는 좀 더 빗질을 한 것 같았지만 평소와 다름없었다. 줄리는 내가 보이지 않는 것처럼 행동했고 그래서 더욱 그런 느낌이 드는 것 같았다. 어깨를 젖히고 턱을 앞으로 내밀고 두 눈을 번쩍이는 그 모습 말이다.

함께 서 있는 시간은 고작 5초간이었겠지만 나에게는 1년처럼 느껴졌다. 마침내 내가 말을 꺼냈다.

"안녕, 줄리."

줄리의 눈이 나를 향해 번득였고 그때서야 감이 왔다. 줄리는 화가 난 것이었다. 줄리가 낮은 목소리로 말했다.

"너랑 개럿이 도서관에서 우리 삼촌을 비웃는 거 들었어. 너하고는 말하고 싶지 않아! 알겠니? 지금도 싫고, 영원히!"

머리가 띵했다. 어디에 있었지? 줄리는 근처에 없었는데! 직접 들었단 뜻일까? 아니면 다른 사람을 통해서 들었나? 삼촌을 비웃은 사람은 내가 아니라 개럿이라고, 개럿이 그랬다고 말하려고 했다. 하지만 줄리는 나를 외면하고 자기 아빠가 있는 거실로 가 버렸다.

그래서 나는 멍하니 서서 개럿을 때려눕힐 걸 그랬다고 생각했다. 그럼 줄리가 나를 지적 장애를 농담거리로 삼는 부류와 똑같이 여기진 않았을 텐데. 그때 아빠가 나타나 내 어깨를 때렸다.

"그래, 파티는 어떠냐, 아들아?"

호랑이도 제 말하면 온다더니. 아빠의 손을 내 어깨에서 탁 쳐내고 싶었다. 아빠는 몸을 앞으로 기울여 거실을 들여다보고는 말했다.

"이야! 저 애 아빠도 오늘은 꽤 멀끔한데, 응?"

나는 어깨를 움츠려 아빠의 손에서 벗어났다.

"베이커 아저씨의 이름은 로버트예요, 아빠."

"그래, 나도 안다."

아빠는 두 손을 비비며 말했다.

"가서 인사는 해야겠지? 같이 갈래?"

"아니에요. 엄마를 도와야죠."

하지만 바로 주방으로 가진 않았다. 제자리에 서서 줄리의 아빠가 우리 아빠와 악수하는 모습을 지켜보았다. 두 사람이 웃는 얼굴로 질문을 주고받는 모습을 보니 아까의 기묘한 느낌이 다시 온몸을 휩쓸었다. 줄리 때문은 아니었다. 우리 아빠 때문이었다. 베이커 아저씨 옆에 서니 아빠는 작아 보였다. 몸집도 작아 보였고 베이커 아저씨의 각진 턱에 비해 아빠의 얼굴은 족제비처럼 보였다.

아빠를 보고 이런 기분이 드는 것은 달갑지 않은 일이다. 어렸을 때는 아빠가 무조건 옳고 세상에 아빠를 이길 사람은 없는 줄로만 알았다. 하지만 그 자리에 서서 바라보니 베이커 아저씨가 아빠를 벌레 잡듯 때려잡을 수도 있음을 알 수 있었다.

게다가 더 끔찍한 건 아빠의 태도였다. 줄리의 아빠에게 친한 척하는 모습을 보니 아빠가 거짓말을 하고 있는 것만 같았다. 베이커 아저씨와 줄리, 할아버지에게…… 그리고 모든 사람에게 말이다. 아빠는 왜 저리 살살거릴까? 왜 그냥 평소처럼 행동하지 않을까? 그냥 예의바르게 하면 되잖아. 꼭 저렇게 위선적인 태도로 대해야 하나? 엄마의 비위를 맞춰 주기 위해서라고 해도 너무 지나쳤다. 역겨울 정도였다.

그리고 사람들은 내가 아빠를 쏙 닮았다고들 했다. 그 말을 몇 번이나 들었더라? 별로 신경 쓰지 않았는데 지금 생각하니 속이 울렁거렸다.

엄마가 저녁 식사 종을 울리며 외쳤다.

"오르되브르(*주 요리 전에 나오는 차가운 음식.) 준비됐어요!"

그리고 아직도 복도에 서 있는 나를 보았다.

"브라이스, 누나랑 형들은 어디 갔니?"

나는 어깨를 으쓱했다.

"누나 방에 갔겠죠."

"가서 얘기해 줄래? 다녀와서 오르되브르 먹으렴."

"그럴게요."

입속에 느껴지는 씁쓸한 맛을 없앨 수 있다면 뭐든 할 수 있었다.

리네타 누나의 방문은 닫혀 있었다. 평소라면 노크를 하고 "엄마가 오래."라거나 "저녁 먹어!"라고 소리쳤겠지만 손등으로 나무

문을 두드리기 직전에 심술궂은 '햇병아리'에게 내 손을 빼앗기고 말았다. 나는 문손잡이를 돌리고 방으로 불쑥 들어갔다.

누나가 깜짝 놀라거나 나에게 물건을 던지거나 나가라고 괴성을 질렀을까? 천만에. 누나는 나를 본 체 만 체했다. 매트 형과 마이크 형이 나를 보고 고갯짓을 했고 누나는 나를 발견했는데도 두 손을 헤드폰에 올리고 휴대용 시디플레이어의 음악에 맞춰 온몸을 까딱거릴 뿐이었다. 매트 형인지 마이크 형인지가 속삭였다.

"거의 끝났어. 금방 갈게."

내가 당연히 밥 먹을 시간임을 알리러 왔다는 듯이, 내가 달리 거기에서 뭘 하겠느냐는 듯이 말했다.

왜 그런지 소외된 기분이 들었다. 이들에게 나는 사람도 아니었다. 햇병아리에 불과했다. 새삼스러운 일도 아니었지만 그날따라 유난히 서글펐다. 문득 세상에 내 자리가 없다는 생각이 들었다. 학교에도, 집에도…… 주위를 두리번거릴 때마다 오랫동안 알고 지낸 사람들인데 낯설게 느껴졌다. 나 자신조차 낯설었다.

서성거리면서 치즈 크림과 캐비어를 바른 동그란 크래커를 먹었지만 기분이 영 나아지지 않았다. 엄마는 분주한 벌 떼나 다름없었다. 사방을 휘젓고 다녔다. 부엌에 들락날락하며 음료수를 내오고 냅킨을 나눠 주었다. 어떤 음식인지 설명하면서 정작 엄마 자신은 한 입도 먹지 못했다.

리네타 누나는 오르되브르에 대한 엄마의 설명을 무시해 버렸다. 역겹게도 오르되브르를 마구 헤집었다. 하지만 베이커 형제는 이런 누나 가까이 서 있으면서도 크래커를 통째로 입에 밀어 넣었다. 와, 금방이라도 몸을 탁자 다리에 감고 수축할 것 같았다.

줄리와 줄리의 아빠 그리고 우리 할아버지는 따로 모여 뭔가에 관해 끝없이 이야기하고 있었다. 아빠는 주변을 둘러보는 베이커 아주머니와 함께였고 나는 바보가 된 기분으로 아무와도 이야기를 나누지 못한 채 혼자 서 있었다.

엄마가 잰걸음으로 다가와 말했다.

"괜찮니?"

"네."

이렇게 대답했지만 엄마는 무작정 나를 할아버지가 있는 곳으로 떠밀었다. 엄마가 속삭였다.

"어서 가, 어서. 식사는 금세 준비될 거야."

그래서 나는 그곳으로 갔고 세 사람은 자리를 내주었지만 반사 작용이었을 뿐이었다. 아무도 나에게 말을 걸지 않았다. 영구 운동에 관한 이야기를 계속할 뿐이었다.

영구 운동이라니.

맙소사, 난 그게 뭔지도 몰랐다. 세 사람의 입에 오르내리는 단어를 들어 보니 폐쇄계, 개방계, 저항력, 에너지원, 자력…….
다른 나라 말로 진행되는 토론에 끼어든 기분이었다. 그리고 줄리마저 오가는 얘기를 제대로 알아들은 듯이 이런 식으로 말했다.

"그럼 자석을 맞대면요? 극성을 뒤바꾸면 어떻게 돼요?"

그러면 할아버지와 줄리의 아빠가 그게 안 되는 이유를 설명해 주었는데 그래 봤자 줄리에게 또 다른 질문을 부추기는 셈이었다.

나는 어안이 벙벙했다. 그리고 세 사람의 말을 알아듣는 척하면서 실제로는 줄리를 바라보지 않으려고 기를 쓰고 있었다.

엄마가 저녁을 먹자고 사람들을 불러 모았을 때 나는 어떻게든 줄리를 한쪽으로 데려가 사과하려고 했지만 줄리는 쌀쌀맞게 외면했다. 사실 누가 줄리를 탓할 수 있을까?

나는 울적한 기분으로 줄리의 맞은편에 앉았다. 왜 도서관에서 개럿에게 따끔하게 한마디 해 주지 못했을까? 굳이 주먹으로 때려눕히지 않아도 되었는데, 왜 주제넘게 굴지 말라는 말이라도 하지 않았을까?

엄마가 모두에게 음식을 나눠 준 후 아빠는 집주인으로서 대화를 주도하기로 마음먹은 모양이었다. 아빠가 말했다.

"그래, 마이크와 매트. 올해 고등학교 3학년이겠구나."

둘은 입을 모아 말했다.

"할렐루야!"

"할렐루야라니? 학창 시절이 끝나 가니 기쁘단 뜻이냐?"

"당연하죠."

아빠는 포크를 빙글빙글 돌리기 시작했다.

"이유가 뭐냐?"

매트 형과 마이크 형은 얼굴을 마주 본 다음 아빠에게 눈길을 돌렸다.

"조금만 있으면 자유의 몸이 되니까요."

"이상하구나."

아빠는 식탁을 둘러보며 말했다.

"고등학교 시절은 내 인생 최고의 시간이었는데."

매트 형인지 마이크 형인지가 말했다.

"진심이세요? 와, 말도 안 돼요!"

줄리의 엄마가 눈짓했지만 역부족이었다.

"뭐, 사실이에요, 엄마. 로봇처럼 주입시킨다니까요. 규제하고 타박하고 끼워 맞추고…… 이젠 질릴 대로 질렸어요."

아빠는 '내가 뭐랬어?'라는 듯 히죽 웃으며 엄마를 본 다음 다시 매트 형과 마이크 형에게 말했다.

"그럼 대학은 물 건너갔겠구나?"

맙소사, 대체 왜 저러시는 거지? 순간 나는 포크와 나이프를 쥔 손에 힘을 주며, 내 볼을 꼬집고 나를 햇병아리라고 부른 두 사나이를 위해 육탄전이라도 벌일 태세를 갖추었다. 그러다 숨을 깊게 내쉬며 진정하려고 했다. 더 고요한 물속으로 잠수하려고 했다. 이건 내 싸움이 아니니까.

게다가 매트 형과 마이크 형은 아무렇지 않은 모양이었다. 둘은 이렇게 말했다.

"아, 아니에요. 대학은 언제든 갈 수 있어요."

"네, 두 군데에서 입학 허가를 받았지만 일단 음악에 전념하고 싶어서요."

아빠가 말했다.

"오, 음악에 전념하겠다고."

매트 형과 마이크 형은 눈빛을 주고받더니 어깨를 으쓱하고 다시 음식을 먹었다. 하지만 리네타 누나는 아빠를 노려보며 말했다.

"빈정거려 봤자 좋아할 사람 없어요, 아빠."

"린, 린."

매트 형인지 마이크 형인지가 말했다.

"괜찮아. 다들 그러는데, 뭘. 말로만 떠들지 말고 직접 보여 달란 식으로 말이야."

"그거 좋은 생각인데."

리네타 누나는 이렇게 말하며 자리에서 벌떡 일어나 복도를 달려갔다. 엄마는 리네타 누나에게 뭐라고 하면 좋을지 몰라서 순간 얼어붙었다. 그러자 베이커 아주머니가 말했다.

"정말 훌륭한 저녁 식사예요, 팻시."

"고마워요, 트리아나. 이렇게…… 이렇게 다들 와 주셔서 얼마나 기쁜지 몰라요."

3초 정도 잠잠한가 싶더니 리네타 누나가 돌아와 시디 케이스가 다시 열릴 정도로 재생 버튼을 힘껏 눌렀다.

"린, 안 돼! 좋은 생각이 아니야."

매트 형인지 마이크 형인지가 말했다.

"그래, 린. 저녁 식탁에 어울리는 음악이 아니야."

"설마!"

리네타 누나는 이렇게 말하고 볼륨을 높였다.

쿵, 착! 쿵쿵, 착! 촛대에 놓인 양초들이 정말로 흔들렸다. 뒤이어 기타 소리가 공기를 가르자 촛불은 금방이라도 꺼질 듯했다. 매트 형과 마이크 형은 스피커를 쳐다본 다음 얼굴을 마주 보고 싱글벙글 웃으며 우리 아빠에게 외쳤다.

"서라운드 음향이…… 끝내주네요, 아저씨!"

어른들은 모두 달려들어 음악을 끄고 싶어 안달했지만 누나가 막고 서서 어른들을 노려보았다. 음악이 끝나자 리네타 누나는 시디를 꺼내고 플레이어를 툭 친 다음 매트 형과 마이크 형에게 미소를 지었다. 진심에서 우러난 미소였다. 누나가 말했다.

"정말 기막힌 곡이야. 몇 번이고 다시 듣고 싶다니까."

매트 형인지 마이크 형인지가 아빠에게 말했다.

"마음에 안 드시겠지만 이게 저희가 만든 곡이에요."

"너희가 작곡했다고?"

"그럼요."

아빠는 리네타 누나에게 시디를 달라고 손짓하며 말했다.

"한 곡뿐이냐?"

매트 형인지 마이크 형인지가 웃음을 터뜨리며 말했다.

"설마요, 천 곡은 될걸요? 데모 음반엔 세 곡만 넣었어요."

아빠는 시디를 들었다.

"이게 데모 음반이라고?"

"네."

아빠는 시디를 잠깐 보더니 말했다.

"너희 밴드 이름이 '가난뱅이 오줌싸개'라면서 무슨 돈이 있어 음반을 냈단 말이냐?"

"아빠!"

리네타 누나가 날카롭게 외쳤다.

"괜찮아, 린. 농담하신 거잖아. 그렇죠, 아저씨?"

아빠는 픽 웃으며 "그래."라고 대답하더니 말을 이었다.

"그래도 궁금하긴 하구나. 이건 분명 집에서 제작한 데모 음반이 아니야. 내가 알기로 녹음실 이용료는 대부분의 밴드가 엄두도 못 낼 만큼 비싼데⋯⋯."

매트 형과 마이크 형이 서로 손바닥을 마주치는 바람에 아빠의 말이 끊겼다. 아빠가 형들에게 또 돈에 관해 질문할까 봐 바짝 긴장하고 있는데, 다른 사람도 아닌 엄마가 아빠의 사나운 앞발질을 만회하려고 더듬더듬 말을 꺼냈다.

"으음, 릭과 처음 만났을 때 릭은 밴드에서 연주하고 있었죠⋯⋯."

갑자기 연어찜이 엉뚱한 곳으로 들어가 버렸다. 내가 캑캑거리고 있는데 리네타 누나가 놀라서 너구리 같은 눈을 휘둥그레 뜨며 물었다.

"아빠가요? 밴드에서 연주를 해요? 악기가 뭐였는데요? 클라리넷?"

"아니야, 리네타."

엄마는 기억을 되짚으며 말했다.

"아빠는 기타를 연주하셨단다."

"기타라고요?"

"멋진데!"

매트 형인지 마이크 형인지가 말했다.

"록이었어요? 아님 컨트리 음악? 아님 재즈?"

"컨트리였다."

아빠가 말했다.

"우습게 볼 음악은 아니다, 얘들아."

"와! 저희도 알아요. 정말 존경스러워요, 아저씨."

"우리 밴드가 데모 음반을 만들려고 했을 땐 비용이 천문학적으로 높았지. 대도시라서 경쟁이 좀 치열했거든. 이 주변에서 음반을 만든 거냐? 그럴 만한 시설이 없을 텐데."

매트 형과 마이크 형은 여전히 벙글거렸다.

"없죠."

"그럼 어디 가서 한 거냐? 돈은 또 어떻게 마련했고?"

엄마가 식탁 밑으로 아빠의 다리를 툭 차자 아빠가 말했다.

"그냥 궁금해서 그래, 팻시!"

매트 형과 마이크 형은 몸을 숙였다.

"저희가 직접 만들었어요."

"이 동네에서 말이냐? 직접 했다고? 그럴 리가."

아빠는 화를 내기 직전이었다.

"장비는 어디서 났는데?"

엄마가 다시 아빠의 다리를 찼다. 하지만 아빠는 짜증이 난 듯 엄마에게 말했다.

"그만 좀 하지? 그냥 궁금해서 그런 거라니까!"

매트 형인지 마이크 형인지가 말했다.

"괜찮아요, 로스키 아주머니."

그러고는 우리 아빠에게 웃음을 지으며 말했다.

"혹시 물건을 내놓은 사람이 없는지 인터넷이랑 중고품 가게를 계속 돌아다녔어요. 요샌 디지털이 대세라 낡은 아날로그 장비를 정리하는 사람들이 있거든요. 저희 의견을 물으신다면 디지털은 좀 아쉬워요. 상실되는 파동이 너무 많아요. 풍부한 소리를 내고 싶은데 그런 면에선 디지털이 약하죠."

할아버지는 한 손가락을 들며 말했다.

"하지만 시디는 디지털인데……."

"맞아요. 하지만 저희가 받아들일 수 있는 마지막 대안이자 유일한 방책이죠. 음반 시장의 필수 요소가 되어 버렸어요. 다들 시디를 갖고 싶어 하니까요. 하지만 멀티트랙 녹음(*곡의 각 소스를 분리하여 나중에 조합할 수 있도록 각각의 트랙에 녹음하는 작업.)과 믹스다운(*멀티트랙 녹음기로 녹음한 것을 2트랙 녹음기로 다시 녹음하는 작업.)은 아날로그 방식이에요. 그리고 그건 저희 돈으로도 할 수 있어요, 로스키 아저씨. 중고 장비를 구입했고 열두 살 때부터 적은 돈이라도 꾸준히 모았거든요."

형은 싱긋 웃으며 말했다.

"아직도 연주하세요? 원하시면 저희가 녹음해 드릴게요."

아빠는 고개를 숙였다. 순간 아빠가 화를 내려는 건지 울려는 건지 헷갈렸다. 곧 아빠는 콧방귀를 뀌며 말했다.

"고맙지만 그건 지금의 내가 아니야."

그날 저녁 아빠가 했던 이야기 중 유일하게 정직한 말이었을 것이다. 그 후로 아빠는 입을 다물었다. 이따금씩 웃는 표정을 지었지만 그 속에는 우울함이 깃들어 있었다. 아빠가 안됐다는 생각이 들었다. 아빠는 밴드에서 기타를 치던 행복한 옛 시절을 생각하고 있을까? 아빠가 카우보이 부츠를 신고 카우보이모자를 쓴 채 어깨에 기타 줄을 걸치고 오래된 윌리 넬슨(*미국 컨트리 음악계의 거장.)의 노래를 연주하는 모습을 상상해 보았다.

아빠 말이 옳았다. 그건 아빠가 아니었다.

그러나 그런 적이 있었다는 사실 때문에 나는 더더욱 낯선 나라에 온 이방인처럼 느껴졌다. 그 후 저녁 시간이 모두 지나가고 베이커 가족이 줄지어 현관 밖으로 나갈 때 정말 뜻밖의 일이 일어났다. 줄리가 내 팔을 건드린 것이다. 그날 밤 처음으로 줄리는 나를 바라보고 있었다. 똑바로 나만 바라보던 그 눈빛이었다. 줄리가 말했다.

"아까 여기 왔을 때 화내서 미안해. 다들 즐거운 시간을 보냈어. 초대해 주신 너희 엄마께 정말 감사해."

줄리의 목소리는 조용했다. 속삭임에 가까웠다. 나는 얼간이처럼 멍하니 서서 줄리를 바라보았다.

"브라이스?"

줄리가 다시 내 팔을 건드리며 말했다.

"내 말 들었어? 미안하다고."

가까스로 고개를 끄덕였지만 팔은 얼얼하고 심장은 쿵쾅거렸다. 줄리 쪽으로 몸이 끌려가는 기분이었다.

줄리는 금세 가 버렸다. 행복한 작별 인사에 목소리를 보태며 문밖으로, 어둠 속으로 사라졌다. 나는 숨을 골랐다. 아까 그 느낌은 뭐였지? 내가 어떻게 된 거지?

엄마가 문을 닫고 말했다.

"자, 내가 뭐랬어요? 정말 유쾌한 가족이라니까! 남자 애들은 내 짐작과 딴판이었어요. 리네타, 왜 진작 말하지 않았니? 그 애들이 그토록…… 그토록 매력적이란 걸!"

"저 애들은 마약이나 팔았을 거야."

모두 아빠를 쳐다보며 입을 딱 벌렸다. 엄마가 말했다.

"뭐예요?"

"남자 애들이 달리 뭘 해서 저런 녹음 장비를 마련하겠어?"

아빠는 리네타 누나를 노려보았다.

"안 그러냐?"

리네타 누나의 눈은 금방이라도 얼굴에서 튀어나올 것 같았다.

"릭, 제발요!"

엄마가 말했다.

"괜히 덮어씌우지 말아요!"

"그게 아니면 말이 안 돼, 팻시. 믿어도 돼. 난 음악가들이 어떤지 잘 알아. 달리 설명할 길이 없다고."

리네타 누나가 꽥 소리쳤다.

"제가 확실히 아는데 그 애들은 마약을 하지도, 팔지도 않아요! 대체 어쩜 그런 소릴 할 수가 있죠? 아빤 이중인격자에 허세나 부리는 멍청한 좀팽이예요!"

한순간 침묵이 흐르더니 아빠가 누나의 뺨을 짝! 하고 올려붙였다. 엄마는 내가 처음 보는 표정을 지었고 누나는 자기 방으로 뛰어가며 험한 말들을 내질렀다.

심장이 쿵쾅거렸다. 리네타 누나의 말이 맞았다. 나는 아빠에게 다가가 그렇게 말할 뻔했다. 거의. 하지만 할아버지가 나를 한쪽으로 끌어당겼고 우리는 각자의 자그마한 영역으로 물러났다.

내 방을 서성거리는데 얼른 누나에게 가서 무슨 말이든 해야 할 것만 같았다. 누나의 말이 맞고 아빠가 선을 넘었다고 말해 주고 싶었다. 하지만 벽 너머로, 누나를 달래는 엄마 목소리와 누나의 울음과 고함이 들렸다. 그러다 누나는 집을 뛰쳐나가 어디론가 가 버렸고 엄마는 아빠에게 돌아갔다.

그래서 나는 꼼짝 않고 있었다. 열한 시 무렵 땅은 진동을 그 쳤지만 그래도 전율은 남아 있었다. 느낄 수 있었다. 침대에 누워 창밖으로 밤하늘을 바라보는데 베이커 가족을 무시하던 아빠의 말이 떠올랐다. 아빠 그들의 집과 뜰과 자동차와 직업을 흉보았다. 건달이라고 불렀고 베이커 아저씨의 그림을 비웃었다.

그런데 이제 내 눈에는 그 가족의 멋진 모습이 보였다. 가족들 모두가 그랬다. 그 사람들은…… 꾸밈이 없었다.

우리는 어떤가? 이 집에는 통제할 수 없는 사악한 기운이 맴 돌고 있었다. 베이커 가족의 세상을 들여다보니 우리 가족의 모 습을 보여 주는 창문이 열린 것만 같았다. 창문을 통해 보이는 풍경은 썩 좋지 않았다.

어쩌다 이런 생각을 하게 됐을까?

그리고 왜 전에는 이걸 몰랐을까?

저녁 식사

집에 도착해서 생각해 보니 로스키네 저녁 식사 참석을 거부하는 건 이기적인 행동이었다. 엄마는 벌써부터 콧노래를 부르며 시간을 들여 파이 조리법을 찾아냈고, '입고 갈 만한 것'이 있는지 보려고 옷장을 뒤졌다. 심지어 아빠의 셔츠를 새로 사고 오빠들이 입고 가겠다는 옷을 엄격히 심사했다. 엄마는 분명 저녁 식사를 고대하고 있었다. 그 마음을 다 이해할 수는 없었지만 브라이스가 너무 싫어진 이유를 엄마에게 털어놓아서 모든 걸 망치고 싶진 않았다.

그리고 아빠는 이미 데이비드 삼촌 때문에 기분이 좋지 않았다. 코흘리개나 다름없는 중학교 2학년생들의 유치한 의견을 아빠에게만큼은 절대 알리고 싶지 않았다.

그래서 그날 밤 나는 엄마와 함께 파이 굽는 시늉을 하며 이게 옳은 일이라고 스스로를 타일렀다. 저녁 식사 한 번이 인생을 바꾸지는 않는다. 그 시간을 참고 버티기만 하면 되는 것이다.

금요일이 되었고 나는 학교에서 눈이 푸른 그 코흘리개를 최대한 피해 다녔다. 하지만 그날 밤 옷을 입으며 나도 모르게 아빠가 그려 준 그림을 빤히 쳐다보다가 다시 화가 머리끝까지 치밀었다. 브라이스는 나를 친구로 대해 준 적이 없었다. 단 한 번도! 나무를 지키기 위해 맞서지도 않았고 내 달걀을 내다 버렸으며 삼촌을 농담거리로 삼아 나를 비웃었다……. 대체 왜 나는 우리가 유쾌한 친구이자 이웃인 것처럼 대했을까?

엄마가 이제 출발해야 한다고 외치자, 나는 그 집에 갈 수도 없고 가지도 않겠다고 말하기로 굳게 마음먹었다. 그리고 복도로 나갔다. 하지만 엄마가 너무 아름답고 행복해 보여 차마 말할 수가 없었다. 입이 떨어지지 않았다. 나는 무거운 한숨을 내쉬고 파이를 싼 다음 부모님과 오빠들을 터덜터덜 따라갔다.

쳇 할아버지가 문을 열어 주었다. 로스키 가족에게 우리 삼촌 얘기를 했으니 할아버지에게도 화가 나야 당연할 것 같은데 그렇지가 않았다. 할아버지에게 말하지 말라고 부탁한 적도 없었고 할아버지는 절대 데이비드 삼촌을 비웃을 사람이 아니었으니까.

로스키 아주머니가 쳇 할아버지 뒤에서 나와 바쁘게 몸을 놀리며 우리를 안으로 잡아끌었다. 아주머니는 얼굴에 화장을 했지만 눈 아래가 푸르스름하게 쳐져 있어서 깜짝 놀랐다. 로스키 아주머니와 엄마는 파이를 들고 가 버렸고 오빠들은 리네타 언니와 함께 복도로 사라졌으며 아빠는 쳇 할아버지를 따라 거실로 들어갔다.

참 날쌔기도 하시지! 그래서 현관에는 나와 브라이스만 남았다.

브라이스는 나에게 인사했지만 무시해 버렸다. 나는 브라이스를 휙 쳐다보며 톡 쏘았다.

"나한테 말 걸지 마! 너랑 개릿이 도서관에서 하는 얘기 들었어. 너랑은 말하고 싶지 않아. 지금도, 앞으로도 영원히!"

거실로 들어가려는데 브라이스가 붙잡았다.

"줄리! 줄리, 기다려!"

브라이스는 낮은 목소리로 말했다.

"나쁜 말을 한 건 내가 아니야! 개릿이야! 다 개릿이 한 말이라고!"

나는 브라이스를 노려보았다.

"다 들었다니까."

"아니야! 잘못 들은 거야! 난…… 난 달걀을 버린 거랑 너희 집뜰을 비난한 것 때문에 착잡했어. 너희 삼촌이나 너희 가족이 처한 상황에 대해서 아무것도 몰라! 그냥 누군가에게 마음을 털어놓고 싶었어."

잠시 우리의 시선이 얽혔다. 그리고 처음으로 브라이스의 푸른 눈동자에도 가슴이 떨리지가 않았다.

"너도 웃었잖아. 개릿은 농담처럼 나도 지적 장애일 수 있다고 했고 넌 분명히 웃었어."

"줄리, 오해야. 난 그 녀석에게 한 방 먹이고 싶었어! 정말이야! 하지만 도서관이라서……."

"그래서 대신 웃었구나."

브라이스는 어깨를 으쓱하며 애처롭고 겸연쩍은 표정을 지었다.

"그래."

나는 브라이스의 곁을 떠났다. 브라이스를 남겨 두고 거실로 들어가 버렸다. 저게 꾸며 낸 말이라면 연기 대상감이다. 사실이라면 쳇 할아버지의 말대로 브라이스는 겁쟁이였다. 어느 쪽이든 브라이스와 조금도 가까이하고 싶지 않았다.

나는 아빠 옆에 서서 아빠와 쳇 할아버지의 대화 내용을 따라잡으려고 했다. 두 사람은 신문에서 읽은 뭔가에 관해 이야기하고 있었다. 아빠가 말했다.

"하지만 그 제안대로 하려면 영구 운동 기계가 필요할 겁니다. 그러니 불가능하죠."

쳇 할아버지가 대답했다.

"현재의 과학 지식으로는 그럴지도 모르지. 하지만 가능성을 아예 배제할 수 있겠나?"

그 순간에는 과학적 호기심이라고는 눈곱만큼도 느껴지지 않았다. 하지만 브라이스 로스키를 어떻게든 머릿속에서 털어 내고 싶어서 질문했다.

"영구 운동 기계가 뭐예요?"

아빠와 쳇 할아버지는 눈빛을 주고받더니 빙그레 웃고는 어깨를 으쓱했다. 나를 비밀 클럽에 받아들여 주기로 합의한 느낌이 들었다. 아빠가 설명했다.

"외부 동력원이 없어도 작동하는 기계란다."

"전기도 연료도 수력도 필요 없지."

쳇 할아버지는 내 어깨 너머를 얼핏 보더니 약간 멍하게 물었다.

"가능하다고 생각하느냐?"

할아버지는 어디에 정신이 팔린 걸까? 브라이스가 아직 현관 입구에 있나? 왜 그냥 가 버리지 않았을까? 나는 간신히 대화에 집중했다.

"가능하다고 생각하느냐고요? 글쎄요, 잘 모르겠어요. 기계는 다 동력이 필요하잖아요? 효율이 아주 높은 기계들도요. 그리고 그 동력은 외부에서 와야 하는데……."

"기계 스스로 동력을 일으킨다면?"

쳇 할아버지는 이렇게 물었지만 아직도 현관 입구를 곁눈질하고 있었다.

"어떻게 그럴 수 있어요?"

아빠도 할아버지도 대답하지 않았다. 대신 아빠가 손을 내밀며 말했다.

"어서 와요, 릭. 저희 가족을 초대해 주셔서 감사합니다."

로스키 아저씨는 아빠와 악수하고 우리 틈에 끼어들며 잠깐 날씨 얘기를 했다. 화제가 바닥나자 로스키 아저씨가 말했다.

"참, 뜰이 몰라보게 변했더군요. 아버님을 고용해 저희 집을 손질해야겠단 말씀을 드렸죠. 말뚝에 관해서는 전문가시잖아요?"

농담이었다. 그런 것 같았다. 하지만 아빠는 그렇게 받아들이지 않았고 쳇 할아버지도 마찬가지였다. 다음에 벌어질 일이 두려웠는데 로스키 아줌마가 저녁 식사용 작은 종을 울리며 소리쳤다.

"오르되브르 준비됐어요!"

오르되브르는 맛있었다. 하지만 크래커 맨 위에 있는 아주 작은 블랙베리들이 실은 열매가 아니라 캐비어란 아빠의 말에 나는 입을 우물거리다 멈추었다. 생선알이란 말이야? 우웩!

아빠는 닭이 낳는 알은 늘 먹으면서 왜 생선알은 역겨워하느냐고 말했다. 정확한 지적이었다. 나는 머뭇거리며 크래커를 마저 씹었다. 그리고 어느새 또 하나를 입에 넣고 있었다.

브라이스는 방 맞은편에 혼자 서 있었고 내가 그쪽으로 눈을 돌릴 때마다 나를 빤히 바라보고 있었다. 결국 나는 아예 등을 돌리고 아빠에게 말했다.

"어쨌든 누가 영구 운동 기계를 발명하려고 한다는 거예요?"

아빠가 웃음을 터뜨렸다.

"전 세계에 있는 미친 과학자들이지."

"정말이에요?"

"그래. 아주 오랜 세월 동안 쭉."

"그럼 그 결과는요? 기계는 어떤 모습이에요?"

곧 쳇 할아버지도 토론에 끼어들었다. 마침내 자력과 회전 운동 입자와 영점 에너지를 이해하기 시작했을 무렵 누군가 내 뒤에 서 있는 느낌이 들었다.

브라이스였다.

화가 나서 뺨이 뜨거웠다. 나 좀 내버려 뒀으면 좋겠는데 왜 그걸 모르지? 나는 브라이스에게서 한 걸음 물러섰는데 오히려 브라이스가 앞으로 다가설 자리가 생기고 말았다. 브라이스는 이제 우리 틈에 끼어 오가는 대화를 듣고 있었다!

마음대로 하라지! 브라이스는 분명 영구 운동에는 관심이 없었다. 나는 이성을 잃을 지경이었다! 토론을 계속하면 브라이스가 못 견디고 가 버릴 것 같았다. 나는 다시 어른들의 말에 귀를 기울였고 대화가 잠잠해지자 영구 운동 기계에 대한 내 아이디어를 이야기했다. 나는 허공에 우스꽝스러운 의견을 마구 쏟아 내는 영구 아이디어 기계가 된 것 같았다.

그래도 브라이스는 자리를 뜨지 않았다. 말은 한 마디도 하지 않고 가만히 서서 듣기만 했다. 그러다 로스키 아주머니가 저녁 식사가 준비됐다고 알렸을 때 브라이스는 내 팔을 잡고 속삭였다.

"줄리, 미안해. 태어나서 이렇게 미안한 적은 처음이야. 네 말대로 나는 얼간이야. 정말 미안해."

나는 브라이스의 손을 뿌리치며 말했다.

"요샌 입만 열면 미안하다는 말뿐이구나!"

그리고 허공에 맴도는 브라이스의 사과를 외면하고 자리를 피했다.

얼마 지나지 않아 아차 싶었다. 브라이스가 사과를 하도록 내버려 두고 하던 대로 그냥 무시해 버렸어야 했다. 하지만 브라이스의 말을 중간에 끊고 날카로운 말로 톡 쏘고 말았다. 버릇없는 행동이었다.

식탁 맞은편에 앉은 브라이스를 슬쩍 쳐다보았지만 브라이스는 우리 오빠들에게 고등학교 졸업 후 대학은 어떻게 할 거냐고 묻는 자기 아빠를 보고 있었다.

그동안 로스키 아저씨를 본 적은 많았지만 대개는 멀리 떨어진 곳에서였다. 그래서 아저씨의 눈이 어떤지 깨닫지 못했던 모양이었다. 로스키 아저씨의 눈은 푸른색이었다. 눈부신 푸른색이었다. 그리고 로스키 아저씨의 눈은 좀 더 움푹 들어간 데다 눈썹과 광대뼈에 약간 가려졌지만 브라이스의 눈이 어디에서 비롯된 건지 분명히 알 수 있었다. 아저씨의 머리카락도 브라이스의 머리처럼 검은색이었고 희고 고른 치아도 보였다.

챗 할아버지는 브라이스가 자기 아빠를 쏙 빼닮았다고 말했지만 나는 그 두 사람이 닮았다는 생각을 해 본 적이 없었다. 하지만 이제 보니 둘은 정말 비슷했다. 브라이스의 아빠는 우쭐거리는 것 같았고 브라이스는…… 당장은 화가 난 것 같았다.

그런데 식탁 저편에서 목소리가 들렸다.

"빈정거려 봤자 좋아할 사람 없어요, 아빠."

로스키 아주머니는 약간 놀란 것 같았고 다들 리네타 언니를 쳐다보았다. 언니가 말했다.

"그렇잖아요."

우리는 오랫동안 로스키 집 맞은편에 살았지만 리네타 언니에게 건넨 말이라고 해 봤자 열 마디 정도였고 대답이 돌아오지 않을 때도 있었다. 언니는 무서워 보였다. 그래서 로스키 아저씨를 노려보는 언니의 모습이 전혀 낯설지 않았지만 그래도 조마조마했다. 로스키 아주머니는 줄곧 얼굴에 미소를 띠고 있었지만 눈을 수없이 깜빡거리면서 초조한 기색으로 식탁을 둘러보았다. 나역시 한 사람, 한 사람 살펴보며 로스키 가족의 저녁 식사는 늘 이렇게 긴장감이 감돌까 생각했다.

리네타 언니가 갑자기 벌떡 일어나 복도로 달려가더니 손에 시디를 들고 순식간에 돌아왔다. 언니가 시디를 플레이어에 넣자 귀에 익은 오빠들의 노래가 스피커를 통해 요란하게 울려 퍼졌다.

제목이 〈고드름〉인 이 노래는 오빠들의 방에서 백만 번이 넘게 쾅쾅 들려왔던지라 우리 가족은 그 노래에 익숙했다. 하지만 혹시라도 엄마가 뒤틀린 기타 소리와 껄끄러운 가사 때문에 민망해할까 봐 걱정스러워서 엄마를 바라보았다. 고상한 자리에는 도무지 어울리지 않는 음악이었다.

엄마의 표정은 불분명했지만 만족스러워 보였다. 엄마는 아빠와 남몰래 웃음을 나누고 있었는데 심지어 키득대는 게 아닌가 싶었다. 아빠는 거의 내색하지 않았지만 즐거워 보였고 노래가 끝날 무렵엔 뿌듯해한다는 걸 알 수 있었다. 아들들이 이 음악을 만들었다는 사실 때문에 말이다.

뜻밖이었다. 그동안 아빠는 오빠들의 밴드 음악을 비판하지도 않았지만 열광하지도 않았다. 그런데 로스키 씨가 매트 오빠와 마이크 오빠에게 어떻게 곡을 직접 녹음했느냐고 추궁하기 시작했고 오빠들은 아르바이트를 하고 저금을 했으며 저렴한 가격으로 장비를 샀다고 설명했다. 그때서야 아빠가 뿌듯해하는 이유를 알 수 있었다.

오빠들도 무척 기분이 좋은 모양이었다. 리네타 언니가 〈고드름〉이 얼마나 멋진 곡인지 입에 침이 마르도록 칭찬했으니 그럴 만도 했다. 리네타 언니는 적극적인 태도로 열변을 토했는데 정말이지 색다른 모습이었다.

식탁에 앉은 사람들을 둘러보다가 문득 우리가 낯선 사람들과 저녁을 먹고 있다는 생각이 들었다. 오랫동안 마주 보고 살아왔는데 이 가족이 어떤 사람들인지 전혀 몰랐다. 리네타 언니는 활짝 웃을 줄 아는 사람이었다. 로스키 아저씨는 겉모습은 말쑥하고 부드러웠지만 그 속에는 유달리 고약한 성미가 숨어 있는 것 같았다. 그리고 늘 야무지고 당당한 로스키 아주머니는 가시방석에 앉은 듯 몹시 초조해 보였다. 우리를 이 자리에 초대한 탓일까?

그리고 브라이스를 생각하면 가장 심란했다. 브라이스에 대해서도 전혀 모른다는 사실을 인정해야 했기 때문이었다. 최근에 깨달은 사실에 비춰 보면 브라이스를 더 알고 싶지도 않았다. 식탁 맞은편의 브라이스를 바라보았을 때 기묘하고 무심하고 이도 저도 아닌 감정이 느껴졌다. 불꽃도 일어나지 않았고 분노도 남지 않았고 설렘도 되살아나지 않았다.

아무 느낌도 없었다.

후식을 먹고 돌아갈 시간이 되자 나는 브라이스에게 다가가서 처음 왔을 때 고약하게 굴어서 미안하다고 말했다.

"그냥 네 사과를 잠자코 들어줄 걸 그랬어. 그리고 우리 가족을 초대해 줘서 얼마나 고마운지 몰라. 정말 수고스러운 일이잖아. 우리 엄마가 무척 즐거운 시간을 보낸 것 같은데 나에겐 그게 가장 중요하거든."

우리는 서로를 똑바로 바라보고 있었지만 브라이스는 내 말을 듣고 있는 것 같지 않았다.

"브라이스? 미안하다고 했잖아."

브라이스는 고개를 끄덕였고 우리 가족은 로스키 가족에게 손을 흔들며 잘 자라고 인사했다.

나는 아빠와 손을 맞잡은 엄마를 뒤따라 걸었다. 나란히 선 오빠들은 엄마가 만든 파이의 나머지 몫을 들고 집으로 향하고 있었다. 모두 주방에 모였고 매트 오빠가 컵에 우유를 따르며 마이크 오빠에게 말했다.

"로스키 아저씨 말이야. 오늘 밤 우리한테 콧방귀 엄청 뀌더라, 그치?"

"장난 아니었어. 우리가 자기 딸한테 반했다고 생각하나 봐."

"난 아니야! 넌?"

마이크 오빠도 컵에 우유를 따랐다.

"그딴 말은 스카일러한테나 가서 해. 나랑은 전혀 상관없는 애기니까."

마이크 오빠는 히죽 웃었다.

"하지만 오늘 밤엔 정말 멋지더라고. 아빠 곰한테 막 대들었잖아?"

아빠가 찬장에서 종이 접시를 꺼내 파이를 잘랐다.

"너희 둘도 오늘 밤에 꽤 점잖게 굴더구나. 아빠 같으면 그렇게 냉정을 유지하지 못했을 거다."

"에이, 뭐. 그 아저씨는 그냥…… 자기 생각만 고집하는 사람이에요."

매트 오빠가 대답했다.

"그런 시각에도 익숙해지고 잘 대처해야죠."

매트 오빠는 얼른 덧붙였다.

"물론 그런 사람이 우리 아빠였으면 좋겠다는 뜻은 아니에요."

마이크 오빠는 풋 하고 우유를 뿜고 말았다.

"뭐야! 상상도 안 돼!"

매트 오빠는 아빠의 등을 찰싹 때리며 말했다.

"말도 안 되지. 난 우리 아빠 옆에 있을래."

엄마가 주방 저편에서 빙그레 웃으며 말했다.

"엄마도 마찬가지야."

아빠가 우는 모습은 본 적이 없었다. 자리에 앉아 있던 아빠는 엉엉 운 것은 아니지만 분명 두 눈에 눈물이 글썽했다. 아빠는 얼른 눈을 깜빡거리고 말했다.

"그 우유에 파이 좀 곁들일래?"

매트 오빠가 다리를 벌리고 의자에 걸터앉으며 대답했다.

"이야, 지금 막 그 생각했는데."

마이크 오빠도 말을 보탰다.

"맞아요. 배고파 죽겠어요."

마이크 오빠가 찬장을 뒤적이자 내가 외쳤다.

"내 접시도 하나!"

엄마가 외쳤다.

"하지만 좀 전까지 음식을 먹었잖니."

"자, 트리아나. 당신도 파이 좀 먹어 봐. 맛이 기가 막혀."

그날 밤엔 행복하고 벅찬 가슴으로 잠자리에 들었다. 어둠 속에 누워서 생각하니 하루에도 얼마나 많은 감정이 들락날락하는지 놀라울 뿐이었고 이런 기분으로 하루를 끝마칠 수 있어서 무척 즐거웠다.

포근한 침대에 누워 서서히 잠에 빠져드는데 마음이 놀라울 정도로…… 자유로웠다.

다음날 아침에도 기분이 좋았다. 밖에 나가 뜰에 물을 뿌렸다. 철벅철벅 후두두 하고 흙에 떨어지는 물방울을 흐뭇하게 바라보며 대체 언제쯤 최초의 작은 풀잎이 햇살 속으로 얼굴을 쏙 내밀까 생각했다.

그 후에는 뒤뜰로 가서 닭장을 청소하고 마당을 쓸고 마당 가장자리에 눈에 띄게 돋은 잡초를 약간 뽑았다. 마당의 먼지와 잡초를 삽으로 퍼서 쓰레기통에 붓고 있는데 스투비 아주머니가 옆 울타리 위로 고개를 내밀고 말했다.

"잘 지냈니, 줄리아나? 수탉을 데려오려고 청소하는 거니?"

"수탉이라니요?"

"어머, 당연한 얘길. 암탉들이 알을 더 낳으려면 자극이 필요하단다!"

사실이었다. 보니와 클라이데트와 다른 닭들이 낳는 달걀 수는 예전의 절반에도 미치지 못했다. 하지만 수탉이라니?

"수탉을 기르면 이웃 사람들이 좋아하지 않을 거예요, 스투비 아주머니. 게다가 이미 닭이 여러 마리니까 또 데려오는 건 무리예요."

"말도 안 돼. 넌 닭들에게 뜰을 다 내주면서 버릇을 망치고 있어. 닭들은 공간을 나눠 쓸 줄 안단다. 얼마든지 말이야! 그렇게 하지 않고서야 어떻게 이 사업을 계속하겠다는 거니? 곧 있음 닭이 알을 아예 낳지 않을 거야!"

"그럴까요?"

"그래, 가능성이 거의 없단다."

나는 고개를 젓고 말했다.

"이 암탉들은 원래 제 병아리였어요. 어느새 자라서 알을 낳기 시작한 거죠. 이게 사업이라고는 생각하지 않아요."

"아유, 내가 제때 셈을 치르지 않은 탓도 있구나. 미안해. 이번 주에는 꼭 밀린 달걀 값을 다 치르마. 그중 일부로 수탉을 사면 어떨지 생각해 보렴. 뉴콤 가에 사는 친구가 한 명 있는데 내 데빌드에그(*완숙한 달걀을 반으로 갈라 만드는 서양 요리로 오르되브르로 많이 쓰인다.)를 무척 부러워한단다. 요리법을 가르쳐 줬는데 똑같은 맛이 안 난다는구나."

스투비 아주머니는 나에게 윙크를 했다.

"그 친구에게 내 요리의 비밀 재료를 갖다준다고 하면 돈이야 얼마든지 낼 거다."

스투비 아주머니는 몸을 돌렸다가 다시 말했다.

"참, 줄리아나. 앞뜰을 정말 멋지게 바꿨더구나. 얼마나 근사한지 몰라!"

"고마워요, 아주머니."

나는 현관문을 여는 스투비 아주머니에게 외쳤다.

"정말 고마워요!"

남은 쓰레기더미를 쓰레기통에 부으면서 스투비 아주머니가 한 말을 생각해 보았다. 정말 수탉이 있어야 할까? 수탉이 주변에 있으면 그 수탉과 짝짓기를 했든 안 했든 암탉들이 알을 더 많이 낳는다는 얘기를 들은 적이 있었다. 닭을 번식시켜 아예 새로운 암탉을 얻을 수도 있을 것이다. 하지만 난 그 모든 과정을 또 거치고 싶은 마음이 있는 걸까?

그렇지 않았다. 동네 양계장 주인이 되고 싶진 않았다. 내 사랑스런 닭들이 아예 알을 낳지 않는 날이 온다고 해도 괜찮을 것이다.

나는 갈퀴와 삽을 치우고 꼬꼬 거리며 암탉들에게 하나씩 입을 맞춘 후 집으로 들어갔다. 내 운명을 내 손으로 책임진다고 생각하니 기분이 얼마나 좋던지! 나 자신이 강인하고 올바르고 믿음직스럽게 느껴졌다.

며칠 후 학교에서 그 모든 것이 변해 버릴 줄은 꿈에도 몰랐다.

심장이 두근두근

그날의 저녁 식사 이후로 줄리는 학교에서 나를 상냥한 태도로 대했다. 정말 싫었다. 상냥하게 대하느니 화를 내는 편이 나았다. 차라리 귀찮게 따라다니는 편이 나았다. 줄리는 나를 낯선 사람처럼 대했고 그래서 정말 괴로웠다. 답답할 정도로 괴로웠다.

그러다 경매가 열렸고 나에게는 훨씬 더 심각한 문제가 발생했다.

학교 후원회인 '부스터 클럽'은 그 엉터리 같은 경매로 학교 후원금을 모았다. 클럽에서는 경매 대상으로 뽑히는 게 영광이라고 우겼지만 지나가던 개가 웃을 지경이었다. 요점만 말하자면 남학생 스무 명을 억지로 무대에 세운다. 뽑힌 아이들은 화려한 소풍용 도시락을 싸 와야 하고, 여학생들이 함께 점심을 먹을 남학생의 몸값을 부르는 동안 전교생 앞에서 수모를 당해야 한다.

올해 선발된 스무 명 중에 과연 누가 있었을까?

혹시라도 엄마들이 "어머, 내 아들을 경매에 붙이고 최고 입찰 가격을 부른 아이에게 넘겨주다니 말도 안 돼!"라고 말할 줄

225

알았다면 오산이다. 오히려 엄마들은 아들이 '바구니 소년'으로 선발되었다며 우쭐거렸다.

그렇다. 학교에서는 그 학생들을 '바구니 소년'이라고 불렀다. 학교 스피커에서 "오늘 점심시간에 강당에서는 새로 뽑힌 바구니 소년들의 단체 회의가 있을 예정입니다." 따위의 공지 사항이 들리는 것이다. 곧 이름마저 잃게 된다. 열아홉 명의 얼간이들과 함께 그저 '바구니 소년'으로만 불리게 된다.

물론 우리 엄마도 내가 최고 입찰가를 받도록 바구니에 이런 저런 것을 넣어야겠다며 신이 나서 호들갑을 떨었다. 나는 메이필드 중학교 바구니 소년 명예의 전당에 오르고 싶지 않다고, 사실 바구니의 내용물은 중요하지 않다고 설명하려 했다. 여자 애들은 바구니를 보고 값을 부르는 것 같지 않았다. 솔직히 말해 정육점이나 마찬가지였다.

"교정에서 점심을 먹으면 그걸로 끝이야. 절대 정육점이 아니란다, 브라이스. 명예로운 일이지! 게다가 정말 멋진 여학생이 널 데려갈 수도 있고 그럼 새 친구를 사귀게 되잖니!"

엄마들이란 현실을 너무 모른다.

한편 개릿이 나에게 나불댄 얘기에 따르면 셸리 스톨스는 미치 마이클슨과 헤어졌고 셸리와 미란다 흄스와 제니 앳킨슨이 나를 두고 입찰 전쟁에 돌입했다고 한다.

"대단해!"

개릿이 말했다.

"셸리랑 미란다는 학교 퀸카야. 그리고 맹세컨대 셸리는 너 때문에 미치를 찼어. 샤그리어한테 직접 들었다고. 학교 소식은 줄

줄 꿰고 있는 샤그리어 말이야."

개럿은 음흉하게 히죽거리며 말했다.

"하지만 난 점보 제니를 응원하겠어. 바구니 소년이 됐으면 그 정도는 감당해야지."

개럿에게 입 닥치라고 말하긴 했지만 그 말이 옳았다. 요샌 운이 나쁘니 점보 제니에게 걸릴 수도 있겠다는 생각이 들었다. 눈앞에 생생하게 떠올랐다. 키가 180센티미터가 넘는 기골장대한 여자 아이가 도시락 2인분을 몽땅 먹어 치우고는 나를 따라오는 장면이 말이다. 학교에서 남녀를 통틀어 덩크 슛을 할 수 있는 아이는 제니뿐이었다. 제니가 착지할 때면 체육관 전체가 흔들렸다. 그리고 제니는, 그러니까…… 몸에 여자다운 굴곡이 전혀 없으니 머리를 밀고 프로 농구 팀에 들어갈 수 있을 것 같았다. 정말이었다. 그 점을 의심하는 사람은 없었다.

게다가 제니의 부모님은 제니가 원하는 것은 뭐든 갖게 해 주었다. 차고를 개조해 엄청나게 넓은 전용 농구장을 꾸몄다는 소문도 있었다. 바구니 소년 쟁탈전에서도 마찬가지일 것이다. 나는 슬램 덩크를 당하기 직전일지도 몰랐다.

만일 셸리나 미란다가 입찰가를 최고로 부르지 않는다면 말이다. 하지만 어떻게 하면 내가 원하는 상황을 만들 수 있을까? 머리에 쥐가 날 정도로 궁리한 결과 합리적인 해결책은 하나뿐이었다.

셸리와 미란다, 두 사람 모두의 비위를 맞추는 것이었다.

계획대로 행동한 첫날, 하루의 반이 지나기도 전에 비굴한 느낌이 들었다. 물론 대놓고 알랑거리지는 않았다. 그냥 친절히 대했을 뿐이었다. 셸리와 미란다는 낌새를 채지 못한 것 같았지만 개릿은 눈치가 백 단이었다. 목요일에 개릿이 나에게 말했다.

"야, 속셈이 빤히 보인다, 보여."

"무슨 말이야?"

"시치미 떼기는. 동시에 두 사람한테 작업 걸고 있잖아."

개릿은 바싹 다가와 내 귀에 속삭였다.

"바구니 소년이든 아니든 존경스러울 뿐이다."

"입 닥쳐."

"진심이야! 소식통 샤그리어가 그러는데 그 둘이 오늘 체육 시간에 한바탕했다던데."

궁금한 것은 따로 있었다.

"그럼…… 점보 제니는 어떻대?"

개릿은 어깨를 으쓱했다.

"들은 얘기 없어. 하지만 내일이면 알게 되겠지. 안 그러냐?"

금요일이 되자 엄마는 우스울 정도로 커다란 소풍 바구니와 함께 나를 학교에 내려 주었다. 바구니 소년들은 모두 정장 차림을 해야 했는데 덕분에 나는 넥타이 때문에 숨이 막혔고 정장 바지와 정장 구두 때문에 고지식한 샌님이 된 기분이었다.

정문 계단 쪽으로 다가가자 아이들이 휘파람을 불며 외쳤다.

"오오, 귀염둥이!"

그때 점보 제니가 한 번에 세 계단씩 오르며 내 옆을 지나갔다. 제니는 뒤로 고개를 돌리고 말했다.

"와, 브라이스. 너 정말…… 매력이 철철 넘친다."

윽, 젠장! 나는 다른 바구니 소년들과 만나기로 한 교실로 뛰

다시피 걸음을 옮겼고 교실에 들어선 순간 기분이 나아졌다. 다른 샘들이 나를 둘러쌌는데 그 아이들도 나를 보고 마음이 놓이는 모양이었다.

"왔구나, 로스키."

"야, 어서 와."

"이거 번데기 앞에서 주름 잡는 거 아냐?"

"오늘 왜 버스 안 탔어?"

동병상련이었다.

그러다 부스터 클럽 회장이자 우리 모두에게 올가미를 씌운 맥클루어 부인이 문으로 사뿐사뿐 들어왔다. 맥클루어 부인이 외쳤다.

"어머나! 다들 정말 멋지구나!"

우리가 든 바구니에 대해서는 한 마디도 하지 않았다. 바구니 속을 슬그머니 들여다볼 생각도 하지 않았다. 바구니고 뭐고 안중에도 없었다.

우리가 정육점의 고기가 아니라고? 이래도!

맥클루어 부인이 말했다.

"너무 긴장하지들 마렴. 무척 즐거운 날을 보내게 될 거야!"

맥클루어 부인은 명단을 꺼내 순서대로 줄을 세웠다. 우리는 번호를 받았다. 바구니에도 번호를 붙였다. 우리는 세로 7센티미터, 가로 12센티미터짜리 카드에 적힌 어이없는 항목들에 답변을 적었다. 맥클루어 부인이 우리 모두를 준비시키고 우리가 주의 사항을 숙지했다고 확신할 무렵엔 1교시 수업이 이미 끝났고 2교시 수업도 얼마 남지 않은 상황이었다. 맥클루어 부인이 말했다.

"좋아, 다들 바구니는 그 자리에 두고 교실로 돌아가렴……. 지금 몇 교시지?"

그러더니 시계를 보았다.

"그래, 2교시구나."

"지각 사유서는요?"

어느 똑똑한 바구니 소년이 물었다.

"선생님들에게 명단이 있단다. 혹시 뭐라고 하시면 너희의 넥타이가 지각 사유서라고 말씀드리렴. 학생들이 모두 경매 장소로 모이면 너희는 다시 여기로 모이는 거다. 알겠지? 꾸물거리지 말고 어서들 가!"

우리는 네, 네 하고 투덜거리며 교실로 향했다. 한 가지 분명한 사실은 이 스무 명 중에서 그날 아침 선생님들의 말을 귀담아들은 사람은 아무도 없다는 것이다. 목에는 올가미가 걸렸고 발가락은 꽉 조이는 데다 지금이 바구니 소년 사냥철이라고 생각하는 바보들이 교실에 한가득한데, 선생님의 말이 귀에 들어오겠는가? 이 우스꽝스러운 전통을 시작한 사람이 누구든 그 사람을 바구니에 우겨 넣어 숟가락도 넣어 주지 말고 강에 던져 버려야 한다.

내 번호는 9번이었다. 거의 절반에 이르는 바구니 소년들이 낙찰되는 동안 체육관 무대에 서 있어야 한다는 뜻이었다. 입찰가는 10달러부터 시작되었다. 입찰자가 없을 경우 선생님들이 대신 입찰하기로 비밀리에 정해져 있었다.

그렇다. 굴욕당할 가능성은 무한대로 열려 있었다.

몇몇 엄마들은 캠코더와 망원 렌즈를 가지고 와 관중석 옆에 서서 초조한 기색으로 손을 마구 흔들었다. 바구니 소년인 아들의 겉모습만큼이나 샌님처럼 굴고 있었다. 내가 미처 몰랐던 사실이 있었다. 우리 엄마도 회사에서 한 시간 외출을 받아 와 그들 중에 섞여 있었던 것이다.

팀 펠로는 다섯 번째 바구니 소년이었는데 팀의 엄마가 입찰을 하는 게 아닌가! 정말이었다. 팀의 엄마는 펄쩍펄쩍 뛰면서 소리쳤다.

"20달러! 20달러요!"

어휴, 자칫하면 평생 따라다닐 악몽이 될 판이었다. 다행히도 켈리 트로트가 22달러 50센트를 불러, 평생 마마보이로 낙인찍혀 살 뻔한 가여운 팀을 구해 주었다. 바구니 소년보다 더 끔찍한 몇 가지 꼬리표 중 하나가 바로 마마보이다.

다음 순서인 케일럽 휴즈는 후원회에 11달러 50센트를 벌어다 주었다. 그 뒤는 채드 오먼드였는데, 장담하건대 맥클루어 부인이 채드를 앞으로 잡아당기자 채드는 바지에 오줌을 쌀 뻔했다. 맥클루어 부인은 채드가 작성한 카드를 읽고 채드의 볼을 꼬집고는 정확히 15달러를 쓸어 담았다.

이제 나와 경매대 사이에는 존 트루락만 서 있었다. 존의 바구니에 무슨 메뉴가 들어 있는지, 존의 취미와 관심 스포츠가 뭔지는 눈곱만큼도 궁금하지 않았다. 나는 얼굴에서 땀을 훔치며 점보 제니를 찾느라 관중석을 정신없이 훑어보고 있었다.

맥클루어 부인이 마이크에 대고 "10달러부터 시작합니다!" 하고 외쳤고 1분이 지나서야 나는 "10달러요!"라고 말한 사람이 아무도 없다는 걸 깨달았다. 체육관은 조용했다.

"자, 봅시다! 도시락이 참 먹음직스럽네요. 딸기 타르트에……."

맥클루어 부인은 카드에 쓰인 존 트루락의 도시락 메뉴를 다시 읽기 시작했다.

이보다 더 굴욕적인 상황이 있을까! 마마보이로 불리는 것보다 끔찍했다. 점보 제니와 점심을 먹는 것보다도! 함께 점심 도시락을 먹고 싶어 하는 사람이 없는데 어떻게 바구니 소년으로 뽑힌 걸까?

그때 관중석 오른쪽에서 목소리가 들렸다.

"10달러요!"

"10달러? 10달러라고 했나요?"

맥클루어 부인은 들뜬 듯이 웃음을 지었다.

"12달러요!"

그 부근에서 다른 사람이 외쳤다.

처음 외친 사람이 "15달러요!"라고 응수했는데 그 목소리의 주인공이 누구인지 문득 알 수 있었다.

줄리 베이커였다.

관중석을 훑어보니 줄리가 보였다. 생기발랄한 표정으로 공중에 손을 흔들고 있었다. 다른 목소리가 외쳤다.

"16달러요!"

잠시 조용하다가 줄리가 다시 외쳤다.

"18달러요!"

"18달러 나왔습니다!"

맥클루어 부인이 소리쳤다. 긴장이 풀려 쓰러질 것만 같은 모습이었다. 잠시 입을 다물었다가 말을 이었다.

"18달러에서 초읽기 들어갑니다. 하나…… 둘…… 낙찰되었습니다! 18달러입니다."

줄리에게? 줄리는 절대 도시락에 입찰하지 않을 줄 알았다. 누구의 도시락이든 말이다.

존은 비틀거리며 자리로 돌아왔다. 그리고 이제 내가 나설 차례였지만 몸이 꼼짝도 하지 않았다. 배를 한 대 얻어맞은 것 같았다. 설마 줄리가 존을 좋아하나? 그래서 요새 그렇게…… 그렇게 나에게 상냥하게 대했나? 이젠 나에게 관심이 없어서? 평생 줄리는 늘 같은 자리에 있었고 나는 피해 다니느라 바빴는데, 이제는 나란 사람이 존재하지 않는 것 같았다.

"앞으로 나오렴, 브라이스. 어서, 부끄러워하지 말고!"

마이크 애브니도가 나를 슬쩍 밀며 속삭였다.

"네가 고문당할 차례야. 얼른 가!"

널빤지 위를 걷는 기분이었다. 내가 진땀을 빼며 앞에 서 있는 동안 부스터 클럽 회장은 내 도시락을 상세히 분석하고 내가 좋아하는 것들을 읽어 내려가기 시작했다. 그런데 맥클루어 부인이 말을 다 끝마치기도 전에 셸리 스톨스가 외쳤다.

"10달러요!"

"뭐죠?"

맥클루어 부인이 물었다.

"10달러 드린다고요!"

"오."

부인은 카드를 내려놓으며 웃었다.

233

"자, 10달러가 나온 것 같군요!"

"20달러요!"

정중앙에 앉은 미란다 흄스가 외쳤다.

"25달러요!"

역시 셸리였다.

내가 점보 제니를 찾으며 제니가 아파서든 어째서든 집에 돌아갔기만을 빌고 있는 동안 셸리와 미란다는 입찰가를 5달러씩 높이고 있었다.

"30달러!"

"35달러!"

"40달러!"

"45달러!"

"50달러!"

"52달러!"

"52달러라고요?"

맥클루어 부인이 끼어들었다.

"와, 정말 박진감이 넘치는군요! 바구니를 보면 이 정도는……."

"60달러요!"

"62달러요!"

셸리가 외쳤다.

미란다가 돈 좀 보태 달라며 친구들을 다그치는 동안 맥클루어 부인이 외쳤다.

"초읽기 들어갑니다!"

하지만 그때 제니가 일어나 고함치듯 외쳤다.

"100달러요!"

100달러라니. 체육관 전체가 숨을 죽였다. 전교생이 몸을 돌려 제니를 바라보았다.

"와!"

맥클루어 부인이 웃음을 터뜨렸다.

"100달러가 나왔네요! 사상 최고 기록이 틀림없군요. 부스터 클럽에 이렇게 시원스레 기부해 주다니요!"

나는 맥클루어 부인을 가차 없이 들이받고 무대에서 내려가고 싶었다. 눈앞이 캄캄했다. 도저히 잊지 못할 사건이었다. 그런데 한바탕 소동이 벌어지더니 갑자기 셸리와 미란다가 나란히 서서 이렇게 외쳤다.

"122달러…… 50센트요! 122달러 50센트 내겠어요!"

"122달러 50센트?"

부스터 클럽 회장은 폴카(*19세기 초 유럽에 유행했던 경쾌한 춤 곡.)라도 출 기세였다.

"둘이 돈을 모아 이 근사한 남학생과 도시락을 먹겠다는 얘긴 가요?"

"맞아요!"

셸리와 미란다가 이렇게 외치고는 제니가 있는 쪽을 바라보았다. 모두가 제니 쪽을 바라보았다. 제니는 어깨를 으쓱하더니 다시 손톱 손질에 열중했다.

"자, 그럼! 122달러 50센트에서 초읽기 들어갑니다. 하나…… 둘…… 역대 신기록인 122달러 50센트로 저 아름다운 두 숙녀에게 낙찰되었습니다!"

내가 자리로 돌아가자 마이크가 속삭였다.

"이야! 셸리에다 미란다까지? 내가 어떻게 따라잡겠냐?"

마이크의 낙찰가는 내 발끝에도 미치지 못했다. 16달러에 테리 노리스에게 낙찰되었고 그 후에 나온 가장 높은 낙찰가는 40달러였다. 경매가 끝나자 아이들이 모두 나에게 말했다.

"이야! 넌 정말…… 행운의 사나이다!"

하지만 나는 그런 기분이 들지 않았다. 기진맥진할 따름이었다.

엄마가 다가와 내가 금메달이라도 딴 듯이 꽉 끌어안으며 입을 맞추었다. 엄마는 "우리 귀여운 아들."이라고 속삭인 다음 하이힐을 또각거리며 직장으로 돌아갔다.

나는 기진맥진한 데다 당황스럽기까지 했지만 셸리와 미란다에게 끌려가다시피 강당으로 들어갔다.

부스터 클럽에서는 강당에 작은 2인용 탁자를 준비해 두었는데 풍선과 리본을 잔뜩 달아서 사방이 분홍색과 파란색, 노란색이었다. 미란다는 내 한쪽 팔에 매달리고 셸리는 다른 쪽 팔을 꼭 붙잡았다. 나는 부활절 토끼가 된 기분으로 바보 같은 바구니 소년용 도시락을 양손으로 들고 있었다.

준비 위원들이 우리에게 가장 큰 탁자를 배정해 주고 의자를 하나 더 가져다주었다. 모두 자리에 앉자 맥클루어 부인이 말했다.

"여러분! 오늘 여러분이 수업에 들어가지 않아도 된다는 걸 굳이 깨우쳐 줄 필요는 없을 것 같네요. 도시락 맛있게 먹고 우정을 나누세요……. 천천히 편안한 시간을 보내시길 바랍니다. 부스터 클럽을 후원해 줘서 고마워요! 여러분이 없다면 우리 부스터 클럽도 없답니다!"

이렇게 나는 학교에서 가장 예쁜 두 여학생과 함께 점심을 먹게 되었다. 나는 모든 남학생들이 부러워하는 '행운의 사나이'였다.

하지만 사실은 비참했다.

두 여자 아이들의 겉모습은 매력적일지 몰라도 입에서 나오는 점보 제니에 관한 말은 얼굴이 화끈거릴 정도로 불쾌했다. 결국 미란다의 입에서 이런 얘기까지 나왔다.

"걔 머리가 어떻게 된 거 아니야? 넌 그런 애랑은 절대 데이트할 생각 없잖아. 그치, 브라이스?"

그건 그랬다. 사실이었다. 하지만 그런 말은 하면 안 될 것 같았다.

"저기, 우리 다른 얘기할까?"

"좋지. 어떤 얘기?"

"아무거나 다른 얘기. 이번 여름 방학 때 어디 가니?"

미란다가 먼저 나섰다.

"유람선을 타고 멕시칸 리비에라로 크루즈 여행을 갈 거야. 근사한 항구랑 상점을 빼놓지 않고 들를 거야."

미란다는 나에게 눈을 찡긋거리며 말했다.

"너한테 줄 선물 사 올게……."

셸리는 의자를 살짝 당겨 앉으며 말했다.

"우린 호수에 갈 거야. 거기에 아빠 별장이 있는데 선탠을 끝내주게 할 수 있어. 올해 초에 내 모습이 어땠는지 기억나니? 피부가 거의 새카맸잖아. 또 그렇게 만들 거야. 대신 이번엔 계획을 꼼꼼히 세워서 구석구석 빠진 데 없이 태워야지."

셸리는 킬킬대며 말했다.

"우리 엄마한테는 얘기하지 마, 알았니? 기절초풍하실걸!"

그 말에 '선탠 전쟁'이 벌어졌다. 미란다는 셸리에게 올해 초에 셸리가 선탠을 했는지조차 몰랐다며 선탠을 할 최적의 장소는 유람선이라고 말했다. 셸리는 미란다에게 주근깨가 있는 사람은 제대로 선탠을 할 수 없는데 미란다는 주근깨투성이이므로 크루즈 여행은 뻔한 돈 낭비라고 말했다. 나는 점심 도시락 중 내 몫인 3분의 1을 억지로 삼키고 둘의 대화를 흘려들으려고 애쓰며 강당을 둘러보았다.

그때 줄리가 보였다. 줄리는 우리 자리에서 두 탁자 떨어진 자리, 내 얼굴이 보이는 쪽에 앉아 있었다. 내 얼굴을 보고 있지는 않았지만 어쨌든 줄리는 눈을 반짝반짝 빛내고 웃으면서 존을 보고 있었다.

가슴이 요동쳤다. 줄리는 왜 웃고 있을까? 무슨 얘기를 하고 있는 걸까? 저기 앉은 줄리는 어쩜 저렇게도…… 아름다울까?

나 자신을 통제할 수 없었다. 몸이 말을 듣지 않는 것 같았다. 그동안 존이 꽤 괜찮은 아이라고 생각했지만 당장은 다가가서 강당 밖으로 던져 버리고 싶었다.

셸리가 내 팔을 붙잡으며 말했다.

"브라이스, 괜찮니? 너…… 왠지…… 뭐에 홀린 표정이야."

"뭐? 아."

나는 숨을 깊게 내쉬어 보았다. 미란다가 물었다.

"뭘 그렇게 보고 있니?"

셸리와 미란다는 고개를 뒤로 돌렸다가 어깨를 으쓱하며 다시 음식을 집어 먹기 시작했다. 하지만 나는 다시 쳐다보지 않을 수 없었다. 마음속에서 할아버지의 목소리가 들려왔다.

'지금 하는 선택이 평생 영향을 미칠 거다. 올바른 선택을 해라⋯⋯.'

올바른 선택을 해라⋯⋯.

올바른 선택을 해라⋯⋯.

미란다가 나를 흔들며 물었다.

"브라이스? 내 말 듣고 있니? 이번 여름 방학 때 뭘 할 거냐고 물었잖아."

나는 날카롭게 대답했다.

"모르겠어."

셸리가 말했다.

"그럼 우리 가족이랑 같이 호수에 가서 놀자!"

고문이나 다름없었다. 소리를 지르고 싶었다. 입 닥쳐! 날 가만 내버려 둬! 건물에서 뛰쳐나가 이 기분이 사라질 때까지 달리고 또 달리고 싶었다.

"도시락 정말 맛있다, 브라이스."

미란다의 목소리는 허공을 떠돌았다.

"브라이스? 내 말 들었어? 도시락이 정말 화려해."

간단히 고맙다고 말하면 되는 얘기였다. 하지만 내가 그럴 수 있었을까? 나는 미란다에게 고개를 돌리며 말했다.

"음식이나 선탠이나 머리카락 말고 딴 얘기 없어?"

미란다는 도도한 웃음을 지었다.

"그래, 무슨 얘기가 하고 싶은데?"

나는 미란다에게 눈을 깜빡이다가 셸리에게 고개를 돌렸다.

"영구 운동은 어때? 아는 거 있어?"

"영구 뭐?"

미란다가 웃기 시작했다. 내가 물었다.

"왜 그래? 뭐가 그렇게 웃겨?"

미란다는 잠깐 나를 보더니 히죽거렸다.

"내가 '박학다식'한 애한테 입찰한 줄은 몰랐어."

"야…… 나 꽤 똑똑해!"

"그래?"

미란다는 낄낄거렸다.

"'박학다식'의 철자는 알아?"

"브라이스 원래 똑똑한 거 몰랐니, 미란다?"

"어머, 아첨은 그만둬, 셸리. 브라이스의 두뇌에 반했다는 말을 하려는 거야? 알랑거리는 꼴이라니 보기 역겨워!"

"알랑거린다고? 진심으로 하는 얘기야?"

"당연하지. 그래도 브라이스는 널 졸업 파티에 데려가지 않을 거야. 그러니 그만 좀 할래?"

그 말과 함께 모든 것이 끝났다. 엄마의 사과 타르트 부스러기가 미란다의 머리카락에 달라붙었고 남은 랜치 드레싱은 셸리의 머리카락에 엉겨 붙었다. 맥클루어 부인이 "부스터 클럽 행사에서 도대체 무슨 짓이니?"라고 말하기도 전에 둘은 바닥을 뒹굴며 손톱으로 상대의 두꺼운 화장을 긁어 댔다.

나는 이 기회를 틈타 자리를 떠났고 줄리에게 다가갔다. 줄리의 손을 잡고 말했다.

"할 말이 있어."

줄리는 엉거주춤 일어나며 말했다.

"왜 그래? 무슨 일이야, 브라이스? 저 애들은 왜 싸우니?"

"잠깐 실례할게. 괜찮지, 존?"

줄리를 그 탁자에서 일으켜 세우긴 했지만 달리 갈 데가 없었다. 그리고 줄리의 손을 잡고 있으니 생각이란 걸 할 수가 없었다. 그래서 강당 한복판에서 걸음을 멈추고 줄리를 바라보았다. 생기발랄한 그 얼굴을, 줄리의 뺨을 쓰다듬으며 그 촉감을 느껴 보고 싶었다. 줄리의 머리카락도 만져 보고 싶었다. 놀랄 정도로 부드러워 보였다.

줄리가 속삭였다.

"브라이스, 무슨 일이야?"

나는 숨이 멎을 듯한 심정으로 물었다.

"너, 저 애 좋아해?"

"누구…… 존 말이니?"

"그래!"

"그럼. 친절하고……."

"아니, 정말 좋아하느냐고!"

줄리의 다른 손까지 잡고 대답을 기다리는 동안 심장이 쿵쾅쿵쾅 터질 듯했다.

"그건 아니야. 그러니까 그런 식으로는……."

아니라고! 아니라고 말했다! 여기가 어디인지, 누가 보고 있는 지 상관없었다. 줄리에게 키스하고 싶은 생각뿐이었다. 나는 두 눈을 감고 몸을 숙이며……

줄리가 화들짝 물러섰다.

갑자기 강당 안이 찬물을 끼얹은 듯 조용해졌다. 미란다와 셸 리는 끈적거리는 머리카락을 헤치고 나를 멍하니 바라보았고, 머 리 회로가 터진 게 아니냐고 묻는 듯한 눈으로 모두가 나를 쳐다 보고 있었다. 나는 제자리에 서서 입술을 깨물며 정신을 바로잡 으려고 애썼다.

맥클루어 부인이 내 어깨를 붙잡고 제자리로 데려가며 나에게 말했다.

"꼼짝 말고 앉아 있어!"

맥클루어 부인은 미란다와 셸리에게 야단을 치며 밖으로 끌어 냈다. 그리고 두 사람 때문에 엉망이 된 강당을 닦기 위해 수위 실에 다녀올 테니 각각 다른 화장실에 가서 씻고 오라고 지시했 다.

나는 혼자 우두커니 앉아 있었다. 사태 수습은 눈곱만큼도 신 경 쓰이지 않았다. 그저 줄리와 함께 있고 싶었다. 줄리와 이야기 하고 싶었다. 다시 줄리의 손을 잡고 싶었다.

줄리에게 키스하고 싶었다.

학교가 끝나기 전에 줄리에게 다시 말을 걸려고 했지만 가까이 갈 때마다 줄리는 나를 휙 피해 버렸다. 그러다 마지막 수업 종이 울리자마자 사라져 버렸다. 줄리를 찾아 사방을 두리번거렸지만 아무 데서도 보이지 않았다.

그러나 개럿은 보였다. 개럿이 나를 따라와서 말했다.

"야! 그 얘기 사실 아니지?"

나는 입도 뻥긋하지 않았다. 줄리를 찾고 싶은 마음에 자전거 보관소로 뚜벅뚜벅 걸어갔다.

"맙소사…… 설마 진짜야?"

"나 혼자 있게 해 줘, 개럿."

"학교 최고 퀸카 둘이 너 때문에 싸우고 있는데 고작 줄리 때문에 그 애들을 바람맞히겠다고?"

"넌 이해 못해."

"내 말이 그 말이다. 도무지 이해가 안 돼. 정말 그 애한테 키스하려고 했어? 그것만큼은 사실이 아니겠지. 줄리아나 베이커잖아! 생각하기도 싫은 앞집 애! 거들먹거리는 껌딱지에다 닭장에 기어들어가는 여자 애!"

나는 걸음을 딱 멈추고 개럿을 밀쳤다. 양손으로 거칠게 떠밀었다.

"아주 오래전 얘기야. 제발 그만해!"

개럿은 두 손을 번쩍 들었다가 나에게 다가왔다.

"야, 너 걔한테 완전히 빠졌구나?"

"제발 좀 가 줄래?"

개럿이 앞을 막아섰다.

"말도 안 돼! 두 시간 전만 해도 넌 사나이였어. 행운의 사나이! 전교생이 네 앞에 무릎을 꿇었다고! 그런데 지금 네 꼴을 봐. 사회 위험 요소가 된 것 같잖아."

개럿은 콧방귀를 뀌며 말했다.

"흥! 그리고 솔직히 네가 이런 식으로 나오면 너랑은 끝이야."

나는 개럿의 얼굴을 똑바로 쳐다보며 말했다.

"잘됐네! 왜 그런 줄 알아? 나도 너 같은 친구는 사절이니까!"

나는 개럿을 옆으로 밀치고 달려갔다.

나는 집까지 걸어갔다. 신발은 꽉 조였고 음식 찌꺼기가 엉겨 붙은 소풍 바구니 속에서는 지저분한 접시들이 절거덕거렸다. 9번 바구니 소년은 이런 꼴로 집까지 터벅터벅 걸어갔다. 그리고 마음속에서는 격렬한 전투가 벌어지고 있었다. 예전의 브라이스는 얼른 발길을 되돌려 개럿과 잡담이나 늘어놓고 놀면서 줄리 베이커를 싫어하던 때로 돌아가라고 했다.

행운의 사나이가 되라고 했다.

그러나 예전의 브라이스는 사라져 버렸다는 걸 직감적으로 알 수 있었다. 돌아갈 수 없었다. 개럿에게도 그렇고 셸리나 미란다나 날 이해하지 못하는 다른 사람들에게 돌아갈 수는 없었다. 줄리는 별난 아이였지만 시간이 흐른 지금은 그게 더 이상 신경 쓰이지 않았다.

그런 줄리의 모습이 좋았다.

줄리가 좋았다.

줄리는 볼 때마다 더 아름다워지는 것 같았다. 눈부시게 빛나는 것 같았다. 100와트짜리 전구 같은 걸 말하는 게 아니다. 줄리에게서는 따스함이 퍼져 나왔다. 그 플라타너스 나무에 올라갔기 때문일지도 몰랐다. 닭들에게 노래를 불러 주었기 때문인지도 몰랐다. 어쩌면 말뚝에 못을 박고 영구 기계를 꿈꾸기 때문일지도 몰랐다. 나는 알 수 없었다. 내가 아는 사실이라고는 줄리에 비하면 셸리와 미란다가 너무…… 평범해 보인다는 것이었다.

전에는 단 한 번도 느껴 보지 못한 감정이었다. 감정을 숨기지 않고 솔직하게 인정하니 강해진 기분이 들었다. 행복했다. 신발과 양말을 벗어 바구니에 넣었다. 맨발로 집을 향해 뛰어가자 어깨 뒤로 넥타이 자락이 나부꼈다. 개럿이 한 말 중에서 한 가지는 옳다는 생각이 들었다. 나는 사랑에 빠졌다.

완벽하게.

우리 집이 있는 거리로 접어들었을 때 줄리네 집 앞에 비스듬히 세워진 줄리의 자전거가 보였다. 줄리가 집에 있었다!

나는 초인종이 망가지겠다 싶을 만큼 종을 마구 눌렀다. 아무런 대답이 없었다.

문을 쾅쾅 두드려 보았다. 역시 대답이 없었다.

집에 가서 전화를 걸었고 오래 기다린 끝에 마침내 줄리의 엄마가 받았다.

"브라이스니? 아니, 미안하구나. 줄리가 얘기하고 싶지 않다는구나."

줄리의 엄마는 나지막하게 덧붙였다.

"줄리에게 시간을 좀 주렴. 그럴 수 있지?"

나는 줄리에게 거의 한 시간을 주었다. 그런 다음 길을 건넜다.

"부탁이에요, 베이커 아주머니. 줄리를 만나야 해요!"

"방에 들어가서 나오지 않는단다. 내일 전화해 보렴."

내일? 내일까지 어떻게 기다린단 말인가! 나는 줄리네 집 옆으로 가서 울타리를 넘어 줄리의 방 창문을 두드렸다.

"줄리! 줄리, 제발 나 좀 만나 줘."

줄리의 방 커튼은 열리지 않았지만 대신 뒷문이 열렸다. 베이커 아주머니가 나와서 돌아가라는 뜻으로 손을 내저었다.

집으로 돌아가니 할아버지가 현관문에서 기다리고 있었다.

"브라이스, 무슨 일이냐? 베이커네로 왔다 갔다 하면서 울타리까지 넘고…… 사방에 불이라도 난 것 같구나!"

나도 모르게 이렇게 내뱉고 말았다.

"믿을 수가 없어요! 말이 안 돼요! 저하고 이야기를 하려 들지 않아요!"

할아버지는 나를 거실로 데려가며 말했다.

"누구 얘기냐?"

"줄리요!"

할아버지는 머뭇거렸다.

"너한테…… 화났다더냐?"

"모르겠어요!"

"너한테 화낼 이유가 있느냐?"

"아니에요! 맞아요! 그러니까, 모르겠어요."

"대체 무슨 일이 있었는데?"

"제가 줄리에게 키스하려고 했어요! 학생들이 다 보는 앞에서요. 그 바보 같은 바구니 도시락을 셸리, 미란다와 나눠 먹기로 했는데 그러다 그만 줄리에게 키스하려고 했어요!"

할아버지의 얼굴에 서서히 웃음이 번졌다.

"그랬어?"

"전 정신이 나간 것 같았어요. 제 자신을 말릴 수가 없었어요! 하지만 줄리는 뒤로 물러나더니……."

나는 창밖으로 베이커네 집을 바라보았다.

"이젠 저랑 얘기하고 싶지 않대요!"

할아버지는 매우 조용하게 말했다.

"너무 갑작스러워서 그런 거 아니냐?"

"하지만 그게 아니에요!"

"아니라고?"

"네, 그러니까……."

나는 고개를 돌려 할아버지를 바라보았다.

"그 바보 같은 신문 기사 때문에 시작됐어요. 그러고는 모르겠어요……. 그 후로 전 이상해졌어요. 줄리의 얼굴도 예전과 달라 보이고 목소리도 예전과 다르게 들리고 예전의 줄리가 맞나 싶을 정도예요!"

나는 창문을 통해 다시 베이커네 집을 바라보았다.

"줄리가…… 줄리가 달라진 것 같아요."

할아버지는 나와 나란히 서서 건너편을 바라보았다.

"아니, 브라이스."

할아버지는 부드럽게 말했다.

"줄리는 언제나 같은 모습이었단다. 달라진 사람은 너야."

할아버지는 내 어깨를 탁 치며 속삭였다.

"그리고 아가, 이제 다시는 예전 모습으로 돌아가지 못할 거다."

할아버지는 흐뭇한 얼굴이었지만 나는 비참하기 짝이 없었다. 뭘 먹을 수가 없었다. 텔레비전도 볼 수 없었다. 아무것도 할 수가 없었다.

그래서 잠자리에 일찍 들었지만 잠이 오지 않았다. 몇 시간 동안 창문으로 줄리의 집을 바라보았다. 하늘을 멍하니 바라보았다. 양을 한 마리, 두 마리 세어 보았다. 하지만 오랜 세월 동안 왜 그렇게 바보 같이 굴었는지 자책감을 떨칠 수가 없었다.

이제 어떻게 해야 줄리가 내 말을 들어줄까? 할 수만 있다면 그 무시무시한 플라타너스 나무의 맨 꼭대기까지라도 올라갈 텐데 그리고 온 세상이 듣도록 목이 터져라 줄리의 이름을 외칠 텐데.

알다시피 난 나무 타기라면 질색하는 겁쟁이니까 줄리가 내 이야기를 들어주기만 한다면 뭐든 할 작정이란 걸 분명히 알 수 있을 것이다. 필요하다면 줄리를 따라 닭똥이 가득한 닭장 속에 기어들어가도 좋았다. 줄리와 함께 있을 수 있다면 학교까지 멀고 먼 길을 평생 자전거를 타고 다녀도 좋았다.

뭐든 할 수 있었다. 어떻게 해서든 내가 변했다는 걸 줄리에게 보여 줘야 했다. 줄리가 어떤 사람인지 알게 되었다는 걸 증명해야 했다.

하지만 어떻게? 나는 줄리가 생각하는 그런 아이가 아니라고 어떻게 알려 주지? 지금까지 저지른 잘못을 모두 지우고 새로 시작하려면 어떻게 해야 하지?

불가능한 일인지도 몰랐다. 끝끝내 성공할 수 없을지도 몰랐다. 하지만 줄리 베이커에게 배운 점이 있다면 온 마음과 영혼을 다해 노력해야 한다는 것이었다.

무슨 일이 벌어지든지 할아버지의 말씀 중에서 한 가지만큼은 틀림없었다.

다시는 예전의 내 모습으로 돌아가지 않을 것이다.

바구니 소년

로스키네에서 저녁 식사를 하고 월요일이 되어 학교에 갔는데 달라가 나를 따라와 브라이스 로스키의 이름을 다시 내 머릿속에 우겨 넣었다.

"줄리! 어휴, 좀 기다려! 주말 잘 보냈니?"

"잘 보냈어. 달라, 넌?"

"어머, 그냥 하는 얘기가 아니야."

달라가 속삭였다.

"너 괜찮아?"

달라는 배낭을 다른 쪽 어깨로 옮기며 이쪽저쪽 뒤를 돌아보았다.

"생각해 보니 브라이스가 너무했다 싶더라고. 더더구나 네가 그동안 그렇게 그 앨 좋아했는데 말이야."

"누가 그런 말을 해?"

"난 뭐 눈이 없는 줄 아니? 시치미 떼지 마. 기정사실이잖아. 그래서 네가 걱정돼. 정말 괜찮은 거야?"

"그래, 괜찮아. 어쨌든 걱정해 줘서 고마워."

나는 달라를 보며 말했다.

"근데 달라, 이젠 기정사실이 아니야."

달라는 깔깔거렸다.

"그 다이어트가 얼마나 오래갈까?"

"다이어트도 뭣도 아니야. 그냥 정이 완전히 떨어졌어."

달라는 의심스러운 눈으로 나를 쳐다보았다.

"으음."

"뭐, 정말이야. 하지만 어쨌든 신경 써 줘서 고마워."

1교시 내내 나는 여전히 강인하고 올바르고 믿음직스러운 사람이 된 기분이었다. 그런데 시몬스 선생님이 15분이나 일찍 수업을 끝마치고 말하는 것이었다.

"다들 펜이나 연필 빼고 책상 위에 있는 물건은 남김없이 치우렴."

"네?"

아이들이 모두 외쳤다. 나도 덩달아 외쳤다. 쪽지 시험 준비는 하나도 안 했는데!

선생님이 말했다.

"다 치워야 해! 자, 시간 낭비하지 말고."

교실은 투덜거리며 바인더를 정리하는 소리로 가득했다. 명령대로 거의 모두 치웠을 때 선생님은 책상에서 샛노란 종이 뭉치를 꺼내 사악한 미소를 지으며 부채꼴로 펼쳤다.

"바구니 소년을 뽑을 때가 됐단다!"

안도의 물결이 교실을 휩쓸었다.

"바구니 소년이라고요? 쪽지 시험이 아니고요?"

선생님은 손가락으로 종이 뭉치를 훑어 투표용지를 세며 말했다.

"서로 의논하면 안 되니 쪽지 시험이나 마찬가지지. 쪽지 시험처럼 시간제한도 있고."

선생님은 투표용지 한 묶음을 1분단 첫 번째 책상에 탁 내려놓았고 2분단에도 한 묶음 내려놓았다.

"종이 울리면 내가 일일이 걷으면서 지시대로 했는지 검사할 거다."

선생님은 3분단으로 서둘러 걸음을 옮겼다.

"남학생 명단에서 다섯 명을 골라 표시하는 거야. 딱 다섯 명만 골라야 해. 자기 이름은 쓰지 말고 옆 사람과 의논해서도 안 된다."

4분단으로 다가가는 선생님의 말이 점점 빨라졌다.

"다 표시하고 용지를 뒤집어 놓으면 돼."

선생님은 남은 종이를 마지막 책상에 툭 내려놓았다.

"투표용지를 절대 접으면 안 된다! 절대!"

로비 캐스티넌이 손을 들고 물었다.

"남학생들은 왜 투표해야 해요? 남자들 표를 받는 건 우습잖아요."

"로비……."

시몬스 선생님이 경고했다.

"진지하게 할 수 없니? 지금 우리가 뭘 하는 것 같아? 친구에게 투표하는 거니, 적에게 투표하는 거니?"

많은 아이들이 소리 죽여 킬킬댔고 시몬스 선생님은 얼굴을 찌푸렸다. 하지만 로비의 말이 옳았다. 중학교 2학년 남학생들 중에 스무 명은 소풍용 도시락 2인분을 싸 와서 최고 입찰가를 부른 사람에게 낙찰되어 도시락을 같이 먹어야 했다.

"바구니 소년은 매우 명예로운……."

시몬스 선생님이 말을 시작했지만 로비가 가로챘다.

"웃음거리가 되는 거죠! 창피한 일이라고요! 바구니 소년이 되고 싶어 하는 사람이 어디 있어요?"

주변 남학생들은 모두 "난 아니야."라고 중얼거렸지만 시몬스 선생님은 목소리를 가다듬고 말했다.

"명예롭게 여길 줄 알아야 해! 개교 이래 줄곧 학교 재정에 보탬이 된 전통이잖니. 여러 세대에 걸친 바구니 소년들이 있었기에 학교가 지금과 같은 모습이 되었단다. 화단과 아름드리나무와 사과나무 숲은 모두 바구니 소년들의 공로야. 다른 중학교에 가 보면 우리 학교의 교정이 얼마나 쾌적하고 아늑한지 깨닫게 될 거다."

"이게 다 바구니 소년들이 흘린 피와 땀 덕분이란 말씀이시죠?"

로비가 투덜거렸다. 시몬스 선생님은 한숨을 내쉬었다.

"로비, 훗날 네 자녀들이 이 학교에 다니게 되면 너도 알게 돼. 지금은 가장 높은 가격에 낙찰될 것 같은 사람에게 조용히 투표하렴. 그리고 다들 알아 둬."

선생님은 말을 덧붙였다.

"9분 남았다."

교실은 잠잠해졌다. 중학교 2학년 남학생 150명의 이름을 읽어 내려가는데 나에게 바구니 소년은 한 사람뿐이란 걸 깨달을 수 있었다. 바로 브라이스다.

나는 감상에 빠지지 않으려고 했다. 브라이스를 좋아했던 건 정신 나간 짓이었고 이제는 브라이스에게 투표할 생각이 전혀 없었다. 하지만 달리 누구에게 투표해야 할지 알 수가 없었다. 시몬스 선생님을 쳐다보니 시계를 흘끔거리며 아이들을 예리하게 감시하고 있었다. 아무도 선택하지 않으면, 그냥 이대로 제출하면 어떻게 될까?

선생님이 나를 방과 후에 붙잡아 둘 게 뻔했다. 그래서 마지막 2분을 남겨 두고 바보도 얼간이도 아니지만 마음 착한 남학생들 이름 옆에 점을 찍었다. 다하고 보니 열 명의 이름 옆에 점이 찍혔고 나는 그중 다섯 명의 이름에 동그라미를 쳤다. 라이언 놀, 빈스 올슨, 에이드리언 이글레시아, 이안 라이, 존 트루락. 이 아이들은 바구니 소년으로 뽑힐 가능성이 없었지만 나는 입찰하지 않을 테니 상관없었다. 종이 울리자 투표용지를 선생님에게 내고 경매에 대해서는 까맣게 잊어버렸다.

다음날 점심시간까지는 그랬다. 달라가 도서관으로 가는 나를 붙잡아 자기 자리로 끌고 갔다. 달라가 물었다.

"명단 봤어?"

"무슨 명단?"

"바구니 소년 명단 말이야!"

달라는 스무 명의 이름을 휘갈겨 쓴 종이를 내 눈앞에 흔들며 주변을 둘러보았다.

"네 주요리도 뽑혔어!"

위에서 다섯 번째에 적혀 있었다. 브라이스 로스키.

그럴 줄은 알았지만 뜻밖에도 어마어마한 소유욕이 온몸에 끓어올랐다. 누가 브라이스에게 투표를 했을까? 150명 중에서도 꽤 많은 표를 얻었겠지! 수많은 여학생들이 부스터 클럽 회원들의 눈앞에 돈다발을 흔들어 대며 브라이스와 점심을 먹게 해 달라고 애원하는 광경이 머릿속에 떠올랐다.

나는 달라에게 명단을 휙 돌려주며 말했다.

"내 주요리가 아니라니까! 사실 그 애에게 투표하지도 않았어."

"와, 대단해! 다이어트에 꽤 열심이구나!"

"다이어트가 아니야, 달라. 이젠…… 이젠 다 끝냈다고. 알았니?"

"다행이네. 소문을 듣자 하니 백치미인 셸리가 벌써 브라이스를 찜했다던데."

"셸리? 셸리 스톨스?"

뺨이 후끈 달아올랐다.

"그래."

달라는 종이를 공중에 흔들며 외쳤다.

"리즈! 메이시! 이리 와 봐! 명단이 나왔어!"

달라의 친구들이 앞다투어 달려오더니 보물 지도라도 되는 듯 종이를 뚫어지게 들여다보았다. 메이시가 소리쳤다.

"채드 오먼드도 있어! 정말 귀엽잖아! 난 채드한테 기꺼이 10달러를 걸겠어!"

리즈가 꺽꺽거렸다.

"데니도 있어! 그 앤……."

리즈는 몸을 떨며 킬킬거렸다.

"저어엉말 괜찮거든!"

메이시가 윗입술을 살짝 비죽거리며 말했다.

"존 트루락? 존 트루락이라고? 어떻게 명단에 올랐지?"

잠시 나는 내 귀를 의심했다. 메이시의 손에서 종이를 낚아챘다.

"확실해?"

"저기 봐."

메이시가 존의 이름을 짚으며 말했다.

"대체 누가 애한테 투표한 거야?"

"얌전한 여자 애들이겠지."

달라가 말했다.

"난 마이크 애브니도한테 관심이 생기는데. 나랑 경쟁할 사람?"

메이시가 웃음을 터뜨렸다.

"네가 덤벼들겠다면 난 관둘래."

리즈가 말했다.

"나도."

달라가 나에게 물었다.

"넌 어때, 줄리? 금요일에 현금 넉넉히 가져올 거지?"

"절대!"

"학창 시절의 절반을 놓치게 될 텐……."

"그래도 싫어! 난 입찰 안 할 거야. 누구에게도!"

달라가 깔깔 웃었다.

"그래, 잘 생각했어."

그날 오후 자전거로 집에 가는데 브라이스와 바구니 소년 경매에 대한 생각이 머릿속을 떠나지 않았다. 브라이스에 대한 감정이 되살아나는 것 같았다. 하지만 셸리가 브라이스를 좋아하든 말든 무슨 상관이람? 브라이스 생각은 하지도 말자!

브라이스에 대한 생각을 떨쳐 버리자 불쌍한 존 트루락이 걱정되기 시작했다. 존은 매우 조용한 아이인데 그 애가 바구니를 꼭 붙잡고 전교생 앞에서 경매대에 서야 한다고 생각하니 몹시 가여웠다. 내가 존에게 무슨 짓을 한 거지?

하지만 집 진입로에 폴짝 뛰어오른 순간 바구니 소년에 대한 생각이 머릿속에서 폴짝 튕겨 나가 버렸다. 흙 속에서 튀어나온 저건 혹시 잔디일까? 그랬다! 정말 잔디였다! 나는 자전거를 내던지고 무릎을 꿇고 엎드렸다. 무척 가늘고 앙증맞은 잔디들이 드문드문 나 있었다! 넓고 검은 흙 밭에서 거의 눈에 띄지 않았지만 그래도 분명히 있었다. 오후의 햇살 속에 고개를 내밀고 있었다.

나는 집으로 우당탕 뛰어들어가며 외쳤다.

"엄마! 엄마! 잔디가 나왔어요!"

"정말?"

엄마가 고무장갑과 양동이를 들고 욕실에서 나왔다.

"과연 싹이 틀까 싶었는데."

"싹이 텄어요! 와 보세요! 얼른요!"

처음에 엄마는 별로 감동받은 얼굴이 아니었다. 하지만 내 말대로 무릎을 꿇고 엎드려 자세히 보고 난 후 웃음을 지으며 말했다.

"어쩜 이리 가냘플까……."

"하품하는 것 같지 않아요?"

엄마는 고개를 갸웃하더니 더 자세히 살펴보았다.

"하품?"

"아니면 기지개를 펴는 것 같아요. 작은 흙 침대에서 몸을 일으켜 세우고 팔을 높이 뻗으면서 '안녕, 세상아!' 하고 말하는 것 같아요."

엄마는 웃음을 터뜨리며 말했다.

"어머, 정말이네!"

나는 벌떡 일어나 감아 두었던 호스를 풀었다.

"아침 샤워를 하고 싶겠죠?"

엄마가 그럴 거라고 대답하며 집 안으로 들어갔다. 나는 노래를 부르며 물을 뿌렸다. 갓 태어난 귀여운 초록 이파리들 덕분에 기쁨에 취해 있는데 스쿨버스가 콜리어 가에 덜컹덜컹 멈춰 서는 소리가 들렸다.

브라이스! 그 이름이 내 머리를 꿰뚫고 지나갔다. 주체할 수 없을 만큼 더럭 겁이 났다. 나는 생각할 겨를도 없이 호스를 내던지고 집 안으로 쏜살같이 뛰어들었다.

방에 틀어박혀 숙제를 하려고 했다. 내 평화는 어디로 갔을까? 단호한 결심은? 분별력은? 셸리 스톨스가 브라이스를 좋아한다고 그게 죄다 사라져 버린 걸까? 오래전의 경쟁자 때문에 이런 기분이 되어 버렸나? 브라이스와 셸리를 잊어버려야 했다. 둘은 잘 어울리는 한 쌍이었다. 끼리끼리 잘해 보라지!

하지만 사실은 내 마음이 새로 돋아난 잔디와 같다는 걸, 난 아직 밟고 지나가도 끄떡없을 만큼 강하지 않다는 걸 알고 있었다. 그렇게 될 때까지 할 수 있는 일은 단 하나였다. 브라이스와 거리를 두어야 했다. 내 삶에서 밀어내야 했다.

나는 바구니 소년과 관련된 소식에 귀를 닫고 학교에서 브라이스를 피해 다녔다. 우연히 마주치면 잘 모르는 사람처럼 간단히 인사만 했다. 제법 효과가 있었다! 날이 갈수록 나는 점점 강해졌다. 경매니 바구니 소년이니 누가 신경이라도 쓴대? 난 관심 없어!

금요일에는 아침 일찍 일어나 닭장 속에서 몇 개 되지 않는 달걀을 모아 담고 이젠 초록빛이 완연한 앞뜰에 물을 주고 아침을 먹은 다음 등교 준비를 했다.

하지만 머리카락을 빗는 동안에는 셸리 스톨스를 떠올리지 않을 수 없었다. 오늘은 경매가 있는 날이다. 아마 셸리는 새벽 다섯 시부터 일어나 머리를 어마어마하게 부풀리고 있겠지.

그게 어때서? 나는 중얼거렸다. 그게 뭐 어때서? 하지만 점퍼를 걸치다가 시선이 저금통으로 향하며 고민이 되었다. 혹시…….

안 돼! 절대 안 돼!

나는 차고로 달려가 자전거에 올라타고 얼른 집에서 빠져나왔다. 거리를 한참 달리고 있을 때 스투비 아주머니가 앞쪽에서 뛰어나왔다.

"줄리아나!"

스투비 아주머니가 허공에 손을 흔들며 소리쳤다.

"자, 받으렴. 가져가. 너무 늦게 줘서 미안하구나. 아침마다 널 놓쳐서 말이야."

나는 얼마를 받아야 하는지도 모르고 있었다. 당장은 중요한 문제도 아니었다. 그러나 아주머니가 쥔 지폐 맨 위에 10달러짜리가 보였고 순간 가슴이 철렁했다.

"아주머니, 괜찮아요. 전…… 받고 싶지 않아요. 안 주셔도 돼요!"

"무슨 소리니, 줄리! 당연히 줘야지. 자!"

아주머니는 이렇게 말하고 가져가라는 뜻으로 지폐를 흔들었다.

"아니에요. 정말…… 안 받을래요."

스투비 아주머니는 내 청바지 주머니에 돈을 찔러 넣으며 말했다.

"정말이지 그럴 것 없어. 이제 가렴! 이걸로 수탉을 사렴!"

아주머니는 집으로 총총히 돌아갔다.

"아주머니…… 스투비 아주머니!"

내가 뒤에서 외쳤다.

"전 수탉이 필요 없어요……!"

하지만 아주머니는 자리를 뜨고 없었다.

학교에 가는 동안 내내 스투비 아주머니가 준 돈 때문에 바지 주머니가 뜨거웠고 머리에도 불이 날 것 같았다. 전부 얼마일까?

학교에 도착하자마자 자전거를 세우고 돈을 꺼내 세어 보았다. 10달러, 15달러, 16달러, 17달러, 18달러. 나는 지폐를 접어 다시 주머니에 넣었다. 셸리가 가진 돈보다 많으려나?

1교시 수업 시간 내내 내가 그런 생각을 했다는 것만으로도 몹시 화가 났다. 2교시에는 브라이스를 쳐다보지 않으려 안간힘을 썼지만, 얼마나 힘들었는지! 넥타이에 커프스단추까지 갖춘 브라이스의 모습은 처음이었다!

쉬는 시간에 사물함 앞에 서 있는데 셸리 스톨스가 불쑥 나타났다. 그리고 나에게 몸을 바싹 붙이며 이렇게 말했다.

"그 애한테 입찰할 생각이라며?"

"뭐?"

난 뒷걸음질쳤다.

"누가 그래? 아니거든!"

"오늘 아침에 네가 현금 뭉치를 갖고 있는 걸 본 사람이 있어. 얼마나 있니?"

"그건…… 그건 네가 상관할 일이 아니야. 그리고 입찰할 생각 없다니까! 이젠…… 이젠 그 앨 좋아하지도 않아."

셸리는 코웃음을 쳤다.

"설마, 그럴 리가!"

"사실이야."

나는 사물함 문을 쾅 닫았다.

"가서 그 애한테 돈이나 펑펑 쓰셔. 난 상관없으니."

나는 입을 딱 벌린 셸리를 내버려 두고 자리를 떴다. 셸리에게 헤드록을 걸었을 때보다 속이 훨씬 시원했다.

열한 시가 되어 전교생이 체육관에 모일 때까지도 그 기분이 지속되었다. 브라이스 로스키에게 입찰할 생각은 조금도 없었다!

바구니 소년들이 무대로 나왔다. 소풍 바구니를 든 브라이스는 정말 귀여웠다. 바구니 양쪽으로 빨간색과 흰색 체크무늬가 있는 냅킨이 삐죽 튀어나와 있었는데 셸리 스톨스가 그 냅킨을 무릎에 활짝 펼친다고 생각하니 주머니 속에 든 지폐에서 화르르 불길이 치솟는 것만 같았다.

달라가 내 뒤로 다가와 속삭였다.

"돈을 잔뜩 가져왔다는 소문이 들리던데 사실이야?"

"뭐? 아니야! 그러니까 돈은 있지만…… 입찰하진 않을 거야."

"쯧쯧, 정신 좀 차려. 괜찮니?"

괜찮지 않았다. 속이 울렁거리고 무릎이 달달 떨렸다. 나는 달라에게 말했다.

"괜찮아. 괜찮다니까."

달라는 내 얼굴에서 무대로 그리고 다시 내 얼굴로 시선을 옮겼다.

"이제 너에게 남은 건 자존심뿐이야."

"그만해!"

나는 날카롭게 속삭였다. 공황 발작이 일어난 것 같았다. 숨을 쉴 수가 없었다. 머리가 어지럽고 눈앞이 핑핑 돌았다. 몸을 마음대로 가눌 수가 없었다. 달라가 말했다.

"자리에 앉는 게 좋겠어."

"괜찮아, 달라. 정말 괜찮아."

달라는 눈살을 찌푸렸다.

"혹시 모르니까 내가 옆에 있을게."

부스터 클럽 회장인 맥클루어 부인은 바구니 소년들 틈에서 종종거리며 넥타이를 바로잡아 주고 마지막 지시를 내리고 있었다. 그러더니 갑자기 의사봉으로 연단을 두드리며 마이크에 대고 외쳤다.

"모두 자리에 앉으면 시작하겠습니다."

600명이나 되는 아이들이 그렇게 빨리 조용해지는 광경은 본적이 없었다. 맥클루어 부인도 마찬가지인 듯했다. 웃음을 지으며 이렇게 말했기 때문이다.

"어머나, 고맙습니다. 대단히 감사합니다."

맥클루어 부인은 말을 이었다.

"제52회 연례 바구니 소년 경매에 오신 여러분을 환영합니다! 담임 선생님들께서 경매 절차를 잘 설명해 주셨겠지만 몇 가지 당부 말씀을 드리고 싶습니다. 이것은 교양 있는 행사입니다. 휘파람이나 야유 및 여타 품위를 떨어뜨리는 행위는 용납할 수 없습니다. 입찰을 원하는 사람은 손을 높이 들어야 합니다. 손을 들지 않는 입찰은 금지됩니다. 웃고 떠드는 학생은 붙잡혀서 벌을 받거나 퇴장해야 합니다. 모두 숙지했겠죠? 좋습니다."

맥클루어 부인은 체육관을 이쪽부터 저쪽까지 죽 훑어보았다.

"선생님들은 모두 정해진 위치에 계시는군요."

600개의 머리가 이쪽에서 저쪽으로 천천히 돌아갔다. 체육관 양끝은 줄지어 선 선생님들로 봉쇄되어 있었다. 달라가 속삭였다.

"참 나, 즐길 여유를 통 안 주시는군."

맥클루어 부인이 말을 이었다.

"최저 입찰가는 10달러입니다. 최고가는 제한이 없지만 차용 증서는 받지 않습니다."

맥클루어 부인은 오른쪽을 가리켰다.

"바구니가 낙찰됐다고 발표되면 낙찰자는 곧장 북문에 있는 탁자로 가야 합니다. 그리고 다들 알다시피 낙찰자와 해당 바구니 소년은 남은 수업 시간에 빠져도 되고 오늘 밤에는 어떤 수업이든 숙제를 면제받습니다."

맥클루어 부인은 체육관을 봉쇄한 선생님들에게 웃음을 보냈다.

"선생님들의 노고에 감사드립니다. 좋아요, 그럼!"

맥클루어 부인은 돋보기안경을 끼고 손바닥보다 약간 큰 카드를 들여다보았다.

"첫 번째 바구니의 주인은 제프리 비쇼입니다."

맥클루어 부인은 안경 너머로 제프리를 바라보며 말했다.

"앞으로 나오렴, 제프리. 수줍어 말고!"

제프리가 슬금슬금 나오자 맥클루어 부인이 말을 이었다.

"제프리가 가져온 맛있는 도시락은 치킨 샐러드 샌드위치, 동양식 국수, 어린 포도, 아이스티, 점괘 과자입니다."

맥클루어 부인은 안경 너머로 제프리에게 웃음을 지었다.

"침이 꼴깍 넘어가네요. 재미있기도 하고요!"

맥클루어 부인은 다시 관중석으로 고개를 돌렸다.

"제프리도 그렇답니다! 취미는 스케이트보드, 스키, 수영이지요. 하지만 여학생 여러분, 제프리는 산책도 좋아하고 험프리 보가트가 나오는 영화도 즐겨 감상한답니다."

맥클루어 부인은 제프리를 보며 싱긋 웃었다.

"참 재미있는 영화들이지?"

가여운 제프리는 웃음을 지으려 했지만 죽고 싶은 심정이란 것을 숨길 수가 없었다.

"자, 그럼."

맥클루어 부인이 안경을 홱 벗으며 말했다.

"10달러부터 시작할까요?"

10달러만이 아니었다. 12달러, 15달러, 20달러, 25달러!

"하나…… 둘…… 낙찰!"

맥클루어 부인이 외쳤다.

"자주색 윗옷을 입은 여학생에게 낙찰되었습니다!"

내가 달라에게 물었다.

"누구니?"

달라가 대답했다.

"이름이 아마 티파니일걸. 1학년이야."

"정말? 와, 난 작년엔 입찰할 생각도 못했는데! 그리고, 음…… 입찰가가 이렇게까지 높을 줄도 몰랐어."

달라는 나를 바라보았다.

"그럼 올해는 입찰할 수도 있단 뜻이야? 얼마 있는데?"

달라를 쳐다보니 단박에 맥이 풀렸다.

"달라, 돈을 일부러 가져온 건 아니야! 등굣길에 이웃 아주머니가 밀린 달걀 값이라며 줬는데……."

"달걀 값? 아, 브라이스가 도서관에서 말했던 달걀?"

"맞아, 그리고……."

나를 보는 달라의 눈빛에 그만 말문이 막혔다.

"어쩜 그 애한테 입찰할 생각을 할 수가 있어?"

"하고 싶지 않아! 하지만 무척 오랫동안 좋아했잖아. 달라, 난 일곱 살 때부터 그 앨 좋아했다고. 그 애가 겁쟁이에 고자질쟁이란 것도 알아. 다시는 그 애와 말하고 싶지 않지만 마음대로 잘 안 돼. 셸리 스톨스가 그 애에게 눈독을 들이고 있단 걸 알게 된 후로는 더더욱. 게다가 지금 내 주머니에 든 돈이 꺼내 달라고 아우성이야!"

"셸리 스톨스에 대한 얘긴 좀 이해가 돼. 하지만 브라이스는 부드러워 보이지만 먹고 나면 후회할 치즈 케이크 덩어리야. 너도 그렇게 생각한다면 내가 네 다이어트를 도와줄게."

달라는 손을 내밀었다.

"돈을 나한테 줘. 내가 맡아 둘게."

"안 돼!"

"안 돼?"

"그러니까…… 내가 할 수 있어. 내가 직접 해야만 해."

달라는 고개를 저었다.

"오, 미안. 괜히 네 마음만 아프게 했구나."

나는 다시 무대로 눈길을 돌렸다. 경매는 정말 빠른 속도로 진행되고 있었다! 순식간에 브라이스 차례가 될 것 같았다. 경매가 진행되는 동안 머릿속에서 벌어지는 전쟁은 더 요란하고 격렬해졌다. 어떻게 해야 할까?

갑자기 체육관이 머리카락 떨어지는 소리마저 들릴 만큼 조용해졌다. 창피해 죽을 것 같은 얼굴로 맥클루어 부인 옆에 서 있는 아이는 존 트루럭이었다. 맥클루어 부인도 몹시 곤란한 표정으로 관중석을 샅샅이 살펴보고 있었다.

"무슨 일이야?"

나는 달라에게 속삭였다.

"입찰자가 없어."

달라가 낮은 목소리로 대답했다.

"10달러 없나요?"

맥클루어 부인이 외쳤다.

"자, 용기들 내세요! 군침 도는 도시락이네요. 딸기 타르트, 구운 쇠고기, 문스터 치즈 샌드위치……."

"아, 안 돼!"

나는 달라에게 속삭였다.

"내가 이런 짓을 저지르다니!"

"네가? 네가 뭘 어쨌는데?"

"저 애한테 투표했어!"

"너만 그런 건 아닐 텐데……."

"그럼 왜 입찰자가 없을까? 참…… 참 착한 아이인데."

달라는 고개를 끄덕였다.

"맞는 말이야."

바로 그때 내가 해야 할 일이 뭔지 퍼뜩 떠올랐다. 공중으로 손을 번쩍 쳐들며 소리쳤다.

"10달러요!"

"10달러?"

맥클루어 부인의 목소리가 높아졌다.

"누가 불렀죠?"

나는 손을 더 높이 들며 달라에게 말했다.

"12달러라고 말해."

"뭐?"

"12달러 불러. 내가 더 많이 부를 테니."

"싫어!"

"달라! 겨우 10달러에 팔려 가게 할 순 없어, 제발!"

"12달러요!"

달라는 이렇게 외쳤지만 손을 높이 들지는 않았다.

"15달러요!"

내가 외쳤다.

"16달러요!"

달라는 이렇게 외치고 웃으며 나를 보았다. 내가 속삭였다.

"달라! 나 15달러밖에 없어!"

달라의 눈이 휘둥그레 커졌다. 나는 웃음을 터뜨리며 외쳤다.

"18달러요!"

그리고 달라의 팔을 잡아 내리며 말했다.

"이번엔 진짜 내가 가진 전부야."

잠시 침묵이 흐르더니 맥클루어 부인의 목소리가 들렸다.

"18달러에서 초읽기 들어갑니다. 하나…… 둘…… 낙찰! 18달러에 낙찰되었습니다."

달라는 웃음을 터뜨리며 말했다.

"이야, 줄리! 정신이 하나도 없다!"

나는 고개를 끄덕였다.

"나도 마찬가지야."

"뭐, 디저트는 없겠지만. 좀 더…… 음…… 영양가 있는 데 돈을 쓴 것 같구나."

달라는 무대 쪽으로 고갯짓을 했다.

"바로 도시락 탁자로 갈 거니? 아님 좀 더 있으면서 살육의 현장을 구경할 거니?"

선택할 겨를도 없었다. 맥클루어 부인이 브라이스와 그의 바구니에 대해 두 마디도 하기 전에 셸리가 외쳤다.

"10달러요!"

그러자 체육관 중앙에서 목소리가 들렸다.

"20달러요!"

손을 공중으로 치켜든 사람은 미란다 흄스였다. 둘이 주거니 받거니 경쟁하며 입찰가를 높이더니 마침내 셸리가 외쳤다.

"62달러요!"

나는 달라에게 속삭였다.

"믿기지가 않아. 62달러래! 제발 미란다, 서둘러!"

"돈이 다 떨어진 것 같은데. 셸리한테 낙찰되겠어."

"62달러에서 초읽기 들어갑니다…… 하나!"

맥클루어 부인이 외쳤지만 '둘'을 외치기도 전에 체육관 뒤쪽에서 목소리가 들렸다.

"100달러요!"

모두가 숨을 죽이며 목소리의 주인공을 보려고 고개를 돌렸다. 달라가 속삭였다.

"제니야."

내가 물었다.

"제니 앳킨슨?"

달라가 손가락으로 가리켰다.

"저쪽에 있어."

제니를 찾기는 쉬웠다. 늘 입고 다니는 등번호 7번이 박힌 농구 조끼 차림으로 다른 아이들 위에 우뚝 서 있었기 때문이었다.

"와, 짐작도 못했어."

내가 속삭였다. 달라가 히죽 웃으며 말했다.

"너를 위해 브라이스를 슬램 덩크 하려나 봐."

"누가 뭐래?"

나도 키득거렸다.

"셸리를 슬램 덩크로 눌러 버렸는걸!"

맥클루어 부인이 사상 최고 입찰가라며 마이크에 침을 튀기고 있을 때 미란다 주변에서 대소동이 벌어졌다. 셸리의 머리가 보여서 처음에는 둘이 싸우는 줄 알았다. 하지만 셸리와 미란다는 싸우기는커녕 나란히 맥클루어 부인을 쳐다보며 소리쳤다.

"122달러 50센트요!"

나는 가까스로 비명을 참고 말했다.

"뭐?"

달라가 속삭였다.

"둘이 연합했네."

"오, 안 돼, 안 돼!"

나는 제니 쪽을 바라보았다.

"제발, 제니!"

달라는 고개를 저으며 말했다.

"끝났어."

정말 그랬다. 브라이스는 122달러 50센트에 셸리와 미란다에게 낙찰되었다.

존을 만나 도시락을 먹으러 강당으로 걸어가니 기분이 참 이상했다. 하지만 존은 무척 착한 아이였고 존의 바구니에 입찰하길 잘했다는 생각이 들었다. 다행히도 우리 자리에 앉을 무렵엔 어색하거나 민망하지 않았다. 그냥 점심 한 끼 같이 먹는 것뿐이었다.

브라이스와 그를 따르는 암컷 무리가 정면으로 보이는 자리만 아니었다면 훨씬 편안했을 것이다. 하지만 나는 최선을 다해 그 세 사람을 외면했다. 존은 생초보로 아빠와 함께 무선 조종 비행기를 만들고 있다면서 석 달 가까이 걸렸고 주말에 드디어 시험 운전을 하기로 했다는 얘기를 들려주었다. 엉뚱한 전선을 납땜해서 지하실에 정말로 불이 날 뻔했다고 했다. 나는 전혀 모르는 분야라서 존에게 무선 조종 비행기의 작동 원리에 관해 이것저것 물어보았다.

덕분에 긴장이 풀렸고 정말 즐겁게 존과 도시락을 먹을 수 있었다. 브라이스에게 입찰하지 않아 얼마나 다행이었는지 자칫하면 꼴이 우스워질 뻔했다! 셸리와 미란다가 브라이스에게 알랑거리는 모습을 봐도 생각만큼 괴롭지 않았다. 오히려 우스꽝스러웠다.

존이 우리 가족에 대해 물어봐서 우리 오빠들과 오빠들의 밴드에 관해 이야기해 주고 있는데 브라이스의 탁자 쪽에서 큰 소동이 벌어졌다. 셸리와 미란다가 엄청 큰 털 공처럼 바닥을 뒹굴면서 서로에게 음식을 던지고 있었다.

그런데 브라이스가 우리 탁자에 불쑥 나타났다. 내 팔을 잡고 몇 발자국 끌고 가더니 속삭였다.

"너, 저 애 좋아해?"

얼떨떨했다. 브라이스는 나의 다른 손을 잡고 또 한 번 물었다.

"저 애 좋아해?"

"존 말이니?"

"그래!"

뭐라고 대답했는지 기억나지 않는다. 브라이스는 내 눈을 들여다보며 내 두 손을 꽉 잡더니 가까이 끌어당기기 시작했다. 심장이 터질 듯이 쿵쾅거렸다. 브라이스는 두 눈을 감고 얼굴을 가까이 가져왔다······. 그 자리에서, 다른 바구니 소년들과 그 짝꿍들과 어른들이 모두 보는 앞에서 나에게 키스를 하려고 했다.

'키스'를.

겁이 더럭 났다. 평생 기다려 온 키스였지만 지금 이렇게?

나는 브라이스를 뿌리치고 내 자리로 달려갔다. 의자에 앉자 존이 속삭였다.

"방금 너한테 키스하려고 한 거야?"

나는 의자를 돌려 브라이스를 등지고 낮은 목소리로 대답했다.

"다른 얘기하면 안 될까? 아무거나."

사람들은 소곤거리면서 내가 있는 쪽을 보았고 셸리 스톨스가 화장실에서 몸을 씻고 돌아오자 모두 입을 다물었다. 셸리의 머리는 무척 끔찍했다. 기름이라도 바른 듯이 머리카락이 두피에 딱 달라붙었고 음식 찌꺼기도 남아 있었다. 셸리가 어찌나 무섭게 나를 노려보는지 눈에서 레이저 광선이 나올 것만 같았다.

어른 두 명이 셸리를 제자리로 데려갔고 수군대는 소리가 두 배로 빨라졌다. 브라이스는 조금도 신경 쓰지 않는 것 같았다! 자꾸 나에게 다가와 말을 걸려고 했지만 선생님이 제지했고 나도 브라이스에게 말할 틈을 주지 않고 얼른 피해 버렸다.

마침내 하교를 알리는 종이 울리자 나는 존에게 재빨리 인사하고 문밖으로 총알 같이 달려 나갔다. 자전거가 있는 곳은 생각보다 멀었다! 난 누구보다 먼저 학교에서 빠져나왔다. 숨이 차서 가슴이 터질 것 같았지만 열심히 페달을 밟으며 집으로 향했다.

스투비 아주머니가 앞뜰에 나와서 꽃밭에 물을 주고 있었다. 아주머니는 나에게 할 말이 있어 보였지만 나는 집 앞에 자전거를 버려두고 집 안으로 몸을 피했다. 수탉 얘기는 정말이지 하고 싶지 않았다!

엄마는 내가 문을 쾅 닫는 소리를 듣고 나를 살펴보러 방으로 왔다.

"줄리아나! 무슨 일이니?"

나는 침대에 누워 있다가 몸을 획 뒤집어 엄마를 바라보며 엉엉 울었다.

"뭐가 뭔지 모르겠어요! 어떻게 생각해야 하는지, 어떤 기분이어야 하는지, 뭘 해야 하는지……!"

엄마는 내 옆에 앉아 머리카락을 쓰다듬어 주었다.

"무슨 일인지 말해 보렴, 아가."

나는 망설이다가 두 손을 공중으로 들어 올렸다.

"그 애가 저한테 키스하려고 했어요!"

엄마는 애써 억누르고 있었지만 침착한 얼굴 밑에서 미소가 피어오르고 있었다. 엄마는 몸을 살짝 숙이며 물었다.

"누가?"

"브라이스요!"

엄마는 머뭇거렸다.

"하지만 넌 오랫동안 브라이스를 좋아했잖니……."

초인종이 울렸다. 그리고 또 울렸다. 엄마는 일어나려고 했지만 내가 엄마의 팔을 붙잡고 말했다.

"대답하지 마세요!"

다시 초인종이 울렸고 문을 쾅쾅 두드리는 소리가 곧바로 이어졌다.

"엄마, 부탁이에요! 내버려 두세요! 브라이스일 거예요!"

"하지만 줄리……."

"전 끝냈다고요! 완전히 끝장냈단 말이에요!"

"언제부터?"

"지난주 금요일부터요. 저녁 식사 후에요. 로스키네에서 저녁을 먹은 후로 브라이스가 지구상에서 사라졌다고 해도 전 눈 하나 깜짝 안 했을 거예요!"

"왜? 저녁 식사 때 엄마가 모르는 일이 벌어진 거니?"

나는 다시 베개에 얼굴을 묻으며 말했다.

"너무 복잡해요, 엄마! 말하기가…… 말하기가 어려워요."

엄마는 잠시 후에 말했다.

"휴, 정말 사춘기 소녀처럼 말하는구나."

"죄송해요."

나는 엄마가 나 때문에 속상해하고 있다는 걸 알고서 훌쩍거렸다. 나는 몸을 일으키고 말했다.

"엄마, 그동안 전 브라이스를 좋아했잖아요? 그런데 어떤 애인지는 잘 몰랐나 봐요. 제가 아는 거라곤 눈이 누구보다도 아름답다는 것과 그 애가 웃으면 햇볕에 버터가 녹듯이 제 마음이 사르르 녹아 버렸다는 거예요. 하지만 사실 브라이스는 겁쟁이에 고자질쟁이였어요. 그러니 그 애의 겉모습에 속아 넘어가선 안 돼요!"

엄마는 몸을 젖히고 팔짱을 꼈다. 엄마가 말했다.

"글쎄, 다른 이유가 있을 것 같은데."

"무슨 말이에요?"

엄마는 한쪽 볼의 안쪽을 깨물었다가 다른 쪽 볼을 깨물었다. 마침내 엄마가 입을 열었다.

"말해도 좋을지 모르겠구나."

"왜요?"

"왜냐하면…… 그냥 말하면 안 될 것 같아서. 너도 불편해서 이 엄마와 상의하지 못할 문제들이 분명 있을 테니……."

우리는 아무 말 없이 잠깐 동안 서로를 바라보았다. 마침내 내가 고개를 숙이며 나직하게 말했다.

"첫 할아버지랑 같이 뜰을 손볼 때 우리가 집주인이 아니라는 사실과 데이비드 삼촌 얘기를 들려드렸어요. 할아버지가 다른 가족들에게 말씀하신 모양이에요. 로스키네에서 저녁 먹기 전날 학교에서 브라이스와 다른 남학생이 데이비드 삼촌에 대해 지껄이는 소리를 우연히 들었어요. 너무너무 화가 났지만 엄마에게 말하고 싶지 않았어요. 혹시라도 엄마가 로스키 가족이 우리를 가엾게 여겨서 저녁 식사에 초대했다고 생각할까 봐서요."

나는 엄마를 쳐다보며 말을 이었다.

"그게, 그때 엄마는 세상 최고로 행복해 보였거든요."

엄마는 내 손을 잡고 웃음을 지었다.

"행복한 일은 많단다."

엄마는 한숨을 내쉬며 말했다.

"그 집 식구들이 데이비드 삼촌에 대해 알고 있다는 건 진작 눈치챘어. 그 사람들한테 삼촌에 대해 얘기해도 돼. 삼촌이 비밀도 아니고."

나는 허리를 조금 더 세웠다.

"잠깐만요…… 어떻게 아셨어요?"

"팻시가 얘기해 줬지."

나는 눈을 깜빡거렸다.

"그랬어요? 그날 저녁 먹기 전에요?"

"아니, 그 후에."

엄마는 망설이다가 덧붙였다.

"이번 주에 팻시가 엄마를 여러 번 찾아왔단다. 팻시는…… 요즘 무척 힘들어하고 있어."

"왜요?"

엄마는 무겁게 한숨을 내쉬며 말했다.

"너도 스스로 입단속 할 만한 나이가 되었으니 말해 줄게. 왜

냐하면…… 너도 관련이 있는 것 같아서."

나는 숨을 죽이고 기다렸다.

"팻시와 릭은 최근에 심하게 다투고 있단다."

"로스키 아저씨와 아주머니가요? 뭣 때문에요?"

엄마는 한숨을 쉬었다.

"이유는 많아."

"무슨 말인지 모르겠어요."

엄마는 매우 조용히 말했다.

"팻시는 평생 처음으로 남편의 참모습을 보고 있단다. 결혼 후 20년이 지나고 두 아이를 키운 지금에서야 말이야."

엄마는 서글프게 웃음지었다.

"팻시 아주머니가 너와 같은 일을 겪고 있는 것 같구나."

전화벨이 울렸고 엄마가 말했다.

"저건 받아야겠다. 괜찮지? 아빠가 야근하게 되면 전화한다고 했으니 아마 아빠일 거야."

엄마가 전화를 받으러 간 동안 쳇 할아버지가 했던 말이 떠올랐다. 겉모습을 꿰뚫어 보지 못하는 사람이 있다던 말이었다. 할아버지의 딸인 팻시 아주머니 얘기였을까? 결혼하고 20년이나 지났는데 왜 갑자기 그런 일이 벌어졌을까?

엄마가 돌아오자 나는 무심코 물었다.

"아빠는 늦으신대요?"

"아빠가 아니었어, 줄리. 브라이스야."

나는 허리를 똑바로 폈다.

"전화까지 했다고요? 6년 동안이나 마주 보고 살았지만 단 한 번도 전화한 적 없었어요! 질투가 나서 이러는 걸까요?"

"질투라니? 누구를?"

그래서 나는 엄마에게 스투비 아주머니가 준 돈부터 시작해 달라 때문에 알게 된 사실과 경매와 퀸카들의 싸움을 거쳐 브라이스가 공개적으로 나에게 키스하려고 했던 얘기까지 차례대로 들려주었다.

엄마는 손뼉을 치면서 배꼽을 잡고 키득거렸다.

"엄마, 웃을 일이 아니에요!"

엄마는 겨우 허리를 폈다.

"알아, 줄리. 알아."

"전 로스키 아주머니처럼 되고 싶지 않다고요!"

"브라이스와 결혼할 필요는 없어, 줄리아나. 하지만 브라이스의 이야기만이라도 들어 보면 어떨까? 정말 간절한 것 같던데."

"더 들을 이야기가 뭐가 있겠어요? 데이비드 삼촌에 대해 한 말도 개럿 핑계를 대던걸요. 흥, 누가 그 말에 속아 넘어갈 줄 알고? 브라이스는 저한테 거짓말을 했고 제 편이 되어 주지도 않았고…… 그 앤…… 제가 좋아할 만한 아이가 아니에요. 그 앨 오랫동안 좋아했으니 정리할 시간이 좀 필요할 뿐이에요."

엄마는 뺨 안쪽을 깨물며 한참 동안 가만히 있었다. 그러다가 말했다.

"사람들은 변한단다. 브라이스도 최근에 새로운 걸 깨달았는지도 몰라. 그리고 엄마 생각엔 다른 아이들이 모두 지켜보고 있는데 여자 아이에게 키스하려고 했다니 겁쟁이는 아닌 것 같구나."

엄마는 내 머리를 쓰다듬으며 속삭였다.

"브라이스 로스키에겐 네가 모르는 다른 모습이 있는지도 몰라."

엄마가 방을 나가고 나는 혼자 생각에 잠겼다.

엄마는 나에게 생각할 시간이 필요하다는 걸 알았지만 브라이스는 나를 가만 내버려 두지 않았다. 끊임없이 전화를 걸고 쉴 새 없이 문을 두드렸다. 심지어 남몰래 우리 집을 맴돌며 내 방 창문을 두드렸다! 고개만 돌리면 나를 들볶는 브라이스가 보였다.

나는 평화롭게 뜰에 물을 주고 싶었다. 학교에서 브라이스를 피하기도 싫었고 달라가 대신 가로막아 주는 것도 싫었다. 자기가 하려는 이야기에 내가 조금도 관심이 없다는 걸 왜 모를까? 대체 무슨 할 말이 있다고!

날 내버려 두라는 게 그렇게 어려운 부탁인가?

오늘 오후, 일주일 내내 그랬듯이 브라이스의 눈에 띄지 않도록 커튼을 치고 거실에서 책을 읽고 있는데 뜰에서 무슨 소리가 들렸다. 살짝 내다보니 브라이스가 내 잔디밭을 걸어다니고 있었다. 잔디를 마구 짓밟으면서! 손에 삽까지 들고! 대체 저걸로 뭘 하려는 거지?

나는 소파에서 훌쩍 뛰어내려 문을 홱 열었다가 아빠와 정면으로 마주쳤다. 내가 외쳤다.

"저 앨 말려 줘요!"

"진정해라, 줄리아나."

아빠는 이렇게 말하며 나를 천천히 집 안으로 데리고 들어갔다.

"아빠가 허락했다."

"허락요? 무슨 허락요?"

나는 다시 창문으로 후다닥 달려갔다.

"구덩이를 파고 있잖아요."

"맞아. 아빠가 그래도 좋다고 했어."

"대체 왜요?"

"아주 멋진 생각을 해낸 것 같아서."

"하지만……."

"잔디가 죽진 않을 거야, 줄리아나. 그냥 하겠다는 대로 내버려 두자."

"하지만 그게 뭔데요? 뭘 하겠다는 건데요?"

"지켜보면 알게 될 거다."

내 잔디밭에 구덩이를 파는 모습을 보는 건 고문이나 다름없었다. 게다가 구덩이는 또 얼마나 큰지! 아빠는 왜 브라이스가 내 뜰에 저런 짓을 하도록 내버려 두는 걸까?

브라이스도 내가 지켜보고 있다는 걸 알고 있었다. 나를 한 번 보고는 고개를 끄덕였기 때문이다. 웃음을 짓지도, 손을 흔들지도 않고 고개만 끄덕였다.

브라이스는 영양토 자루를 끌고 와서 삽으로 구멍을 뚫은 뒤 영양토를 퍼서 구덩이에 집어넣었다. 그리고 모습을 감추었다. 다시 나타났을 때는 포대로 싼 커다란 묘목을 끙끙대며 잔디밭으로 끌어당기고 있었다. 브라이스가 움직일 때마다 나뭇가지들이 바스락바스락 흔들렸다.

아빠도 소파로 다가와 창밖을 내다보았다.

"나무예요?"

내가 속삭였다.

"나무를 심는 거예요?"

"아빠가 도와주려고 했는데 꼭 혼자 해야 한다고 하더구나."

"혹시……."

목이 메어 말을 이을 수가 없었다. 하지만 사실은 물어볼 필요도 없었다. 아빠도 대답할 필요가 없다는 걸 알았다. 잎사귀 모양과 줄기의 결만 봐도 알 수 있었다. 그것은 플라타너스 나무였다.

나는 몸을 홱 돌리고 소파에 가만히 앉아 있었다.

플라타너스 나무.

브라이스는 나무를 다 심고 물을 준 다음 주변을 깨끗이 정리하고 집으로 돌아갔다. 나는 뭘 어쩌면 좋을지 몰라 멍하니 앉아만 있었다.

그 후로 몇 시간째 여기 앉아 창밖으로 나무를 바라보는 중이다. 지금은 작은 나무지만 하루하루 자랄 것이다. 앞으로 100년 후에는 지붕 위로 뻗어 있을 것이다. 하늘 높이 자랄 수도 있다! 저 나무가 놀랍고 장엄한 나무가 되리란 건 이미 알고 있었다.

정말 궁금했다. 앞으로 100년 후에도, 내가 콜리어 가의 플라타너스 나무에 올라갔듯이 어떤 아이가 이 나무에 올라갈까? 내가 보았던 것을 보게 될까? 내가 느꼈던 것을 느끼게 될까?

내 삶이 변했듯이 그 아이의 삶도 변하게 될까?

브라이스에 대한 생각도 멈출 수 없었다. 그동안 나에게 무슨 말을 하려고 했던 걸까? 무슨 생각을 하고 있는 걸까?

브라이스는 집에 있었다. 이따금씩 창밖을 내다보았다. 잠시 후 브라이스가 손을 흔들었다. 어쩔 수 없었다. 나도 살짝 손을 흔들었다.

브라이스를 찾아가서 나무를 심어 줘서 고맙다고 말해야 할지도 모르겠다. 둘이 현관에 앉아 이야기를 나눌 수도 있을 것이다. 문득 우린 예전부터 얼굴을 알고 지냈지만 실제로는 서로를 잘 모른다는 생각이 들었다. 진짜 대화를 나눠 본 적도 없었다.

엄마 말이 맞을지도 모른다. 브라이스 로스키에게 내가 모르는 더 많은 모습이 있는지도 몰랐다.

적절한 조명 속에서 브라이스를 만날 때가 된 것 같다.

마음을 물들이는 찬란한 무지갯빛 이야기

"하지만 아주 드물게 무지개 빛깔을 내는 사람이 있단다……."

브라이스의 외할아버지는 브라이스에게 말한다. 그리고 브라이스는 평범하다고만 생각해 왔던 줄리가 아주 특별한 사람임을 깨닫는다. 줄리의 무지갯빛에 물들어 어느새 변해 간다. 하지만 무지개 빛깔을 내는 것은 이 소설의 등장인물뿐만이 아니다. 이 이야기 자체가 무지갯빛이다. 언뜻 평범한 첫사랑 이야기 같지만 읽으면 읽을수록 다채로운 빛깔로 독자의 마음을 사로잡는다. 읽고 나면 무지개를 바라볼 때처럼 가슴에 묘한 설렘이 일 것이다. 성장소설이면서 첫사랑 이야기이고 세상과 사람을 바라보는 눈에 대한 이야기다. 10대와 어른, 모두를 위한 이야기이고 소설을 읽는 이의 기억이나 추억에 따라 다른 빛을 내는 보석 같은 작품이다.

브라이스는 부유한 가정에서 별 걱정 없이 자란 소년으로 얼굴은 잘생겼지만 소심하고 무심한 성격이다. 줄리는 이와 반대다. 가정 형편이 어렵고 외모는 평범하지만 열정적이고 총명하며 마음이 따뜻한 소녀다. 서로를 향한 줄리와 브라이스의 마음은 처음에는(의미만 다를 뿐) 아주 강렬한 느낌표였지만 여러 사건을 겪으며 물음표로 변한다. 두 아이가 처음 만났을 때 줄리는 브라이스의 아름다운 눈에 반해 사랑에 빠진다. 줄리는 눈에 콩깍지가 씌운 몇 년 동안 마냥 행복했다. 눈을 뜬 '그때'가 될 때까지는 말이다. 한편 브라이스는 회색 지대에 머무르려는 성향이 있어서 자신의 세계에 자꾸 뛰어드는 줄리가 몹시 귀찮다. 눈을 뜬 '그때'가 오기 전까지 줄리는 그저 잘난 척하는 괴짜일 뿐이었다. 그때가 되었을 때 두 아이는 상대방이 지금껏 자신이 생각했던 그런 사람이 아닐지도 모른다는 사실을 깨닫는다. 그리고 사랑에 빠져 줄리를 따라다니는 사람은 오히려 브라이스가 된다.

이 작품의 원제이기도 한 '플립(flip)'이라는 단어는 '뒤집다'는 뜻도 있고 정신이 나갈 정도로 열중한다는 뜻도 있다. 상대방에게 빠진 줄리와 브라이스의 입장이 뒤바뀌면서 두 아이의 세계도 뒤집히는데 그 과정이 무척 재미있을 뿐만 아니라 감동적이기까지 하다. 소년과 소녀가 성장하기 때문이다. 두 아이에게 있어 첫사랑이자 짝사랑의 아픔은 곧 성장통이다. 서로를 바라보는 눈

뿐만이 아니라 다른 사람들과 세상을 바라보는 눈, 자기 자신을 바라보는 눈에도 변화가 일어난다. 풍경의 부분이 아니라 전체를 보는 법을 배우게 된다.

이 소설을 더욱 흥미롭게 해 주는 장치는 주인공들의 시각을 교차해서 서술한 구성이다. 덕분에 같은 사건을 다르게 보는 두 아이의 시각이 고스란히 드러난다. 착각이나 오해가 어떻게 시작되는지, 내면의 변화가 어떻게 진행되는지 흥미롭게 지켜볼 수 있다. 이 소설은 2010년 미국에서 원작과 동일한 제목으로 영화화되어 호평을 받았다. 교차 시각의 효과는 영화에서 더욱 뚜렷이 드러나는데 영화는 서로 엇갈리기만 하던 소년과 소녀가 서로를 따뜻하게 바라보는 장면으로 끝나며 소설보다 좀 더 희망적인 여운을 남긴다. 그러나 영화든 소설이든 줄리가 꿈꿨던 첫 키스 장면이 나오지는 않는다. 대신 줄리에게 진심을 전달하기 위해 플라타너스 나무를 심는 브라이스의 모습으로 마무리된다. 브라이스는 줄리의 아름다움을 알아보고 줄리에게 소중한 것이 무엇인지 꿰뚫어 볼 정도로 성장한 것이다. 그리고 줄리는 첫사랑의 열정이 만들어 낸 환상에서 빠져나와 브라이스의 참모습을 편견 없이 바라보기로 결심한다. 그러므로 두 아이의 관계가 앞으로 어떻게 전개되든지 이 이야기는 해피엔딩, 혹은 해피엔딩의 시작이다. 교차 시각이라는 장치가 상징하듯이 어긋나기만 했던 두 아이의 마음이 드디어 한 지점에서 만났기 때문이다.

두 주인공과 비슷한 시기를 보내거나 비슷한 상황에 처한 독자들은 지금 수많은 물음표에 둘러싸여 있을지 모른다. 그 물음표의 답을 충실히 찾아가며 그 과정에서 겪게 될지 모르는 아픔을 두려워하지 말기를 바란다. 그렇게 자기 자신과 다른 사람들에게서 무지갯빛을 발견하는 눈을 기르기를 바란다. 어쩌면 어떤 물음표를 던져야 할지 모르는 독자들도 있을 것이다. 그런 독자들이라면 마음을 열고 '적절한 조명' 아래서 이 작품을 여러 번 읽어 보길 바란다. 행간에 숨은 보석 같은 메시지를 캐내며 지금 꼭 던져야 하는 질문들을 찾아낼 수 있을 것이다.

김율희(옮긴이)

세계 〈아동청소년문학상 수상작〉, 함께 읽어 보세요!

웬들린 밴 드라닌 Wendelin Van Draanen

1965년 미국 시카고에서 태어났으며 오랫동안 고등학교 교사로 근무하다가 1997년에 첫 작품을 선보이면서 본격적인 작가의 길을 걷기 시작했다. 〈새미 키스〉 시리즈와 〈슈레더맨〉 시리즈로 대중적인 명성을 얻기 시작했고 『새미 키스와 호텔 도둑』으로 1999년에 에드거 앨런 포 상(미국 추리작가 협회상)을 수상했다. 현재까지 70여 편의 작품을 발표했는데 지은 책으로 『두근두근 첫사랑』, 『어느 키스쟁이의 고백』, 『가출』, 『꿈을 향해 달리다』 등이 있다. 작가의 대표작인 『두근두근 첫사랑』은 캘리포니아, 네바다 등 미국 4개의 주에서 청소년 독자들이 직접 선정한 도서상을 수상했으며, 〈해리가 샐리를 만났을 때〉, 〈버킷 리스트〉 등을 연출한 롭 라이너 감독에 의해 영화로 제작되어 호평을 받았다.

김율희

고려대학교 영어영문학과를 졸업한 뒤, 동 대학원 영문과에서 근대영문학으로 석사 학위를 받았다. 옮긴 책으로 『달콤쌉싸름한 첫사랑』, 『크리스마스 캐럴』, 『두근두근 첫사랑』, 『지붕 위의 시인 로니』, 『손수레 전쟁』 등이 있다.

청소년문학 보물창고는

세계 각국에서 권위 있는 청소년문학상을 수상하고
필독도서로 선정되어 널리 읽히고 있는 작품들만 엄선한
청소년을 위한 본격 문학 시리즈입니다.
뉴베리 상 수상작 『내가 사랑한 야곱』을 비롯하여
카네기 상·휘트브레드 상·호주청소년도서상 등을 수상하며
뛰어난 문학성을 인정받은 작품들과
인류의 양심을 고발한 『핵 폭발 뒤 최후의 아이들』을 비롯한
여러 화제작들을 함께 만나 보세요!

1. 내가 사랑한 야곱 캐서린 패터슨 글 | 황윤영 옮김

성경 속 '야곱'이 아닌 신과 인간 모두에게서 소외받은 '에서'의 삶에 초점을 맞춘 성장소설이다. 인간의 행복은 자신의 존재를 얼마나 귀하게 여기느냐에 달려 있다는 메시지를 전한다.

• 우리는 세상의 무대에서 주연이라기보다는 조연에 가깝다. 미국의 권위 있는 아동문학상인 '뉴베리 상'을 수상한 이 책은 언제나 이야기의 중심인물로 등장하는 '야곱'이 아닌, 신과 인간에게서 소외받은 '에서'의 삶에 초점을 맞춘 소설이다. -〈국제신문〉

★〈뉴베리 상〉 수상작 ★책따세 추천도서 ★어린이도서연구회 청소년 권장도서

2. 핵 폭발 뒤 최후의 아이들 구드룬 파우제방 글 | 함미라 옮김

핵폭탄이 터진 뒤에 살아남은 아이들의 고통스러운 뒷이야기를 그린 소설이다. 세계 유수의 평론가들로부터 '인류의 양심을 뒤흔들어 깨우는 이야기'라는 찬사를 받았다.

• 독일의 한 도시에서 피어 오른 섬광과 버섯구름. 그 순간 많은 이들이 죽고 사라지지만 진정한 최후는 간신히 살아남은 자들에게 더욱 참혹하게 찾아온다. 자초한 재앙에 처참하게 스러져 가는 인류의 모습을 냉정하게 그려 냈다. -〈국제신문〉

★문화체육관광부 우수교양도서 ★대한출판문화협회 선정 올해의 청소년도서

3. 미용 학교에 간 하느님 신시아 라일런트 글 | 신형건 옮김

기발한 상상력과 섬세한 문체로 사랑받고 있는 신시아 라일런트 작품의 결정판. 호기심 많고 순수한 하느님의 모습을 통해 세상에 사랑이 넘치고 있음을 깨닫게 된다.

• '뉴베리 상'과 '칼데콧 상'을 수상한 작가의 작품으로, 어떻게 하면 파마를 잘할 수 있는지 고민하던 하느님이 미용학교 수강생이 되는 내용을 담았다. 평소에는 상상할 수 없었던, 그럼에도 친숙한 하느님의 모습이 진실 되게 그려졌다. -〈독서신문〉

★〈혼북 매거진〉 팡파르 선정도서 ★네이버 북리펀드 선정도서

4. 말해 봐 로리 할츠 앤더슨 글 | 고수미 옮김

청소년들의 성 접촉을 제재로 한 성장소설로, 섬세한 심리 묘사와 물 흐르듯 자연스러운 이야기 전개 속에 주인공이 말문을 닫게 된 이유가 기묘하게 숨겨져 있다.

• 미국에서 지금까지 '성폭력'이라는 민감한 사회적 이슈를 다룬 작품들 가운데 가장 성공한 작품으로 꼽히는 성장소설로, 미국에서 가장 권위 있는 청소년문학상인 '프린츠 상'을 받았다. 성폭력 피해자가 된 주인공이 현실에 용감하게 맞서며 마음의 상처를 극복하는 모습이 감동을 준다. -〈한겨레〉

★〈프린츠 상〉 수상작 ★국립어린이청소년도서관 사서 추천도서

5. 탠저린 에드워드 블루어 글 | 황윤영 옮김

자아에 눈떠 가는 폴 피셔라는 소년을 통해 '모든 것을 잘 볼 수 있고 잘 안다.'라고 큰 소리치는 어른들이 미처 보지 못했거나 애써 외면했던 진실들을 정면으로 마주한다. 한

소년의 성장기이자, 어른들로 하여금 자신들이 나아가고 있는 삶의 가치와 방향에 대해 돌아보게 만드는 성찰서이다. 성장소설의 토대 위에 스포츠소설로써의 흥미로운 스토리를 가미하고, 추리소설의 장치와 기법을 더했다.

★⟨혼북 매거진⟩ 팡파르 선정도서   ★경기도학교도서관사서협의회 추천도서   ★네이버 북리펀드 선정도서

6. 니임의 비밀 로버트 오브라이언 글 | 최지현 옮김

미국 국립정신건강연구소인 '니임(NIMH)'의 실험실에서 인간들의 무분별한 실험으로 높은 지능을 얻게 된 실험용 쥐들이 탈출하여 인간 사회로부터 독립하는 과정을 흥미진진하게 다루고 있다.

• 지능 향상과 노화 방지 연구용 '슈퍼쥐'들이 실험실을 탈출해 그들만의 문명세계를 열어 간다는 충격적인 소설! 과학 윤리와 문명의 미래를 생각하게 한다. –⟨한국일보⟩

★⟨뉴베리 상⟩ 수상작   ★⟨루이스 캐럴 상⟩ 수상작   ★한우리독서토론논술 권장도서

7. 교환학생 샤론 크리치 글 | 최지현 옮김

자신의 의지와는 상관없이 '납치를 당하듯' 낯선 나라의 낯선 학교에 다니게 된 주인공이 새로운 환경을 받아들이며 성숙한 자아로 성장하는 과정이 흥미롭게 펼쳐진다.

• 미국의 아동문학상인 '뉴베리 상'을 두 차례나 받는 등 영미 아동청소년문학에서 확고한 이름을 지닌 작가 샤론 크리치의 청소년 성장소설. 이모 부부에게 납치당하듯 스위스의 교환학생으로 전학을 가면서 낯선 인생 속으로 던져진 주인공 디니는 '낯선 사람, 낯선 언어, 낯선 문화'에 적응하기를 거부한다. –⟨한겨레⟩

★⟨뉴베리 상⟩, ⟨카네기 상⟩ 수상작가

8. 마르셀로의 특별한 세계 프란시스코 X. 스토크 글 | 고수미 옮김

아스퍼거 증후군을 겪고 있는 열일곱 살 소년 마르셀로가 내면에 간직하고 있던 특별한 세계에서 나와 현실에 적응하는 과정을 담은 성장소설.

• 주인공 마르셀로는 아스퍼거 증후군이라는 인지 장애를 앓고 있다. 작가는 사회 복귀 훈련 시설에서 인지 발달 장애를 지닌 사람들과 함께 생활한 경험을 바탕으로 마르셀로의 심리를 구체적이고 치밀하게 묘사했다. –⟨뉴시스⟩

★⟨혼북 매거진⟩ 팡파르 선정도서   ★책따세 추천도서   ★학교도서관저널 추천도서

9. 내 이름은 라크슈미입니다 패트리샤 맥코믹 글 | 최지현 옮김

네팔과 인도에서 성 노예로 팔려 가는 소녀들의 비참한 현실을 그린 작품. 홍등가에서 구출되는 과정과 매음굴의 풍경을 열세 살 소녀의 감수성으로 내밀하게 묘사한다.

• 미국의 저널리스트 소설가 패트리샤 맥코믹이 직접 매음굴 탈출에 성공한 소녀들을 만나고, 그들을 도운 봉사자들을 인터뷰하고 현장을 조사함으로써 사실과 매우 근접하게 그려 낸 문제작이다. –⟨한겨레⟩

★⟨구스타브 하이네만 평화상⟩ 수상작   ★⟨내셔널 북 어워드⟩ 최종 후보작

10. 젤리코 로드 멜리나 마체타 글 | 황윤영 옮김

호주의 한적한 시골길 젤리코 로드를 배경으로, 그곳에서 버려지고 또 구원받았던 소녀 테일러가 환상적이고 기묘한 모험에 말려드는 이야기를 그렸다.

• 미국의 청소년문학상인 '프린츠 상'과 호주의 '청소년도서상'을 수상한 호주 작가 멜리나 마체타의 성장소설. 열입곱 살 소녀 테일러가 과거 가족을 잃은 '젤리코 로드'에서 다시 겪게 되는 사건을 통해 삶과 죽음, 사랑과 이별에 대해 얘기한다. -〈연합뉴스〉

★〈프린츠 상〉 수상작   ★〈호주청소년도서상〉 수상작

11. 문제아 제리 스피넬리 글 | 최지현 옮김

너무 일찍 등교하고, 너무 많이 웃고, 뭐든지 자기가 하겠다고 나서는 바람에 문제아로 찍힌 징코프를 통해 우리가 잊고 있었던 진정한 가치들을 다시금 떠올리게 한다.

• 엉뚱하지만 유쾌한 아이 징코프가 점점 문제아로 부각되다가 급기야 사람들의 관심 밖으로 밀려나는 과정을 경쾌하게 그렸다. 이 작품은 공감과 유머, 존중, 배려 등의 덕목을 잊어버린 현대인들이 오해와 편견에 사로잡혀 스스로 문제아를 만들어 내는 것은 아닌지 돌아보게 한다. -〈연합뉴스〉

★문화체육관광부 우수교양도서   ★어린이도서연구회 청소년 권장도서

12. 병 속의 바다 케빈 헹크스 글 | 임문성 옮김

방학을 맞아 할머니 집으로 휴가를 떠나려는 열두 살 소녀에게 교통사고로 세상을 떠난 친구의 일기가 전해진다. 사춘기 소녀의 정신적 성장과 내면 갈등이 섬세하고 절절하게 펼쳐진다.

• 주인공 마사에게 죽은 친구 올리브의 일기가 전해지면서 이야기가 시작된다. 올리브에 대한 생각을 떨쳐 내지 못하는 마사는 할머니네 집에서 첫사랑과 배신의 감정을 겪는다. 사춘기 소녀의 성장기이자 가족의 의미를 생각해 보게 하는 책이다. -〈어린이동아〉

★〈뉴베리 상〉 수상작   ★〈혼북 매거진〉 팡파르 선정도서   ★미국도서관협회 선정 최우수 청소년도서

13. 그 여름의 끝 로이스 로리 글 | 고수미 옮김

열세 살 소녀 메그가 언니의 죽음을 받아들이며 겪는 성장통을 통해 미래를 염려하기보다는 직접 부딪히고 포기하지 않는 법을 깨닫게 된다.

• 주인공 메그는 열세 살 여름에 언니 몰리의 죽음을 겪게 된다. 언니는 많이 아프긴 했지만 단지 코피를 많이 흘릴 뿐이어서 메그는 언니가 곧 건강해지리라 기대했다. 하지만 메그의 기대와 달리 그 여름의 끝에서 기다린 것은 언니의 죽음이었다. -〈세계일보〉

★〈혼북 매거진〉 선정 올해의 책   ★어린이도서연구회 청소년 권장도서   ★한국출판인회의 선정 이달의 책

14. 뚱보 생활 지침서 캐롤린 매클러 글 | 이순미 옮김

살과의 전쟁을 끝내기 위해 자신만의 지침서를 만들던 열다섯 살 소녀가 콤플렉스를 극복하고 자신의 삶을 존중하게 되는 여정을 섬세한 필치로 그려 냈다.

• 데이트 강간이라는 생각지도 못했던 사건으로 인해 벌어지는 가족과의 불화, 그리고 세상의 부조리한 시선을 깨려 하는 평범한 소녀의 이야기를 담은 성장소설이다. 푸짐한 몸매만큼 매력 넘치는 주인공을 따라 독자들이 본래 내 것이 아니었던 열등감을 벗어던지고, 자유로워질 수 있도록 인도하는 작품이다. -〈독서신문〉

★〈프린츠 상〉 수상작   ★미국도서관협회 선정 최고의 책   ★어린이도서연구회 청소년 권장도서

15. 루비 홀러 샤론 크리치 글 | 이순미 옮김

입양과 파양을 반복하며 어른들을 믿지 않게 된 고아 남매가 루비 홀러에 사는 별난 노부부와 인연을 맺으며 마음의 문을 열고 진정한 가족으로 거듭나는 과정을 그렸다.

• 가난한 쌍둥이 남매와 함께 살게 된 별난 노부부 틸러와 세어리. 사람들이 모두 저마다 부족한 점을 지닌 불완전한 존재라는 걸 깨닫고 나서야 쌍둥이와 노부부는 서로를 보듬으며 진정한 가족이 되어 간다. -〈한겨레〉

★〈카네기 상〉 수상작   ★동화읽는가족 추천도서

16. 시간 밖으로 달리다 마거릿 피터슨 해딕스 글 | 최지현 옮김

한 세기 이상 시간차가 나는 다른 세상이 있다는 사실을 알게 된 제시의 모험기. '언제 어디에 있느냐'가 아닌 '어떤 모습의 나로 있느냐'가 중요하다는 메시지를 담고 있다.

• 우리가 22세기 사람들이 만들어 놓은 '21세기 역사 보호 구역'에서 태어나 그 세상이 진짜인 줄 알고 살고 있다면? 세상 밖에 다른 세상이 있다는 사실을 알게 된 제시는 사랑하는 가족들과 친구들을 살리기 위해 이곳을 탈출하려 한다. -〈독서신문〉

★미국도서관협회 추천도서   ★〈에드거 앨런 포 상〉 최종 후보작   ★국립어린이청소년도서관 사서 추천도서

17. 그때 프리드리히가 있었다 한스 페터 리히터 글 | 배정희 옮김

독일인 소년의 눈으로 광기의 역사를 낱낱이 증언하고 독일이 저지른 죄를 묻는 이야기. 아이들의 눈과 입은 가장 또렷하고 날카롭다는 사실을 일깨워 준다.

• 작가는 일체의 감정을 배제한 건조한 문체로 평범한 개인이 어떻게 사회 전체가 저지르는 범죄에 가담하게 되는지를 기술한다. 이 책이 감동적인 이유는 전쟁이 무엇인지, 히틀러가 누구인지 한마디도 나오지 않으면서 그 잔혹성을 고발하고 있다는 점이다. -〈매일신문〉

★한우리독서토론논술 권장도서   ★아침독서 청소년 추천도서   ★동화읽는가족 베스트리스트 1위 도서

18. 악마의 농구 코트 칼 듀커 글 | 황윤영 옮김

농구 선수가 꿈인 평범한 소년이 악마에게 영혼을 팔았다고 생각하면서 겪는 기이한 일들과 심경의 변화를 그렸다. 청소년기의 심리적 불안과 동요를 속도감 있게 풀어 나간다.

• 아이와 어른의 위태로운 경계를 농구라는 소재에 접목시켜 풀어낸 소설로, 완벽한 부모와 달리 농구 선수가 꿈인 평범한 소년 조가 희곡 『파우스투스 박사』에서처럼 자신도 악마에게 영혼을 팔았다고 생각하게 되면서 겪는 일들을 그리고 있다. -〈독서신문〉

★미국도서관협회 선정 최우수 청소년도서   ★학교도서관저널 추천도서

19. 죽은 개는 이제 그만! 고든 코먼 글 | 고수미 옮김

거짓말을 용납하지 않는 대쪽 같은 성품을 가졌지만 미식축구 실력은 형편없는 월러스가 연극반에 참여하면서 겪는 에피소드를 통해 정직과 우정의 참의미를 깨우쳐 준다.
• 미식축구와 연극반은 어울리지 않는 조합이지만 십대라는 공통점을 안고 같은 공간에서 같은 시대를 살아가는 청소년들의 진실한 고민과 끈끈한 우정, 풋풋한 사랑을 유쾌하게 그리고 있다. -〈국제신문〉
★학교도서관저널 추천도서　★아침햇살 선정 좋은 청소년책

20. 그리핀 선생 죽이기 로이스 던칸 글 | 전하림 옮김

아이들에게 납치돼 죽을 위기에 처한 그리핀 선생님의 이야기를 담은 청소년 추리소설. 교사와 학생의 관계, 인간으로서 저지르지 말아야 할 행동과 반성의 의미를 되짚어 준다.
• 평소 깐깐한 성격으로 힘든 과제를 내주기 일쑤인 그리핀 선생님이 과제 점수를 잘 받지 못한 아이들에게 납치를 당하고 마는데……. 어디선가 괴물로 자라고 있을지도 모를 아이들이 귀를 기울이게 하는 작품이다. -〈독서신문〉
★학교도서관저널 선정 올해의 책　★영화 〈나는 네가 지난 여름에 한 일을 알고 있다〉 원작 작가

21. 컷 패트리샤 맥코믹 글 | 전하림 옮김

섭식장애, 약물 중독, 자해 같은 문제를 가지고 있는 청소년들의 성장과 치유의 과정이 아름답게 펼쳐진다. 상처로 상처를 치유하고 '극단'을 통해 평범한 일상을 돌아보게 만든다.
• 열다섯 살 소녀 캘리가 상담실에서 첫 자해 장면을 떠올리는 것으로 이 소설은 시작된다. 따뜻한 시선으로 십대 후반 소녀들의 감성을 묘사하는 이야기와 캘리가 왜 자해를 하게 되었는지 추리해 가는 또 하나의 이야기가 얽혀 긴장과 감동을 더해 준다. -〈국제신문〉
★어린이도서연구회 청소년 권장도서

22. 두근두근 첫사랑 웬들린 밴 드라닌 글 | 김율희 옮김

죽자고 달려드는 괴짜 우등생 줄리와 살자고 도망가는 외모만 번듯한 소심남 브라이스의 좌충우돌 첫사랑 만들기가 달콤하면서도 아릿하게 그려진다.
• 줄리는 초등학교 2학년 때부터 브라이스에게 반해 6년째 그를 쫓아다니지만 브라이스는 줄리를 밀쳐내기에 급급하다. 두 주인공의 시점에서 번갈아 구성되는 줄거리는 어른이 읽어도 좋을 만큼 묘미가 있다. -〈한국일보〉
★〈주디 로페즈 기념상〉 수상작　★〈스쿨라이브러리저널〉 선정 최우수 청소년도서

23. 나는 자유다 팜 뮤노스 라이언 글 | 민예령 옮김

서부 개척 시대를 당당하게 살아 낸, 미국의 첫 여성 투표자 샬롯의 실화를 바탕으로 한 성장소설이다. 자유를 얻기 위해 고군분투하는 샬롯의 삶이 속도감 있게 펼쳐진다.
• 샬롯 다키 파크허스트의 삶을 토대로 한 소설이다. 여성에게 자유가 주어지지 않던 시대, 남자의 모습으로 살아가기로 마음먹은 샬롯은 갖은 고생 끝에 훌륭한 마부가 된

다. 말굽을 박다가 한쪽 눈의 시력을 잃게 되지만, 최고의 마부로 성장하며 당대의 모든 약자들을 위해 여성 최초로 투표에 참여한다. -〈세계일보〉

★〈캘리포니아 영리더 메달〉 수상작 ★〈윌라 청소년문학상〉 수상작

24. 잔혹한 통과의례 제리 스피넬리 글 | 최지현 옮김

살아 숨 쉬는 진짜 비둘기를 지키기 위해, 폭력적이며 왜곡된 관습에 맞서기 위해 진정 용기 있는 청소년으로 성장하는 파머의 이야기가 눈길을 사로잡는다.

• 사람이라면 누구나 그 사회가 요구하는 '통과의례'를 거친다. 개성적이고 다양한 통과의례의 한 형태를 보여 주는 이 작품은 열 살이 된 남자라면 상처 입은 비둘기의 목을 비틀어야만 하는 전통을 가진 마을 이야기를 그린다. -〈독서신문〉

★〈뉴베리 상〉 수상작 ★〈스쿨라이브러리저널〉 선정 최고의 책 ★미국도서관협회 북리스트 선정도서

25. 달콤쌉싸름한 첫사랑 엘렌 위트링거 글 | 김율희 옮김

레즈비언 친구 마리솔에게 첫사랑을 느끼는 존을 통해 사랑과 치유를 이야기하는 성장 소설이다. 성별, 성적 취향을 넘어 진실한 관계를 맺으며 성숙해 가는 이야기를 담았다.

• 여자에게 관심이 없던 존이 레즈비언인 마리솔을 만나면서 벌어지는 이야기를 그렸다. 부모의 이혼 후 학교와 가정에서 늘 혼자인 존이 어느 날 1인 잡지를 만든다는 공통점을 지닌 마리솔을 만난다. 마리솔은 어릴 적 입양돼 양부모 손에서 자라 내면의 상처를 지닌 소녀다. 둘은 서로 교감하며 상처를 보듬어 주지만 이루어질 수 없는 운명이다. -〈뉴시스〉

★〈프린츠 상〉 수상작 ★어린이도서연구회 청소년 권장도서

26. 길 위의 아이들 브록 콜 글 | 최지현 옮김

'캠프의 전통'이라는 묵인 아래 나체로 섬에 버려진 소년과 소녀가 함께 섬을 탈출해 새롭게 관계 맺는 방법을 익히며 세상으로 돌아오기까지의 여정을 그렸다.

• 주인공들의 여정을 그린 '로드 성장소설'이다. 다수의 가벼운 생각과 무관심이 이제 막 피어나는 여린 아이들의 마음에 어떠한 생채기를 남길 수 있는지 섬세한 터치로 그려 내고 있다. 동시에 제대로 상처를 입고 그것에 당당하게 맞섰을 때 더욱 강인해지고 깊어지는 아이들의 내면을 심도 있게 다루었다. -〈세계일보〉

★미국도서관협회 선정 최우수 청소년도서 ★경기도학교도서관사서협의회 추천도서

27. 그 소년은 열네 살이었다 로이스 로리 글 | 최지현 옮김

한 소녀의 인생을 송두리째 바꿔 놓은 지적 장애 소년과의 눈부신 우정을 담담한 어조로 이야기한다. 세월이 흘러도 결코 변하지 않는 인간의 가치가 감동적으로 느껴진다.

• 아동문학상인 '뉴베리 상'을 두 차례나 받은 작가 로이스 로리의 성장소설이다. 할머니가 된 캐시는 자신의 인생에 큰 영향을 끼친 어릴 적 친구인 정신지체 소년 제이콥을 회상한다. -〈연합뉴스〉

★어린이도서연구회 청소년 권장도서 ★아침독서 청소년 추천도서

28. 불을 먹는 남자 데이비드 알몬드 글 | 황윤영 옮김

1962년 '쿠바 미사일 위기' 사건을 배경으로 생명과 삶의 가치를 역설한다. 여전히 전쟁의 위험에 노출된 우리에게 강한 메시지를 전한다.

• 이 작품은 반(反)전쟁의 메시지를 목소리 높여 외치지 않는다. 다만 전쟁이란 그것과 전혀 관계없는 한 사람의 삶에 거대한 영향을 준다는 것을 조심스럽게 이야기한다. 가슴 깊이 잔잔한 울림을 주는 청소년소설이다. -〈조선일보〉

★〈휘트브레드 상〉수상작 ★〈보스턴글로브 혼북 상〉수상작 ★〈스마티즈 금상〉수상작

29. 방랑자호 샤론 크리치 글 | 황윤영 옮김

'뉴베리 상'과 '카네기 상', 미국과 영국에서 가장 권위 있는 문학상을 모두 받은 작가 샤론 크리치가 전하는 한 소녀의 감동적인 성장기이다. 동시에 가족 드라마와 미스터리, 음모와 생사를 넘나드는 항해 등 흥미진진한 요소가 가득한 모험 소설이기도 하다. 입양된 소녀 소피가 가족의 사랑과 자연의 장엄함을 통해 아픈 과거를 딛고 담대하게 성장하는 과정은 우리에게 커다란 울림을 선사한다.

★〈뉴베리 상〉수상작 ★어린이도서연구회 청소년 권장도서 ★학교도서관저널 선정 성장소설 50선

30. 내 마음의 애니 낸시 가든 글 | 이순미 옮김

성에 대한 가치관 확립이 중요한 시기인 청소년들에게 '동성애'라는 성 정체성을 어떻게 설명해야 할까? 미국 청소년문학계에 동성애라는 화두를 던져 화제가 되었던 이 소설은 우리 청소년들에게 좋은 지침서가 될 것이다. 작가 낸시 가든의 대표작인 이 작품은 리자와 애니, 두 소녀의 고민과 사랑을 사실적으로 그려 냈다. 두 소녀의 이야기를 통해 독자들은 성적 소수자들을 따뜻한 시선으로 이해하게 된다.

★미국도서관협회 선정 최고의 책 ★아침독서 청소년 추천도서 ★동화읽는가족 추천도서

＊〈청소년문학 보물창고〉시리즈는 계속 나옵니다!